Bernard Tirtiaux

Les sept couleurs du vent

Denoël

Bernard Tirtiaux est né à Fleurus en 1951. Homme de théâtre, il est aussi maître verrier depuis l'âge de dix-huit ans.

« ... *Car je veux que tu saches, Sancho, que tous ou la plupart des chevaliers errants du temps passé étaient grands troubadours et grands musiciens ; ces deux talents, ou pour mieux dire grâces, sont essentiels aux amoureux errants.* »

Cervantès

PROLOGUE

Quand le monde me pèse, que le fil ténu de ma vie s'étire à se rompre, je rappelle à moi un braconnier du vent, une présence radieuse émiettée dans les airs, un souffleur fantôme au théâtre des âmes et des anges. Je l'ai dépisté dans un rire, un rire lumineux éparpillé dans une brise comme une dérision d'oiseaux de mer. J'ai adoré ce rire. Ailleurs, j'ai dû promener mes mains dans la mémoire des siennes sur un bois lustré comme glacier sous l'haleine du soleil. J'ai eu chaud et froid. À chaque tempête qui m'agite, il est là qui me taquine de quelques notes follettes échappées des tuyères de ses grandes orgues invisibles, et je m'apaise. Lorsque l'air me manque et que m'étouffe la cruauté du monde, je suffoque le nom de ce frère, je cherche le plus serein de ses visages dans le roulis des nuages qui passent, je me réfugie dans son impalpable empire qui fit couronne d'une brocéliante forêt de notes avec ses troncs évidés de tonnerre et ses pousses d'appeau. Il est mon prince et je l'aime comme l'ont aimé les passagers de sa vie.

C'est à ce charpentier de haut vol, sculpteur d'air et tailleur de proues que j'offre cette écriture, à ses vents domestiques qui pacifient la terre du nord au sud, retiennent les forces d'en haut, s'affairent d'ouest en est pour

11

déposer sur la grande balance cet humble tribut de larmes et d'enchantements qui est notre rachat.

Existe-t-il une brise qui retienne dans son souffle séculaire les plus beaux chants des hommes? Est-il un souverain cueilleur de musique qui pense comme moi qu'une poignée de notes jetées aux étoiles peut racheter mille ans de barbarie?

Dans le buffet aveugle de mes grandes orgues sommeille pour toute éternité un chant d'enfant. Je l'entends percer l'étoffe du bois, gratter de l'ongle les voûtes closes des églises. Il m'absorbe et m'obsède. Il me respire l'âme. Il console mes peines d'homme et tempère mes blessures.

Il remet le monde à nu sur l'établi de l'artisan.

CHAPITRE I

Tombant du ciel, un crochet de toiture fit trois rebonds sonores sur les pavés de la petite place de Châtillon, égaillant comme mouchettes l'attroupement de badauds qui suivaient avec indolence l'implantation d'un coq rutilant sur le vétuste clocher de l'église. Une échelle et un chevron s'enlacèrent aussitôt dans une gracieuse cabriole de dix toises avant de se démembrer sur le sol.

Accroché par une main à l'empiétement de son volatile de cuivre, un jeune charpentier, les pieds ballant dans le vide comme un pendu, jauge du regard le bref chemin qu'il risque de parcourir si on le laisse dans cette posture critique. En bas, le souffle est retenu, pas l'amorce d'une réaction, un parterre de visages atterrés, bouche entrouverte comme s'ils attendaient l'hostie.

— Faites quelque chose, bonnes gens, je ne suis pas un ange, fanfaronne l'intrépide.

Dans la foule hébétée, un semblant d'agitation tandis que l'artisan en difficulté utilise son bras libre pour dévider la cordelette qui lui ceint la taille. La tension est terrible. Il a mal. Filin en bouche, il mâchonne toutefois un vague ricanement en voyant

13

deux matrones déboucher sur le parvis avec une chanlatte de cueilleur de pommes, à peine assez haute pour atteindre le tympan du portail. Dans les parages, rien qui puisse le secourir, ni foin ni bâche. Les femmes se signent tandis qu'il s'arrime, cahin-caha, à la pointe de la flèche. Un immense frisson monte jusqu'à lui quand, lâchant prise, il se jette en arrière pour se trouver suspendu à son cordage de chanvre à trois pieds des abat-son du clocher. Ce qui suit alors tient du miracle : l'homme amorce un mouvement de balancier et, faisant pression avec ses jambes sur la maçonnerie, projette son corps sur un des versants du toit puis déboule dans une giclée de lauzes jusqu'au chéneau avant de passer par-dessus la planche de rive du bas-côté. Il s'y agrippe en dernier recours, l'emporte dans sa chute, qu'une sépulture fraîche et fleurie amortit d'un soupir de terre meuble. Contusionné de toutes parts, griffé, sanguinolent, le garçon se palpe sous les regards encore incrédules des témoins de sa désescalade.

Si le curé de l'endroit déplore le labourage de sa toiture, Alcide Marquoul, le batteur de cuivre, se sent pris d'une panique rétrospective. Sans le passage imprévu de ce compagnon charpentier par le village, il coiffait lui-même la bâtisse de son coq.

— Rien de cassé ? hasarde-t-il, un trémolo dans la voix.

— Moi, ça peut aller. L'église un peu moins.

Et d'ajouter goguenard :

— Faut réparer cela ! On va chercher des échelles ?

Un rire succède à la consternation générale et gagne l'assistance par saccades. La mine solaire de ce jeune gaillard prête à cette légèreté et appelle la sympathie. On fait grappe autour de lui, on lui offre à boire. La farce était bonne.

— En voilà un qui ne remontera pas de sitôt, dira Alcide à sa femme avant de souffler la chandelle sur une nuit bleutée.

C'est mal connaître son hôte de fortune. Feuilles de plomb sur l'épaule, outils en ceinture et, dans le bec, une touffe de clous forgés, le rescapé est sur les toits dès le lendemain, effaçant, en artisan consciencieux, les dégâts occasionnés la veille. De toutes les meurtrissures de sa chute, la plus vive est celle qui atteint son orgueil de praticien du bel ouvrage. À la pique du jour suivant, isolé dans un cocon de brume, il termine sa restauration en sifflotant. C'est à peine si on le devine dans le chéneau, chauffant ses fers sur un brasier de campagne et soudant le plomb à grand renfort de suif et de bel étain. Le brouillard se lève sur l'église cicatrisée. Le coq arbore ses arrogances de métal astiqué. Son plumage flamboie comme torchère à la face du soleil. Pour un peu, il défierait le grand astre.

Après cette besogne, le jeune charpentier est plus endolori que la veille. Il paie à présent sa pirouette de trompe-la-mort. Ses membres le nouent. Il a cent ans. Son bâton de compagnon en guise de tuteur, il confie son sort à l'hospitalité des Marquoul et ses courbatures à une couche accorte.

— Il fait bon être en vie, confie-t-il au batteur de cuivre.

Marquoul acquiesce à plus d'un titre. Il a eu sa part de deuil et pourrait en dire long sur la précarité de l'existence en cette seconde moitié du seizième siècle.

Nous sommes, en effet, en 1558 et rares sont ceux en France que l'étau des violences a épargnés. La vie ne vaut pas trois écus en ces temps détestables où l'ennemi est espagnol, anglais, protestant, où le fléau de la suspicion tue son monde comme la maladie et où la faim fauche les pauvres et les infirmes. En tant que compagnon, Sylvain Chantournelle pourrait craindre qu'on le suspecte d'hérésie s'il n'était, par nature, d'une inconscience joyeuse et d'une exquise candeur. Ainsi, à peine arrivé à Châtillon s'était-il laissé embaucher pour deux larmes et un reniflement par un garçonnet chagrin dont le chaton était prisonnier des hautes ramures d'un tilleul centenaire. Se muant lui-même en félin, il ondoya de branche en branche jusqu'au sommet de l'arbre parmi des pousses si fines qu'il dut saisir avec ses dents, par la peau du cou, l'animal terrorisé. Alors qu'il mettait pied à terre, un villageois terne, gris de poil et mat de peau, l'aborda pour cette histoire de coq à jucher sur l'église. C'était Marquoul, le chaudronnier.

— Je te baillerai quatre sols, le vivre et le couvert aussi longtemps que durera ton séjour à Châtillon...

Sylvain avait suivi l'artisan à travers des ruelles étroites, en gardant le haut du pavé pour ne pas infecter ses semelles dans le ruisselet nauséabond qui avait son lit au mitan des venelles. Rien de ragoûtant sous le soleil ! Quelle félicité, par contre, quand, passé le pas de l'échoppe, le compagnon se trouva en face d'une forge plantureuse affublée d'une couvée rutilante d'ustensiles de cuivre allant de la marmite de sorcière au simple gobelet. Près des bigornes d'acier doux, où se façonne à coups de marteau à

16

boule le métal rouge, des formes ébauchées attendaient d'être recuites pour devenir à leur tour des objets utilitaires. Dans la pièce voisine, une femme était aux prises avec le fameux coq, qu'elle astiquait avec vigueur. Un dernier toilettage avant l'envolée. Même abattement dans le regard que Marquoul, même usure. Une gémellité d'épreuves les avait altérés conjointement, avec toutefois une différence dans le ton de la voix. Amandine Marquoul ne parlait pas, elle pleurnichait. Quoi qu'elle dise, de gai, de triste, d'anodin, les mots lui sortaient de la bouche en une plainte exaspérante.

La chute de Sylvain l'immobilisera quelques jours chez le vieux couple, l'attrait de l'atelier le retiendra sur place un mois de plus. Il repoussera le cuivre, travaillera l'étain aux côtés du cul-noir. L'œil perpétuellement à l'affût d'un tour de main et la question toujours sur la langue, il approchera le métier.

Apprivoisé d'emblée par le chaudronnier et son épouse, Sylvain deviendra le réceptacle des doléances d'Amandine. La tragédie occupe tous les recoins de la vie de cette femme, avec des petiots morts en couches, un fils pendu et démembré par les papistes, une fille déshonorée par les soldats du duc de Guise. Du nuage candide de ses vingt ans, Sylvain ne peut offrir qu'une oreille docile à ce ressac de souffrance qui l'assiège, un sourire désarmé à cette infortune qui le dépasse.

— Laisse-le tranquille avec tes histoires, coupe Marquoul, tu vois bien que tu l'ennuies.

Le charpentier rejoint ses Vosges natales après un tour de France de sept années et son départ de Châtillon serre le cœur du vieux couple. La présence débonnaire du jeune homme, son regard respirant la joie à grand renfort de bleu, ses pommettes volontaires épanouies d'un inaltérable sourire ont amené dans leur monde asphyxié une fraîcheur dont ils ne soupçonnaient plus l'existence. Passé l'heure des adieux et des mises en garde, Sylvain reprend sa route vers l'est, arrondissant sa foulée de félin au pas d'un bardot poussif chargé de sa caisse à outils, de son sac, de sa canne toute neuve enrubannée aux couleurs des compagnons charpentiers de hautes futaies : le vert, le blanc, le rouge. Dans les campagnes, les laboureurs sillonnent leurs champs. Des miséreux glanent parmi les pailles courtes une pitance d'oiseau. Le chemin est tiède et poussiéreux. Au bout de quelques lieues, il se réduit à l'encombrement d'un attelage. Il prend de l'ombre dans les bosquets. Sylvain entrevoit la fin de cette longue dérive qui l'a vu grandir. Il est ému de ce retour en terre d'enfance après les sept années d'exil nécessaires à sa formation. Il avait quatorze ans quand il partit pour Lyon en apprentissage, il en a vingt et un aujourd'hui. Il sera rendu en sa belle forêt des Vosges à la pointe de l'automne, quand les feuillages rougeoieront et que le soleil roux embrasera les collines boisées qui bordent la Moselle. Ce sera fête en son cœur de revoir le village de Visentine, de suivre le ruisseau de l'Agne jusqu'à la scierie familiale. Il sait déjà qu'il n'y trouvera plus son père poussant ses grumes dans la scie à aubes. Le cher homme est mort à Metz d'une arquebusade lors de la sanglante bataille de 1552, qui opposa les troupes d'Henri II à celles de Charles Quint. La nouvelle mit près d'un an à parvenir à Narbonne, où travaillait l'apprenti charpentier. Il eut bien besoin à cette époque de la présence chaleureuse des compagnons pour passer le cap de cette épreuve qui avait presque ébranlé sa sérénité coutumière. La fin tragique du père ajoutée à la folie meurtrière de l'époque opposant fanatiques d'un même Dieu amenèrent Sylvain à refuser de porter armes. Cette position lui valut d'être détroussé plus d'une fois. Par contre, elle amena ses pairs à lui octroyer le surnom impérial de «Visentin le Pacifique». Quelle tête feront ses frères à son retour quand il leur déclinera son patronyme de compagnon, suivi de ses titres !

— Visentin le Pacifique, Enfant de Soubise, Compagnon charpentier de hautes futaies, lance-t-il aux arbres et aux oiseaux.

Et il rit du silence impressionné qui répond à la grandiloquence de sa tirade.

La route épouse les vallonnements et, à chaque crête, le voyageur s'émerveille d'un nouveau monde. Le pays est paisible comme un sommeil d'enfant. Sur le chemin, qui se croise se salue ! Souvent même, quelques mots s'échangent. Parfois les rencontres sont plus inquiétantes comme celle de ce groupe de vagabonds évoluant dans les hautes herbes à quelques toises de la chaussée.

— Hep, compagnon, t'as pas croisé des hommes d'armes qui montaient sur Châtillon ?

Des têtes faméliques et hirsutes, des pantins en guenilles, amenant en lieu sûr la dépouille d'un cerf, sortent des fourrés.

— Je n'ai rien vu de pareil, lance-t-il à la canto-nade, et si je les rencontre, je ne vous aurai pas vus non plus.

Un signe de la main. C'est une histoire qui tourne bien mais qui laisse Sylvain quelque peu défranchi.

Mère Séraphine lèverait les bras au ciel si elle apprenait que son pupille se hasarde seul sur les chemins de France.

— Cet enfant ne voit pas le mal! dirait-elle éplorée.

L'imposante Séraphine Vernay, la mère adoptive de Sylvain, reçut la garde de l'enfant du sagard Chantournelle après le décès en couches de son épouse. Elle nourrissait alors un petiot à elle, un poupon rabelaisien, aussi noiraud que Sylvain était blond. Fille et femme de bûcheron, la bonne Séraphine avait la sève assez généreuse pour allaiter simultanément les deux bambins jusqu'à plus soif. Abreuvés à la même source lactifère, ils devinrent inséparables, Lionel, le plus vigoureux, protégeant le petit frère et Sylvain n'ayant d'yeux que pour cette pousse de géant, taillée pour coiffer un jour une forêt. Lionel fut très tôt posé, réfléchi, pieux. Bien avant même de savoir si Dieu était à craindre ou à aimer, il décida qu'il serait prêtre et en avisa l'abbé Grillot, le curé de Visentine qui, fort de cette aubaine, proposa à ses parents de prendre en main son instruction. Le père tiqua mais la mère, qui était dévote autant qu'autoritaire, eut vite fait de ramener son mari dans les voies impénétrables du Seigneur. Par souci d'équité, elle exigea de l'abbé que Sylvain soit abreuvé au même calice de connaissance que son frère.

— Quand je les nourrissais, je n'ai jamais privilégié l'un plutôt que l'autre et je compte bien qu'il en reste ainsi, décréta-t-elle.

L'abbé Firmin Grillot courba le dos devant cet argument péremptoire, exercice qui lui coûta peu d'efforts, le brave homme étant de par son physique plié à l'équerre dans une définitive attitude de prosternation.

C'est sous la férule de ce personnage gargouillesque et quelque peu malodorant que Lionel et Sylvain reniflèrent les premières fleurs d'une instruction qui allait les mener à la découverte de la littérature, de l'arithmétique, du latin et autres mignardises pour l'esprit. Passé les leçons, les deux gamins couraient jusqu'au bois où les attendait un second pédagogue, Augustin Bonnier, le grand-père maternel de Sylvain. Ce vieil homme délicieux pratiquait la tenderie. Ayant toujours vécu d'expédients, maraudé et braconné plus qu'il ne convenait, il était mal considéré par les villageois de Visentine. Par contre il fascinait les enfants, car il avait le talent de reproduire, avec sa panoplie d'appeaux, tous les chants des oiseaux. Il imitait les fauvettes à la perfection. Rien que pour les grives, il avait six instruments différents, selon qu'elles nidifiaient, qu'elles étaient en période d'amour, qu'elles pressentaient un danger, qu'il s'agissait du mâle ou de la femelle, du jour ou de la nuit, de la pleine lune ou de la nouvelle... Disposés sur de grands anneaux de cuivre comme les clés des geôliers, des dizaines d'appeaux faits d'un fragment d'os, d'une branche de noisetier ou de sureau, d'un noyau de pêche, et pour certains même de terre cuite, de cuivre ou d'étain ravissaient les prunelles de Sylvain et titillaient ses oreilles. Quand il partait en forêt vers la source de l'Agne avec l'oiseleur et d'autres enfants, c'est à lui que revenait la charge insigne de transporter ce trésor de broutilles, ce qu'il faisait avec autant de vénération que s'il avait eu entre les mains des reliques de la Sainte Croix. L'attirant un jour à l'écart, le vieillard lui dit en lui montrant son coffret :

— Quand je m'envolerai, c'est toi et toi seul qui auras les appeaux. Ce sera ta part d'héritage.

L'enfant s'en alla fou de joie. Rien n'était pour lui plus désirable sur cette terre que cette boîte magique qui recelait, sur sept anneaux, les piaillements, pépiements, gazouillis, roucoulements de toute une forêt.

Un jour qu'il invitait un loriot à répondre à son chant, le père Bonnier fut pris d'un malaise au lieu dit de la Goulotte. Sylvain le vit tomber et découvrit la mort. Il partit alors à toutes jambes vers la scierie de l'Agne pour chercher du secours. Il tomba dix fois, perdit même son chemin, tant les larmes lui brouillaient la vue. Il trouva son père et ses frères au sciage. Tous se précipitèrent. Il les suivit de ses jambes lasses. Quand il déboucha exténué dans la clairière, il ne savait pas que les corneilles qu'on y délogeait s'étaient repues des yeux du mort. Pâture pour oiseau ou pâture pour la terre, ce bleu regard ne méritait-il pas un ultime envol ?

Sur la route de Chaumont, des cavaliers arrivent à hauteur du compagnon.

— Nous cherchons des braconniers qui rôdent dans les parages, lance à Sylvain un gentilhomme équipé pour défaire une armée.

— Ma foi, monsieur, si j'avais fait quelque désagréable rencontre, je ne serais pas dans l'état où vous me voyez.

Amusée, la troupe tourne bride. Le chef du détachement leur emboîte le pas puis revient sur le voyageur.

— Sans escorte dans ce pays, tu seras vite un homme mort.

— Que peut-on envier à un paisible compagnon qui rentre chez lui ?

— La viande de ton bardot, tes bottes et, qui sait, quelques piécettes logées dans le double fond de ton coffre à outils !

Éperonnant son destrier, il envoie à Sylvain :

— Suis mon conseil ! J'en ai vu dépouillés pour moins que cela !

Sur ces mots, il rejoint ses gens au galop.

L'homme d'armes a peut-être raison et Sylvain quitte la route pour attendre dans un sous-bois qu'un convoi protecteur se présente. Dans le creux du vallon serpente un ruisseau bucolique. Rien à voir avec le torrent qui entraîne la roue à aubes de la scierie. Pour autant que l'abbesse de Remiremont ait reconduit le bail du père, ce sont ses deux frères qui tiennent à présent l'exploitation et offrent à la grande mangeuse de bois de beaux arbres des Vosges. L'écart d'âge est important entre Sylvain et ses aînés : douze ans pour Ambroise et dix ans pour Simon. Autant le compagnon se réjouit de revoir Simon, avec ses sombres yeux interrogateurs et son geste retenu, autant il appréhende de retrouver Ambroise, cet homme imprévisible, capable du meilleur comme du pire : une nature sauvage que personne, même le père, n'a jamais pu domestiquer.

Sur le chemin, nul convoi en vue mais un homme qui tire un mulet aux flancs chargés de caisses, un voyageur comme lui que cravachent aussi quelques craintes et l'espoir d'atteindre une bourgade avant la fin du jour. Sylvain le hèle au passage :

— Faisons route ensemble, suggère-t-il.

L'étranger le dévisage avant d'acquiescer d'un signe de la tête. Il est plus âgé que le compagnon, ses yeux noirs et cernés recèlent d'insondables abîmes. L'expression sévère de son visage est accentuée tant par une crinière aile de corbeau qui lui mange le front, que par une barbe conquérante qui empiète sur ses pommettes. De surcroît, il porte une tenue sombre. Il est patibulaire comme un inquisiteur par un jour sans bûcher. Contredisant les apparences, l'homme fait des efforts, se montre affable, presque loquace. Il parle bien l'oc, se prénomme Absalon. Il vient d'Espagne, a séjourné dans le Midi et gagne les Pays-Bas. Sylvain en apprendra davantage quand, surpris par la nuit, les voyageurs doivent se loger à l'enseigne des oiseaux. On soulage les animaux de bât de leur chargement. On partage le bout de gras. On se raconte autour d'un feu. Absalon était luthier à Séville avant de subir, comme marrane, la persécution et l'exil. Sur l'insistance de Sylvain, il sort de ses coffres ses instruments : vielle, luth, mandoline et surtout une sorte de flûte de Pan géante qui se commande par des leviers et se ventile de la main gauche à l'aide d'un soufflet.

— Comment s'appelle cet instrument ? demande Sylvain.

— Un nymphaïon. Ce sont les orgues du troubadour.

Encouragé par la curiosité du charpentier, Absalon projette quelques notes dans la nuit, s'arrête sur l'une d'elles, ronde et enveloppante qui, insidieusement, ramène à ses lèvres une complainte hébraïque.

CHAPITRE II

Les dernières lieues du voyage de Sylvain se parcourent au botte à botte avec Absalon d'Aiguera. Entre
bardot et mulet, les confidences s'échangent et les affinités se découvrent. Les sujets communs entre ces deux
artisans sont légion : amour du bois, des bons outils. Ils
parlent sciures et copeaux comme d'autres saliveraient
en confrontant leurs recettes de mouton bouilli. Ils
évoquent gouges, planes, guillaumes, égoïnes, ils sont
intarissables quand il est question d'affûtage et d'émor-
filage. L'un défend certaines trempes anglaises, l'autre,
bien sûr, les bons aciers de Tolède. Question essences,
chacun fait l'apologie de ses bois de prédilection,
comme on vante les qualités de sa progéniture.

— Le chêne des Vosges a une belle fleur et une
maille bien serrée, dit le charpentier.

— Le cèdre est un bois léger et musical, explique
le luthier.

Quand ils évoquent buis, ébène et autres bois
précieux, les mots leur coulent de la bouche comme
des pièces d'or.

— Pourquoi ne pas passer l'hiver avec nous à
Visentine ? propose Sylvain. Je dois être à Dijon au
printemps. Tu repartiras à ce moment-là.

Le luthier hésite. Le charpentier revient plus tard avec son invitation en ajoutant :

— Tu pourrais t'installer un atelier. Il y a de la place et du bois.

Absalon ne dit rien mais son œil parle pour lui.

— Alors ? demande Sylvain.

— D'accord.

À cet instant précis, le masque d'Absalon est presque serein et le compagnon rit ses cent galets de rivière, sa cascade de cristal. C'est délicieux de l'entendre. Le luthier maraude cette joie, mord dans ce fruit sonore qui lui est offert aujourd'hui, oublie que l'Inquisition est descendue à Séville pendant la prière. Tout le monde était là. La communauté et son rabbin, les hommes et ses amis, les femmes et l'épouse aimée, les enfants des autres et les siens. Il oublie jusqu'au visage du bourreau qui laboure son dos, lui brise les membres, déchire ses articulations, le laisse pour mort parmi les morts. Sylvain lui rappelle quelqu'un. Absalon cherche d'abord du côté des proches qui hantent son souvenir. Mais il s'aperçoit bien vite que c'est de lui qu'il s'agit, lui, l'enfant du Guadalquivir, au temps où tous les bonheurs étaient à portée de sa vie. En cette période de mouvance et de solitude où il ne sait plus ce qu'il fuit ni vers où il marche, il se laisse entraîner, docile, dans le monde exalté du compagnon. Là s'entremêlent des chevaux à crinière blonde, une rivière qui sort des montagnes, une boîte magique enfermant les chants d'oiseaux de toute une forêt. Le luthier aspire à poser son sac, à reprendre ses outils et à se remettre au diapason du bois et de la musique au côté de Sylvain. Il espère l'apaisement de ses blessures, de ses peurs et de ses colères.

La route des voyageurs croise enfin la Moselle en aval de Remiremont. Houspillant qui son mulet, qui son bardot, les deux artisans remontent le courant, empruntent la chaussée romaine qui va de Metz à Bâle. Au fur et à mesure de leur avancée, la rivière devient fébrile et rieuse comme Sylvain. Elle mousse autour de chaque pierre, emporte feuilles et branches dans ses tortillements, offre son lit à tous les ruisseaux de rencontre. Par endroits, la voilà qui fait des boucles, qui se dédouble en isolant des îles. L'eau est limpide. Elle filtre des hauteurs, prend sa source dans la roche sous les pieds des grands arbres. Patiente, elle polit des galets. Passé Remiremont, le visage de Sylvain s'illumine :

— Ce soir, Absalon, c'est la fête à la scierie de l'Agne, lance-t-il.

Et il ajoute en plaisantant :

— Visentin le Pacifique rentre chez lui.

Sylvain se retrouve en pays de connaissance et les villages qu'il traverse avec Absalon ravivent ses souvenirs. Il gagnera la scierie comme il le faisait jadis avec Lionel, par les chemins buissonniers. Il coupe court par la vallée de Presles pour atteindre la scierie sans passer par le village. De la butte du Renard, Visentine se découvre d'un seul coup d'œil avec son église vieille de quatre siècles qui se penche vers le ruisseau de l'Agne comme si elle voulait y boire, avec ses maisons grossies de dépendances informes et de granges hirsutes, ses enclos d'herbes grasses, où paissent d'indolents bovidés. Çà et là, des murs de bois empilé pour l'hiver.

— Rien n'a changé, constate Sylvain en présentant des mûres à son compagnon.

Rattrapant à travers bois le raidillon qui monte vers la concession des Chantournelle, les deux voyageurs débouchent sur le torrentueux ruisseau de l'Agne, ce cours d'eau vigoureux qui pousse infatigablement les aubes de la grande roue de la scierie.

Dans ce sentier envahi d'herbes où se devinent à peine quelques vieilles ornières, Sylvain semble soudain se perdre. Rien ne ressemble plus à ce chemin aéré qu'il dévalait autrefois en courant. Ici, il faut écarter des broussailles, enjamber des branches mortes pour avancer. Tout s'est étouffé de verdure, comme pour dire aux deux hommes :

— N'allez pas plus loin, il s'est passé quelque chose !

Quand ils débouchent dans la clairière et qu'ils découvrent l'état d'abandon des bâtiments, la roue sortie de son axe, la maison du haut ouverte aux courants d'air, ils devinent un drame. Observant son compagnon du coin de l'œil, Absalon marche en retrait. Il étouffe son pas, trop sonore dans les feuilles froissées, retient son souffle. Sylvain arpente les lieux, interroge les objets : telle barrière versée, telle porte béante, tel outil pourrissant dans les hautes herbes. Il monte ensuite jusqu'au logis paternel. L'angoisse lui colle aux semelles comme une boue de plomb.

— Je ne m'explique pas..., murmure-t-il du bout des lèvres.

La belle demeure de la tribu est éventrée, pillée, volière pour les oiseaux, refuge pour les rongeurs. Les volets piquent du nez ou prennent racine en bas des fenêtres. La porte hors de ses gonds est brisée en deux. La toiture bâille sur le ciel et n'en peut plus de retenir dans ses bras carrés un bataillon de bardeaux en déroute. Sylvain remet sur ses pieds un tabouret qui a échappé au carnage.

— Le sage qui veut réfléchir commence par s'asseoir, lance-t-il au luthier.

Absalon dépoussière une marche d'escalier et s'y installe.

— Veux-tu qu'on descende au village? propose-t-il.

— Je ne suis plus pressé. Peut-être demain?

Comme pour s'excuser de cette dérobade, Sylvain enchaîne :

— Il y a du ménage à faire!

Absalon observe son compagnon, dont le regard est rivé sur la petite maison du bas, une humble chaumière de sagard, toute calfeutrée de planches, que deux puissants marronniers consolent. Elle est la survivante du hameau et doit en savoir long sur ce qui a provoqué la ruine du domaine. À leur arrivée sur le site, c'est elle qui a requis la première attention du charpentier. Il en a fait le tour sans oser en forcer l'accès pour se rendre ensuite vers les autres bâtiments suppliciés.

Un hennissement suivi d'un ébranlement de sabots sort les deux hommes de leurs pensées. Le sol frissonne tandis qu'Absalon bondit vers la porte. Dehors, le tapage s'estompe dans le flou des arbres.

— Qu'est-ce que c'est? demande le luthier d'une voix inquiète.

Le visage de Sylvain retrouve sa lumière.

— Ce sont les grisans. Ils sont au point d'eau.

Son timbre vibre. En trois enjambées, il redevient cet enfant qui court du côté du torrent, saute de souche en roche, se rétablit sur un mur, esquive des branches basses. En amont s'encaisse un étang où batillent les eaux de l'Agne avant de resurgir rugissantes de la gueule d'un déversoir. Poinçonnant la berge, des empreintes de chevaux donnent raison à Sylvain. Larges de deux mains accolées, les sabots ne sont plus ferrés. Dans l'herbe foulée, du crin clair. Un harpail de biches s'est trouvé là durant la journée ainsi que des oies sauvages et un renard. Absalon rejoint le jeune homme sans hâte, tant il est charmé par la beauté sauvage de l'endroit. Enfant des villes, il s'émerveille de ce qu'un coin de boue peut raconter à son compagnon.

— On a eu au moins trois poulains cette année, décrypte Sylvain.

Un pied nu d'enfant inscrit sa course dans la terre meuble.

Tandis qu'Absalon regagne la maison du haut pour y aménager un coin pour la nuit et réveiller d'un feu la cheminée de la grande pièce, Sylvain poursuit sa rêverie nonchalante du côté d'un bief peu profond où les truites se capturent à la main. Il déplace vers la nappe d'eau une immobilité d'arbre, plonge son bras dans l'onde, lisse le ventre de sa proie avant de la cueillir. Il reprend sa manœuvre plus loin, se penche, et cette fois c'est son visage qu'il voit avec ses yeux fendus de source rieuse, ses cheveux fauves égayés de mèches blondies sous les soleils des charpentes. Le père, à son âge, était déjà gris. Il désertait les Pays-Bas d'où il n'avait sauvé que l'attelage de chevaux de trait avec lesquels il halait des barges sur la Sambre. Remontant la Meuse, il n'avait pas résisté à l'invite de la Moselle et s'était fait engager au schlittage des grumes, à la scierie de la Hulotte. Dès qu'un tronc dépassait les normes ou stationnait dans un endroit peu accessible, c'est à lui qu'on s'adressait pour qu'il monte avec ses grisans. Débardeur hors pair, sa réputation gagna bientôt toute la haute Moselle, de Bussang à Remiremont. Pas un sagard qui ne connaisse l'homme aux cheveux gris et ses quatre colosses au crin clair comme copeaux de buis sur pelage d'automne incandescent. Contre censine versée aux chanoinesses de Remiremont, le père de Sylvain obtint le droit d'exploiter pour son compte la scierie de l'Agne. Non comblé par cet établissement, il retourna jusqu'à l'abbaye pour y conquérir le cœur d'Estelle Bonnier, l'adorable coquerelle qui l'avait introduit auprès de l'abbesse. À peine enraciné, il allait faire souche.

Absalon scrute le visage de son compagnon qui, assis sur le vieux banc de bois accolé à la maison, éviscère paisiblement le fruit de sa pêche. Sylvain a un geste rond qui s'accorde à la nonchalance de sa dégaine. Sa sérénité naturelle semble dominer ses appréhensions. Un peu comme ces vieux soldats qui somnolent à la veille d'une bataille décisive, il n'anticipe pas. Le souper est à peine plus silencieux que d'habitude. Dans la soirée, Sylvain descend seul vers la maison du bas. Il tient un lumignon dans une main, un pied-de-biche dans l'autre. À la stridulation des clous qu'il arrache de leur support de chêne succède la calme randonnée d'une flamme qui filtre çà et là par les interstices des volets grossièrement calfeutrés. Le visiteur réapparaît sur le seuil.

— Absalon, viens voir !

À l'appel de son compagnon, le luthier endosse sa pèlerine et accourt. La petite maison sent le cru et, si les araignées y ont mis leur désordre de toiles, les objets qui s'y abritent sont parfaitement rangés. Marchant à la suite de Sylvain, il gravit l'escalier jusqu'à une mansarde occupée par une carcasse de lit aussi large que longue, une couche de géant.

— Il doit être plus proche de sept pieds que de six, s'exclame Sylvain admiratif.

— Lionel ? demande Absalon.

Depuis qu'ils se sont rencontrés sur la route, l'Espagnol n'a cessé d'entendre parler de ce frère de lait, ce protecteur, cet inséparable ami d'enfance, et il mesure à l'œil ébloui du charpentier la place immense que tient ce colosse dans son cœur. L'entraînant vers un montant de porte, Sylvain lui fait découvrir toute une succession de stries dont la plus haute plafonne effectivement à près de sept pieds de hauteur.

— Là, c'est Lionel, dit-il au luthier, là c'est moi !

L'encoche lui revenant est si basse qu'il doit préciser :

— À quatorze ans !

Sept années ont passé depuis ces mensurations, qui furent suivies de près par son départ pour Lyon. Quel déchirement que cette envolée qui le coupa d'un seul coup de tout ce qu'il aimait. À peine avait-il quitté la vallée de l'Agne qu'il réprimait un énorme sanglot, se mordait les lèvres en détournant la tête pour que le cocher ne s'aperçoive de rien. Il perdait tout ce matin-là : la confortante présence de Lionel, la maternelle équité de Séraphine, la rude et chaleureuse protection du père et des frères, les taquineries des sagards, les museaux humides des grisans. Il enfouissait surtout son enfance derrière les branches vertes qui refermaient le chemin. Aujourd'hui, il sent peser sur lui la menace d'un nouveau deuil et puise du courage au cœur de chaque objet familier qui se rappelle à sa mémoire. Il rassemble une armée d'images heureuses pour faire face à l'Ange de Désolation. Il sait que la nouvelle viendra d'en bas, de quelqu'un du village. Il décide qu'il ne descendra pas à Visentine avant d'avoir accueilli en son repli l'émissaire du destin.

Les deux hommes se couchent dans un coin abrité de la maison du haut. Dès minuit, il se met à pleuvoir. Deux fois, les dormeurs sont éveillés par un piétinement de sabots et par des ébrouements rauques à quelques toises à peine de l'endroit où ils reposent. Ce grondement sourd affole les animaux de bât qui déchirent la nuit de leurs braiments.

C'est à Absalon qu'apparaît, le lendemain, l'Ange de Désolation, sous les traits d'une monumentale paysanne armée d'un bâton de bois vert. La cinquantaine, elle a le cheveu gris tiré sous une coiffe et porte sur les épaules une lourde pèlerine qui lui donne un air de commandeur. Elle est sur ses gardes et son visage, d'une belle gravité, défie l'intrus. On n'aime pas les étrangers dans le pays et encore moins les Roumes. Le luthier marrane est soulagé quand il voit son compagnon déboucher sur l'esplanade avec une brassée de bois.

— Quelqu'un pour toi.

Les retrouvailles entre Sylvain et mère Séraphine sont rieuses. L'un verse ses bûches, l'autre son tuteur. Une tendre accolade et tous deux s'entraînent sur le vieux banc pour se contempler à l'aise, les yeux dans les yeux.

— Tu es beau comme les anges des peintures, s'exclame-t-elle en lui baisotant les mains.

Le regard de la nourrice est d'eau bleue comme lac de montagne, son visage a perdu son lissé et présente de belles rides tirées à quatre épingles vers ses tempes grises. Rien dans cette tête aimée qui s'abandonne. Pas de paupière dolente ni de bajoue empesée, mais un masque volontaire, une solidité de récif émergeant des tempêtes.

— Il y a eu du malheur, mon Sylvain, lui dit-elle sans plus attendre.

Elle a gardé une main de l'artisan prisonnière des siennes comme si elle craignait qu'il se désancre et elle poursuit :

— Ton frère est mort d'avoir rallié la religion réformée.

— Lequel ? intervient le compagnon sans mesurer sa voix.

— Simon !

Le regard de Sylvain s'échappe du côté des grands arbres avant de se réfugier sous la tiède cécité de ses paupières closes.

— Mon petit, comme je voudrais dissimuler ces misères et ne pas te faire tout ce mal.

— Dis-moi vite, qu'on en finisse !

Et Séraphine raconte, décharge son fardeau au plus vite qu'elle peut, avec çà et là un arrêt pour ravaler un soupir. Après la mort du père, au siège de Metz, Ambroise, le frère aîné de Sylvain, a continué l'activité avec Simon. Infatigable au sciage, vigoureux à la cognée, capable de culbuter un arbre au pouce près, le forestier avait toutes les qualités nécessaires pour mener à bien son entreprise. À sa charge, il était violent, martyrisait son monde, injuriait ses gens, allant même jusqu'à les frapper quand il avait bu. Dans l'entourage d'Ambroise, seul Simon était capable d'éteindre les colères de son aîné et de le ramener à la raison. Simon ne ressemblait en rien à

34

son frère. Il s'extériorisait peu et vivait en reclus, préférant la lecture et la compagnie des grisans à celle des humains. Dans l'exploitation, il avait pris en charge l'acheminement des tronces jusqu'à la scie à aubes. Il chérissait ses chevaux, les soignait, les ferrait, les étrillait et orchestrait, comme son père, le rapatriement des grands arbres dans un cérémonial qui valait le plus prestigieux des spectacles. Aucun arbre dans la région n'était de taille à résister à la traction de ses géants. Rares furent les souches qui bravèrent leur ardeur. Toron après toron, les grisans leur brisaient les membres, les écartelaient, les extrayaient de leur réduit de terre et de roche.

Un jour, Simon rencontra un disciple de Matthias Flacius d'Illyrie qui l'ouvrit à la Réforme. Âme torturée en quête d'impossibles réponses sur lui-même et sur la barbarie des hommes, Simon trouva en Calvin son guide et découvrit la Bible dans la nudité de son écriture et la sagesse de son enseignement. Ses affinités avec la «Nouvelle opinion» lui valurent d'être arrêté sur dénonciation anonyme, incarcéré à Remiremont pour y être jugé. Sur la sellette, Simon ne s'esquiva pas. Face à ses censeurs, il récusa la messe, la Vierge, les Saints et leurs représentations. Il nia le purgatoire, réprouva la confession auriculaire, taxa de «croyances de bonnes femmes» les indulgences, les reliques et les processions.

Ambroise, que la foi et les affaires d'Église n'intéressaient pas, suivit ce drame dans l'impuissance, puis dans la rage. Depuis la mort du père, les deux frères étaient plus unis que jamais, le cadet tempérant l'autre dans ses débordements, l'aîné intervenant quand trop pesait sur les épaules du benjamin le joug de l'existence. Cette complémentarité salutaire chancela le jour où Ambroise convola avec Suzon Minguet, la fille d'un meunier de Bussang, qui s'était trouvée grosse par son fait. Si le mariage assura un père à l'enfant qui devait naître, il nantit l'épouse d'un mari coléreux et paillard, impossible à vivre. Habitant sous le même toit, Simon recueillit en un premier temps les doléances de la femme. Au bout de quelques mois, il récoltait sa hargne. C'était sa faute si le couple battait de l'aile, clamait la mégère. De là à prétendre qu'il déprisait le sacrement de mariage depuis qu'il avait rallié la horde des hérétiques, il n'y avait qu'un pas... Ambroise apprit l'arrestation de son cadet alors qu'il était en forêt. Laissant tout en plan, il démarcha des semaines pour le tirer d'affaire. Quand il sut que son frère allait être brûlé, il descendit à Remiremont avec Germain, le mari de Séraphine. Il arriva sur le lieu d'expiation au moment où Simon était traîné sur une claie jusqu'au bûcher. On lisait l'acte d'accusation. Il pleuvait. Des bourreaux pressés attachèrent à le rompre le condamné à un des poteaux. Ils plongèrent ensuite leurs torches dans l'amas de bois détrempé. Le feu fut long à prendre, la place s'emmitonna d'un brouillard laiteux. Quand les flammes arrivèrent à hauteur de la victime, Ambroise saisit son arbalète et, crevant le double voile de la fumée et de ses larmes, ajusta un trait qui atteignit le supplicié en plein front. Quand il reprit avec Germain le chemin de Visentine, la colère recouvrait déjà sa détresse. Il avait dans l'oreille le nom de celle qui avait dénoncé Simon.

— Elle va payer! disait-il.

De retour à la scierie, un regard lui suffit pour confirmer ses soupçons et sceller ses craintes. Ce qui se passa alors fut folie. Ambroise se saisit d'une bûche qu'il abattit sur sa femme, une fois, deux fois, trois fois. Des os qui craquent, des cris, un visage qui saigne. Se jetant au cœur de cette folie meurtrière en pleurant, Anthoine, le fils du sagard, prit un coup de massue qui lui éclata le crâne et l'étendit raide à l'autre bout de la pièce. L'horreur tomba alors comme un fer de hache sur le visage du forestier. Fuyant les cris déchirants de Suzon, il se jeta contre les murs, renversa les barrières, culbuta les piles de bois. Il chassa les chevaux en hurlant, brisa ses poings sur une souche. Après quoi, il s'enfonça dans la forêt comme on s'empale sur des pieux dans les chausse-trapes de l'enfer.

CHAPITRE III

Cela fait un long moment que les paroles sont bues et qu'une brise d'automne a séché la rosée des visages. Captif des vieilles menottes de la nourrice, Sylvain se rappelle un amusement d'enfant. Les mains de Lionel, les siennes, celles de Séraphine se superposaient dans le désordre. La plus basse remontait en haut du tas, ainsi de suite, de plus en plus vite. Pour corser la difficulté, sa mère adoptive avait imaginé de faire dire à chacun «dextre» ou «senestre», suivant qu'il déplaçait la droite ou la gauche. Quelle partie de plaisir quand l'un d'entre eux fourchait ou perdait ses marques! «Dextre, senestre, une fois le bonheur, une fois le malheur, on joue à la vie», avait dit un jour la femme avec le plus grand des sérieux. Lionel avait relevé cette réflexion. Il avait nommé ce jeu le «jeu de la vie».

Sylvain dégage sa main, effleure du revers des doigts la joue douce de Séraphine, lui sourit et se lève. Posément, il avance vers le puits, ouvre le rabat et reste là, songeur, les poings appuyés sur la margelle, le dos rond. Du bout des ongles, il pousse quelques grenailles dans la tache noire comme s'il voulait y enfouir les dernières pensées sombres qui l'occupent. Le clapotis le surprend et il se retourne :

— Que de peines cette maison porte dans ses murs, dit-il à Séraphine et il enchaîne aussitôt :

Que de bonheurs aussi !

Il revient sur la femme, s'agenouille à ses pieds et, lui montrant sa main gauche, lui demande :

— Rien d'autre en senestre ?

— Ma foi, j'ai vidé le sac.

— Il me reste encore un frère, glisse Sylvain en ramenant sa main droite.

— Il est en dextre, bien gaillard comme toi ! lui dit-elle.

Ses pommettes rutilent.

— Lionel peut-il soulever un cheval comme le Bohémond des légendes ? questionne Sylvain.

— Tout dépend s'il est grisan, destrier ou gazelle de course, esquive la mère avec malice.

— J'ai vu sa couche. Elle vaut bien celle de Martial le Charentais, qui tirait tout seul des arbres de deux toises.

— Elle est plus grande et plus large.

Et d'ajouter pour conclure :

— Ton frère est tant géant que les portes ont peur de lui et s'abaissent quand il passe.

Le rire les traverse et les ressoude l'un à l'autre.

— Où peut-on le trouver ? trépigne le compagnon.

— Lionel est à Toul. Il reviendra pour Noël. On y sera vite !

Séraphine est reconquise par ce fils débonnaire et tendre, ce jeune homme qui n'a abandonné à l'enfance ni le don de s'émerveiller ni la faculté de s'émouvoir. Elle l'invite à parler de lui, à raconter son apprentissage. Elle aime ce surnom de Visentin le Pacifique que les compagnons lui ont donné. Elle redevient la nourrice et la mère. Son cœur déborde jusqu'à dire :

— T'es tant beau, mon Sylvain, et l'œil si gouleyant que point ne résisterais à ta bonne mine si j'étais encore drôlette. J'en croirais que mon lait était béni comme le vin des calices.

Elle susurre son petit blasphème en s'assurant qu'aucune oreille alentour ne puisse le surprendre. Revenant sur Sylvain, elle retrouve son air grave pour lui dire :

— Tu ne devrais pas rester ici !

— Pourquoi ?

— Ce lieu est maudit.

— C'est ce qu'on prétend au village ?

— Oui, fait-elle en doublant son affirmation d'un mouvement de tête.

Sylvain sourit en pensant à tous ces gens qui ont emporté par charretées pour leurs très chrétiennes constructions les planches maléfiques débitées par Ambroise et Simon.

— Et ce n'est pas tout, ajoute-t-elle. Avec l'ouverture des mines, il y a du brigandage dans le pays...

Sylvain hausse les épaules.

— Tu m'en voudras si je ne suis pas ton conseil ?

— J'aurai peur, c'est tout !

Elle se laisse embrasser sur le front et se retient de lui répondre quand il lui dit :

— Il faut racheter... Apaiser la tempête.

Quand il la ramène sur le chemin qui mène à Visentine, elle s'attarde devant la maison du bas.

— C'est vrai qu'on y était bien !

Elle reviendra encore avec ses craintes et ses recommandations, parle du «Roume» qui ne plaira pas au village. Sylvain laisse ruisseler le flux des mises en garde qu'il impute à son retour inattendu, au bonheur trop irréel encore de leurs retrouvailles.

L'attente s'est réveillée en sursaut et reste suspendue sur son fil : d'un côté, ce qui s'espère et de l'autre, ce qui peut se perdre. Séraphine regagne son logis de son pas vigoureux. Il fera bon être dimanche et recevoir Sylvain chez elle. Plus loin dans le temps, elle sera belle la fête de Noël avec ses fils. La solide Vosgienne est presque alerte dans le sentier pentu qui borde l'Agne. Pour un peu, elle débroulerait sur la place du village en courant.

La nuit est venteuse et haletante à l'image de Sylvain. Vers minuit, le charpentier se lève et sort sur l'esplanade. Les arbres assiégés saignent des feuilles pourpres et les bâtiments pris d'assaut se désarticulent comme pantins de bois. Le vent bataille jusque dans la tête du compagnon. Il ranime ses morts, accable ses vivants, pèse mille cuirasses sur ses épaules lasses. La grande pièce, où le noctambule revient allonger sa fatigue, lui paraît glacée. Elle abrite le désespoir d'Ambroise et, immolée dans un coin, la rémanence d'un drame. Sylvain s'échappe par les trouées du toit où des nuages s'effrangent dans la lumière glauque d'une lune pleine. Crinière flottante, les grisans remontent au point d'eau. Dans la nuit, deux étalons se livrent un combat sans merci. Au réveil des deux compagnons, Absalon découvre sur la table un pain tiède noué dans un drap.

Le coffre de Sylvain est ouvert sur de bons outils de charpenterie soigneusement disposés pour que leurs tranchants ne s'émoussent pas. Les deux artisans mettent une dernière main à la réfection d'une échelle en frêne.

— Dimanche, je me rends au village pour la messe, lance Sylvain. Tu m'accompagnes ?

Le marrane esquisse une légère grimace, hésite un moment avant de demander :

— Est-ce bien nécessaire ?

— Ça faciliterait les choses, dit le compagnon en dressant l'échelle contre la grande maison.

— Je te laisse juge !

— Alors accompagne-moi, c'est mieux.

Ses outils en ceinture, il gravit les échelons et au fur et à mesure qu'il s'élève son âme lui paraît plus légère. La journée est belle. Pas de pluie à l'horizon, pas une once de vent. Le compagnon évolue en toiture à pas feutrés. C'est surprenant de le voir œuvrer avec autant d'aisance. Il prend plaisir à circonscrire chaque blessure du toit, à relatter des chevrons et à replacer les écailles de bois comme son père les avait posées. À quelques années de distance, les mains se confondent, celles du père et celles du fils, et cela émeut Sylvain. Revenir sur le travail de ce bon artisan, se refondre dans ce qui fut son geste, rencontrer au détour d'une difficulté un vestige de son adresse ressuscite le cher disparu dans ce qu'il avait de plus noble : sa passion du bel ouvrage. Ce matin-là, l'homme gris est au côté de son cadet et semble lui dire : « Reprends cette belle vallée et toutes ces constructions où j'ai laissé l'empreinte paisible de mes mains, où ma force a dressé des charpentes, installé des roues à aubes sur leurs coussinets, où j'ai aimé vivre avec vous et avec mes gens. »

Sous le couvert ocre et roux de la forêt, un être, de chair cette fois, épie les deux artisans et attend un instant propice pour passer à l'action. Il choisit le moment où Sylvain appelle son aidant au faîte de la maison. D'en haut, on peut voir la clairière verdoyante où paissent les grisans. Il y en a douze, et quatre poulains.

— À quand la capture? demande Absalon.

— Avant les grands froids, jubile Sylvain.

Forts de cette perspective, les deux hommes font le tour des anciennes écuries, une fois leur journée faite. Ils évaluent l'ouvrage et le matériau nécessaire à la remise en état des fenils. Quand ils regagnent la maison d'en haut, ils découvrent devant la porte un panier grossièrement tressé d'écorces de noisetier, rempli de pommes à ras bord.

— Quelqu'un nous veut du bien, s'exclame Sylvain en lustrant un fruit avec un pan de sa chemise.

Cette nuit-là, la pluie éprouve le toit à l'insu des dormeurs. Du côté de Bussang, un déluge de paturons blancs remonte jusqu'aux sources de la Moselle.

Vient le dimanche. Dans son pourpoint noir monté d'une courte fraise, Absalon a la majesté d'un Grand d'Espagne. Il s'est rabattu la barbe sous les pommettes pour se désapparenter des Roumes ou autres Gitans de triste renom. Sylvain porte un justaucorps en velours foncé, des chausses moulantes, de hautes bottes à revers en chevreau, une pèlerine passementée aux couleurs des compagnons charpentiers de hautes futaies. Ses longs cheveux, noués dans la nuque, laissent apparaître le joint d'or qui lui pince l'oreille.

Au loin, les cloches de Visentine se font pressantes. Sur un soupir, le luthier passe une cape courte bordée de fourrure et les deux hommes se mettent en marche. Malgré la présence bienveillante d'un des derniers soleils d'automne, le vallon est détrempé comme s'il avait plu. Dans le sentier regagné par la nature, on évite les hautes herbes, les fougères, les branches basses. Au fur et à mesure de la descente, la forêt desserre son étreinte et libère le chemin. Quand ils débouchent dans le village, l'église est là, toute proche, avalant ses chrétiens pour la grand-messe. Il en vient de Bussang et des hameaux avoisinants. Sous le portail, de brefs saluts, des hochements de tête, quelques mots échangés à voix basse. L'installation de Sylvain et de son compère à l'avant de la nef émoustille les regards, suscite des apartés. Le plain-chant perd momentanément ses fers de lance pour faire place au brouhaha d'une assistance interrogative. Certains cherchent à situer les étrangers, d'autres s'étonnent de ce retour après le drame de la scierie de l'Agne. Des airs soupçonneux côtoient des expressions ravies. En effet, sans parler de la très partisane nourrice, qui dans son coin boit son petit-lait de bonheur, nombreux sont les villageois qui gardent de Sylvain un souvenir charmé et qui retrouvent dans sa mine radieuse, la grâce, l'insouciance, la détermination tranquille de l'enfant qu'il était. Bruissante comme une ruche, l'assemblée dominicale est en effervescence. Les timorés cherchent à se rassurer, les suspicieux, subodorant chez l'étranger un fumet de Réforme, le regardent de travers, la gent féminine vagabonde dans des voies tangentes qui ne sillonnent pas plus la Galilée qu'elles ne mènent au Golgotha.

Affrontant l'impiété collective, l'abbé Grillot arquebuse sa communauté d'un *Dominus vobiscum* assassin. Rien à faire ! Avec sa chasuble qui lui couvre les pieds comme une courtepointe, il n'a pas plus d'autorité qu'un saint de plâtre. Le bourdonnement persiste et Dieu abandonne à ses ouailles son serviteur, définitivement pétrifié par l'âge dans la posture inconfortable des indiscrets qui collent leur œil au trou des serrures. Devant l'insuccès de son intervention, le curé change de tactique.

Profitant du répons suivant, il identifie le coupable qu'il fustige tout de go d'une éructation latine incendiaire. Et c'est alors qu'il reconnaît Sylvain, dont il avait été jadis le précepteur. Sa surprise est telle qu'il se cogne au manteau de l'autel en se retournant. Les enfants de chœur font tant d'efforts pour garder leur sérieux qu'ils intervertissent les burettes au moment de l'offrande, mettant quatre parts d'eau pour un soupçon de vin. L'office se poursuit dans la confusion avec un *Agnus Dei* entonné par la voix chevrotante de l'abbé Grillot à la place du *Sanctus*. De son côté, Séraphine observe les fidèles. Elle sait qui sont les vrais amis, peut nommer ceux qui ont des choses à se reprocher, ceux dont il faut se méfier, ceux, enfin, dont les réticences se lézarderont. Replié sur ses convictions, Absalon pactise par diplomatie avec la liturgie papiste, tandis que Sylvain s'évade à travers les nouveaux vitraux de l'église. C'est par eux que passe sa prière, une prière ardente, qui du rouge remonte à Ambroise le proscrit, qui par ses verts appelle à la vie, qui par ses gris le mène au chevet d'un enfant mort, qui dans ses ors recueille Simon sur un bûcher, qui dans ses bleus évoque la dame de ses espérances, étoile inconnue quelque part en vie dans l'attente de lui, cœur attaché par un cheveu invisible à son propre cœur.

Après l'office, Absalon préfère regagner la scierie sans traîner. Ce rituel chrétien gerce ses souvenirs. Sur le porche, on entend le rire de Sylvain. De solides poignées de main, d'amicales tapes sur les épaules, de chaleureuses accolades débrident la joie du compagnon. Les vieux forestiers qui ont dégrossi leur vie et leur visage à coups de cognée aux côtés de son père lui font la fête. Même chose chez le forgeron, la marcaire de Bussang, le meunier de Fresse. Les hommes de sa génération se rappellent à sa mémoire, les jeunes filles rougissantes passent en inclinant gentiment la tête. Les premiers échanges sont prudents : chacun veille à éviter certains faits comme on saute une page de livre.

— C'est jour d'absolution pour les Chantournelle et la scierie de l'Agne, glisse Sylvain à Séraphine.

— Rien qu'un jour de trêve, soupire la nourrice. Tu vas trop vite !

L'abbé Grillot accourt depuis la sacristie. Tonsure en avant, il se fraie un passage jusqu'à son ancien disciple. Cassé en deux, il ressemble à une petite potence. Son haleine faisandée, qui filtre entre les obstacles d'une bouche clairsemée comme un cimetière, lui ouvre le chemin et tient son monde à distance. Il veut voir Sylvain à la cure tout de suite au grand dam de Séraphine, qui l'attend chez elle avec un festin. Une fois au presbytère, le curé, sevré de son vin dominical, sort un flacon vermeil et deux gobelets douteux.

— On a beau nourrir l'esprit, dit-il en versotant le nectar avec gourmandise, il n'en faut pas moins abreuver le corps.

Après un préambule où il est question de rhumatismes, de désordres intestinaux et du toit de la cure, qui réclame le secours d'un charpentier, le curé en vient au sujet qui l'occupe.

— J'ignore si tu fais bien de revenir. Le pays est en train de changer. Il attire depuis peu la convoitise de prospecteurs de cuivre et d'argent. Ils sont partout : du côté de Bussang, à la Noiregoutte, en amont de l'Agne...

L'abbé Grillot raconte comment le duc de Lorraine a récompensé certains de ses braves en leur accordant le privilège d'exploiter des mines en haute Moselle. Quelques-uns de ces anciens soldats se conduisent comme s'ils étaient toujours en campagne. L'un d'eux, le chevalier de Montmédy, sème la terreur. Se comportant en maître du pays, il n'hésite pas à s'en prendre aux gens du cru qui entravent ses desseins. Avec sa bande, il a mis à feu et à sang plusieurs fermes isolées, massacré sans vergogne l'exploitant de la scierie des Trois-Buttes et sa famille pour lui avoir refusé des bois d'étayage. Échappant à l'autorité de Marguerite de Haraucourt, l'abbesse de Remiremont, il sévit en toute impunité.

— Il s'est établi au Grand-Feigne, c'est là qu'il prospecte, dit-il en se servant la dernière goutte.

Sur un ample lapement, il conclut :

— Vous êtes donc voisins !

Au sortir de la cure, c'est au tour de l'aubergiste d'offrir à boire ! Ensuite Sylvain tombe sur Timéléon, un vieux bûcheron et, de rencontre en rencontre, il arrive chez Séraphine à quatre heures alors qu'elle l'attendait pour midi. Il lui fait des excuses avinées puis, sans arrière-pensée, lui demande où se cache le grand Germain, son mari. La réponse qui s'abat sur sa tête assommerait un bœuf. Elle est assortie d'un flot d'injures à l'adresse de ce vaurien qui a quitté son foyer pour suivre le duc François de Guise à Calais et qui a eu l'outre-

47

cuidance de prendre jeunette avec la picorée récoltée lors du siège de la ville. Sans compter qu'avec le carré de vigne qu'il a acquis dans le Bordelais et l'infâme piquette qu'il en tire, il doit être saoul plus souvent qu'à son tour !

— Le diable lui embroche le vit et lui rissole les boursettes, vitupère l'épouse du sagard peu charitablement.

Sylvain déploie toutes les feintes pour décolérer Séraphine. Quand le fiel a coulé, elle laisse éclater son chagrin. Elle attendait qu'il vienne pour pleurer.

Le compagnon fait le tour du logis. La maison est minuscule. Lionel pourrait à peine s'y déplier.

— Je suis bien ici. Et puis, avec des voisins, je suis plus tranquille.

Sylvain ne la contredit pas. Il craint de nouvelles mises en garde.

En fin de journée, le jeune homme remonte à la scierie par les chemins buissonniers de son enfance. Il suit le cours de l'Agne, le traverse à pied sec en rebondissant sur les pierres plates qu'il y disposait avec Lionel dix ans plus tôt. Il arrive entre chien et loup en surplomb de la scierie, décide de prolonger la promenade jusqu'au point d'eau avant de redescendre. L'obscurité tombe. Dans le sous-bois, une ombre étrangère, une forme qu'il ne décrypte pas tout de suite. Elle épouse le sol comme un arbre biscornu, comme une souche versée. Elle est sombre, balayée d'étoffes claires. À l'instant où Sylvain identifie un cheval mort, un couple d'autours s'élève dans les airs en poussant des cris.

— Broucheterre ! murmure Sylvain quand il est à portée d'oreille de l'étalon.

Pour lui répondre, un bruissement d'insectes. Broucheterre a les naseaux blanchis, le mufle retroussé sur de vieilles dents. Il semble sourire. Vénérable chef de troupeau à l'exubérante crinière blanche, il n'a pas trouvé un trou à sa mesure pour s'y traîner et mourir. Le pourrissement des chevaux, tout comme celui des hommes, est hideux et doit se faire dans le secret de la terre. Il faudra à Sylvain et à Absalon une pleine matinée pour creuser une fosse, y enfouir la laideur et faire surgir la légende.

Il était une fois, dans les Chaumes, des grisans sauvages avec à leur tête un chef de harde invaincu. Un jour, l'étalon monta à l'assaut de la mort, chercha la plus blanche montagne, la plus abrupte, celle où il savait que personne ne le suivrait. Il enfonça sept jours ses paturons blancs dans les neiges immaculées, puis sept jours il attendit que la glace étoffe sa crinière et lui recouvre le corps. Glacier, il rendit son souffle, et ce souffle mit sept jours pour redescendre dans la grande vallée jusqu'au troupeau orphelin qui suivait à l'aveuglette une crinière blonde.

CHAPITRE IV

Quelqu'un s'enquiert dans l'ombre de l'activité des deux hommes et veille à leur bien-être. À l'inverse d'un voleur, il pourvoit plutôt qu'il ne subtilise. Aujourd'hui encore, il a déposé un pain sur la table sans se faire voir. Il y a offrande et ni Sylvain ni Absalon ne cherchent à surprendre le rôdeur. Ce serait dommage de rompre le charme.

Pendant trois jours, les deux artisans débroussaillent le sentier jusqu'à Visentine. Il faut dégager le chemin pour rentrer du fourrage. C'est à Fernand Lacogne que le compagnon a demandé du foin pour les chevaux. En échange, il l'aidera à construire une grange pour le printemps. Quand, leur journée faite, les deux travailleurs regagnent la maison du haut, ils s'entendent pour faire du bruit afin d'avertir, le cas échéant, le bon ange du domaine de leur venue.

Un matin, des charrettes tirées par des bœufs gravissent le sentier de la scierie. On bourre les fenils à la hâte sous des nuages prêts à se rompre. Invité pour une rasade avant de redescendre, le fermier salue le travail des deux artisans :

— Vous n'avez pas lambiné ! s'exclame-t-il.

En effet, les toitures ont fait peau neuve et, de bâtiment en appentis, les compagnons ont gagné du terrain sur la pluie et l'humidité. La maison du haut a retrouvé ses grands airs. Avec ses volets défensifs et sa porte massive bardée de pentures guerrières, elle veille sur le domaine. Au moment de partir, le père Lacogne s'adresse à Sylvain :

— Tu as bien fait de te presser, on verra les premières gelées à la nouvelle lune.

La soirée se passe en musique. Absalon pose son petit orgue sur la table. Il hasarde quelques notes timides puis se laisse gagner par son chant. Sylvain façonne un appeau dans une branche de noisetier. Il y emprisonne le babil de la grive musicienne au moment des amours. À l'heure d'aller dormir, les chevaux reviennent au point d'eau. Cela faisait trois semaines qu'ils désertaient le lieu. Les deux hommes se regardent et sourient.

Le lendemain, Sylvain pose en évidence, sur la toile qui enferme le pain, l'instrument qu'il a fabriqué la veille. L'inconnu emporte le présent en même temps qu'il offre des galettes d'épeautre. Premier échange.

Du côté du village, les rapports se détendent de dimanche en dimanche et les deux artisans rencontrent moins de méfiance sur les visages. L'adoption est lente surtout pour Absalon, qui fait frétiller les langues. Les blessures de guerre suppurent encore et ils sont légion ceux qui ne portent pas l'Espagne dans leur cœur. Parfois le luthier parle de repartir mais il ne s'y résout pas. Où peut-il aller ? Il n'a d'autre hospitalité sur la terre que celle du compagnon et de l'invisible pourvoyeur de pain. En accord avec Sylvain, le musicien a pris ses quartiers là où vivait Simon. Il se sent des affinités avec ce réprouvé. Il réaménage la chambre comme elle devait l'être, questionne l'espace sur ce pensionnaire fantôme. Cette aile de la maison a subi moins de dégâts qu'ailleurs, comme si les intempéries s'étaient donné le mot pour ne pas profaner ce sanctuaire. Dans ce refuge, il y a une porte condamnée par un planchetage en fruitier. Dans la partie basse, le bois paraît plus rouge et luit légèrement. Intrigué, le luthier se penche. Il hésite à déranger Sylvain qui, dans la grande pièce, fait respirer le petit orgue au rythme d'un chant murmuré où il ne peut être question que de chevaux sauvages. Le nymphaïon est devenu pour Sylvain l'objet d'un véritable engouement. Dès qu'il a un moment, il s'y promène. C'est par ces tuyaux qu'il confie au vent son bonheur et ses espérances. C'est sur ce clavier qu'il déploie les rêves de sa vie.

Le facteur d'instruments, qui sait mieux que quiconque qu'un fruitier rougit à la caresse des mains, est piqué par la curiosité. N'y tenant plus, il pose ses doigts sur la partie sombre du bois et pousse. Sous la pression, la planchette pivote, dégageant un réduit encombré de feuillets. La trouvaille est amenée sur la grande table. On ferme les volets. Sylvain allume une lampe à huile pour faire l'examen des écrits tandis que le luthier fait les cent pas.

— Rien qui mérite le bûcher ni l'anathème, dit le charpentier pour tranquilliser son compagnon qui, fébrile, n'attend qu'un signe pour sacrifier ces documents à la voracité de l'âtre

Après un long épluchage, Sylvain rend son verdict. Il respire la félicité.

— C'est de la poésie, rien que de la belle poésie sensible et tendre.

Avisant des pages arrachées d'un livre rogné par le feu, Absalon profère :

— On dirait des fragments de la Bible !

— Là encore, je ne vois qu'un poème d'amour. Il n'y a pas dans tout ceci le moindre toron à mettre à la corde d'un pendu.

À côté de ces textes soigneusement recopiés par Simon se trouvent des brouillons qui semblent être de sa main, quelques vers raturés, des variantes en marge, des hésitations.

— Qu'est-ce que tu décides ? interroge Absalon.

— On garde tout, c'est de l'or pur !

— Tu sais ce que tu fais ?

— Oc ! fait Sylvain, tout sourire dehors.

Simon revient en force dans l'univers du petit frère, un autre Simon plus interrogatif, moins retranché avec ses chevaux dans son enclos de morosité, un revenant qui appelle à être compris et qui fait plaider les poètes en sa faveur. Sylvain apprivoise ce personnage étranger à ses souvenirs. Derrière les mots raturés, la poésie encore grossière, le jeu anodin des rimes, se révèle un être attachant et profond. C'est dans cette communion d'âmes que Sylvain décide de se préparer à la capture des chevaux. Il a dressé son plan, sait précisément par quelle manœuvre il conduira la harde jusqu'à l'enclos. Il expose en stratège sa tactique à Absalon :

— Nous partirons du point d'eau. Il faut y ouvrir un large goulot de manière à concentrer le troupeau dans le sentier encaissé qui descend de l'étang jusqu'à la scierie. Avec de bonnes clôtures de part et d'autre nous l'acheminerons vers l'esplanade...

— Construisons un chenal jusqu'à l'enclos, on évitera la dispersion des grisans dans la cour.

— C'est beaucoup plus d'ouvrage! Je n'osais pas te le proposer, reconnaît le charpentier.

La construction de l'avaloir et de la double clôture conduit Sylvain et Absalon au seuil de l'hiver. Le travail est d'importance. Quatre hommes du village sont embauchés pour prêter main-forte aux artisans. Une fois le piège en place, tout un arsenal sonore composé de crécelles géantes, olifants, batteries de cuisine, est mis à disposition des rabatteurs pour couper la retraite des grisans au moment décisif. L'heure est à l'attente. S'écoulant dans un froid térébrant, la période de guet est paisible et ravigotante. Pour les deux artisans, une ombre au tableau : le porteur de pain a joint à son présent une paire de pistolets, de la poudre et des balles. Ce cadeau belliqueux tourmente Absalon :

— Un danger nous menace, dit-il à Sylvain.

Trop naïf ou trop absorbé par la capture des chevaux, le charpentier s'inquiète moins de ce geste qu'il ne s'en étonne.

Les hommes sont à leur poste quand, un jour tombant, les grisans viennent s'abreuver au point d'eau. S'ensuit un tintamarre de cornements et de percussions effrénées. Pour réponse, le sol vibre comme un tambour sous les sabots des chevaux. Le défilé emporte les crinières de feu, telles des traînées de poudre, vers l'enclos. Les poutrelles se rabattent derrière le troupeau. Les géants sont piégés. Leur nuit se passe en trépignements, ébrouements rageurs, coups de reins contre des clôtures plaintives. Un matin givré se lève sur des encolures courbées, du crin ruisselant et des bouches paisibles mâchonnant le fourrage. Sylvain est impressionné par tant de puissance ramassée. Il observe les captifs avec délectation. Les yeux lui roulent dans la tête. Il se retrouve comme au temps du père, à la différence qu'il a deux fois plus de sujets. Considérant avec Absalon, encore incrédule, cette récolte de chevaux, il les passe en revue l'un après l'autre, apprivoise leur aspect, leurs couleurs, leurs particularités. Déjà certains noms émergent, qui les personnalisent. Les compagnons sont séduits par deux poulains prometteurs et un carré de juments à la robe identique, ils s'inquiètent d'un étalon affaibli par de profondes morsures, d'une solide bête qu'étrangle une corde, d'un cheval boiteux. Accoudés sur la clôture, ils savourent leur victoire et laissent fermenter des projets.

— Il nous faudra quelqu'un pour amadouer ces rebelles, les soigner, les remettre à l'ouvrage...

Sylvain approuve. Il descend le jour même trouver Eudore, qui s'occupait jadis des grisans de son père. Il s'attend à voir un vieillard, il découvre un ancêtre. Eudore est aussi exempt de dents que pelé de tête. Noueux et tacheté, il cherche à isoler du flou de sa vue ce charpentier qui lui rend visite.

— Z'avez la voix du père, finit-il par dire.

N'ayant de sénile que l'apparence, Eudore parle des grisans avec vénération, rappelle d'innombrables anecdotes. En l'écoutant, Sylvain s'explique mieux l'attitude passive des habitants de la région face à ces chevaux en liberté. Outre la crainte de voir resurgir Ambroise, il eût été sacrilège de faire main basse sur ce qui n'avait cessé d'appartenir à son père. Alors que Sylvain s'apprête à rentrer bredouille, le palefrenier en vient enfin au fait :

— J'ai votre homme, dit-il. Je vous l'envoie dans la semaine.

Étourdi par sa nuit sans sommeil, Sylvain s'abandonne à flâner. Rien ne le presse du côté de la scierie. Il fait un bout de chemin avec la Moselle avant de revenir sur le village. En remontant la rivière, il croise la Muchette et s'émerveille de son frais visage et de la finesse de sa taille. Il l'a connue bourgeon, il la retrouve en fleur et même en fruit.

— Si l'occasion se présente, je te ferai danser, lui promet-il.

Il récolte un sourire qui ajoute au bien-être d'une lassitude douce.

— Alors, compagnon, les grisans sont rentrés au bercail ? fait une voix.

La nouvelle file à l'allure du torrent. Des gens s'attroupent pour entendre le récit de la capture. Ils ont plaisir à voir ce rire qui déborde, par les yeux, du visage de Sylvain. Quand il regagne la scierie, le jeune homme a sa provision de bonheur : la Muchette posant sa panière pour l'écouter en faisant mine de ne pas l'entendre, le dévisager en faisant mine de ne pas le voir, la physionomie réjouie des villageois devant ses prouesses et, là-haut, un domaine qui retrouve son lustre d'antan. Quand il débouche dans la grande pièce, Absalon l'attend devant la cheminée. Les pistolets sont déposés sur la table. Le visage du luthier porte la marque d'un coup. Il est blême de colère.

— J'ai eu la visite des voisins d'en haut, dit-il en montrant sa pommette ensanglantée. Montmédy veut tes chevaux !

Sylvain occulte son trouble en apportant une compresse et de l'eau à son compagnon. Les propos de l'abbé Grillot lui reviennent en mémoire.

— On peut lui proposer un attelage pour le printemps, finit-il par lâcher, la mort dans l'âme.

— Tu n'as pas compris, Sylvain. Il veut tous les grisans pour sa mine.

— Sans délai?

— Il nous donne une semaine pour exécuter sa volonté.

— Ça nous laisse un peu de temps pour négocier.

Absalon abandonne Sylvain à ses pensées. Il ramasse les pistolets et se retire dans sa chambre. Il a la rage au cœur, souffre mille morts de l'humiliation qu'il a subie. Avec ce coup de botte, ce sont quinze ans de colère qui remontent. Pour la première fois depuis leur rencontre, il peste contre le compagnon qu'il sent prêt à trop de concessions. S'il avait à choisir, lui, il se battrait. Il irait jusqu'à mourir pour opposer une fois, une fois seulement, son bon droit au chantage des armes. Prisonnier de ses idées vengeresses, le luthier ne trouve le sommeil qu'au petit matin. Quand il se lève, il est presque midi. Dehors, Sylvain converse avec un gaillard roux. C'est l'homme envoyé par Eudore pour s'occuper des chevaux. Le palefrenier est osseux et de belle taille. Il semble solide comme buis et d'un caractère affirmé. Il est partant pour débourrer les chevaux et les soigner contre le pot, la cahute et deux sols la journée.

— Vous serez content de moi, monsieur le Compagnon, et vos bêtes seront toutes assainies et dociles avant le retour du printemps.

Après le topage, il confie à Sylvain, comme s'il lisait dans ses pensées:

— Me plaît mieux que les grisans vous reviennent comme du temps de feu votre père plutôt qu'aux brigands du Grand-Feigne.

En même temps qu'il parle, sa moue de dégoût cible l'Agne en amont. Sous les arcades blondes de ses sourcils, le regard vert du palefrenier défie Montmédy et sa bande. Il était de cette ferme dont parlait l'abbé Grillot.

Au moment de repartir pour le village, Florian va et vient autour de l'enclos. Il semble tarabusté par quelque chose. Soudain, il se décide et passe la clôture. Les chevaux évitent l'intrus. S'ensuit un lent travail d'insinuation dans le troupeau, puis une avancée circonspecte jusqu'à cet étalon qu'étrangle un nœud coulant. Abordant l'animal au geste et à la voix, Florian sort doucement son couteau et tranche la corde. Sylvain, qui n'a rien perdu de la manœuvre, est satisfait de son embauche. À ses côtés, Absalon a suivi, lui aussi, ce jeu d'approche.

— Il te fera de bons chevaux, il a le tour.

Sylvain est déterminé. Il monte au Grand-Feigne pour parlementer avec Guibert de Montmédy. Il porte un long manteau et un chapeau à large bord. Après hésitation, il a pris sa canne enrubannée à ses couleurs, dans l'espoir — qui sait ? — d'amadouer son voisin. Il marche sous une pluie glacée et suffoque pourtant. Quand il débouche sur le chantier, il y découvre un massif de rondins détrempés, des tas de pierrailles, un trou noir d'où provient un gargouillis d'ogre. Sur les hauteurs, une demeure arrogante, bâtie en bonnes pierres, insulte la vallée. Tout autour, de serviles constructions de bois. Sylvain s'engage sur le sentier qui mène chez le prospecteur quand deux hommes arrivent sur lui au galop. À peine s'ils ne le versent pas avec leurs chevaux. C'est escorté comme un forçat qu'il gagne la bâtisse de Montmédy. Le maître du lieu, une brute épaissie par l'âge et les excès de table, reçoit son visiteur en bâfrant.

— C'est donc toi qui as eu l'insolence de me doubler, dit-il à Sylvain, une fois les présentations faites.

— Ces chevaux étaient à mon père, ils me reviennent de droit.

— Répète-moi cela, fait-il en fixant l'artisan de ses petits yeux de batracien, j'ai mal entendu!

Sylvain se racle la gorge et reprend posément. Montmédy éclate de rire:

— Tu as raison! Laisse bien tes chevaux où ils sont. Par contre, fais-moi le plaisir de vider la scierie avec ton compère pour jeudi. Ce serait bien pour nous et préférable pour vous!

Se trouvant de l'esprit, il rit avec ses acolytes à s'en déboutonner la panse. Plus dépossédé au retour qu'à l'aller, le charpentier vomit son indignation au pied d'un arbre avant de redescendre. Cette méchanceté échappe à son entendement. Accablé, il s'arrête un long moment près d'une cascatelle qu'il a vue, enfant, assaillie par des saumons. Certains bécards trop affaiblis mouraient d'épuisement en bas de la chute. Avec Lionel, il leur offrait une nouvelle chance en les remettant à l'eau en haut de la cascade.

La pluie transperce le manteau de Sylvain et c'est grelottant qu'il retrouve Absalon dans la grande pièce.

— Montmédy nous chasse, dit-il sans préambule. Il nous donne jusqu'à jeudi pour plier bagage.

Le luthier s'enflamme.

— C'est une infamie! Tu es chez toi ici. Il faut réagir! On ne peut pas donner raison à ce scélérat. Nous ne sommes pas des lâches!

Quand la fureur de son compagnon se fait moins incendiaire, Sylvain tente:

— Je t'en prie, Absalon. Avant de te mettre en guerre, laisse-moi me rendre à Remiremont pour en appeler au grand prévôt du chapitre. Cette justice-là est de son ressort !

Le luthier cède de mauvaise grâce à la prière de son compagnon et le laisse partir, non sans égrener dans sa barbe un chapelet de jurons scatologiques et blasphémateurs dans toutes les langues qu'il pratique.

Sylvain revient de Remiremont le surlendemain dans la matinée. Il est bredouille. Sa requête a été mal accueillie à la prévôté. Le sénéchal a gardé une dent contre ses frères. De plus, il n'a aucune envie de se frotter à Montmédy, tant par crainte d'être taillé en pièces par le brigand et sa bande que par appréhension d'encaisser des remontrances en haut lieu s'il lui cherche noise. Tandis que Sylvain conte son infortune à Absalon, une ombre passe le long de la façade, diffusant dans la pièce une furtive odeur de pain chaud. Ce jour-là, des coups sont frappés sur la porte. Sur le seuil, le palefrenier tient par l'oreille un garçonnet filiforme d'une douzaine d'années, la tignasse rebelle, l'œil vif-argent. Florian n'a pas le temps d'ouvrir la bouche que Sylvain lui commande :

— Lâche-le, c'est une vieille connaissance.

Le gamin fait trois pas vers la table, y dépose son pain, rajuste sa blouse en regardant de biais ce rouquin qui a brisé son jeu. Sur une boutade de Sylvain, l'enfant est mis en confiance et se démasque. Il s'appelle Blaise, habite au ménil de la Noiregoutte avec sa mère, son oncle et une tante infirme. Sans qu'on l'y convie, il s'assied sur le banc en face du charpentier. Il se sent au chaud dans son regard attentif. Après avoir écouté Blaise, Sylvain informe Florian du danger qui menace le domaine. Il fait état de ses démarches infructueuses à Remiremont, s'excuse du désenchantement qu'il lui cause, demande son conseil. Le palefrenier jette un regard entendu au luthier.

— Ils veulent les chevaux, monsieur Sylvain, ils les auront, lâche-t-il sur un ton sibyllin.

Là-dessus, Absalon se lève, invite son compagnon à le suivre et expose son plan.

— Ça me pèse d'en arriver là, émet Sylvain.

— Tu n'obtiendras pas la paix autrement, tranche le stratège.

Les journées du mardi et du mercredi se passent à aménager le piège, installé pour la capture des chevaux, aux fins d'y coincer des hommes.

Contrairement à Florian et aux trois Vosgiens de sa trempe embarqués par lui dans l'aventure, Sylvain œuvre à cette tâche de mort sans plaisir. La violence lui répugne et, au risque de passer pour un lâche, il agace le luthier avec des solutions pacifiques qui ne tiennent pas debout.

— On pourrait quitter le domaine et attendre que Montmédy revienne à de meilleurs sentiments ?

Absalon fait la sourde oreille.

Nous sommes jeudi. Florian approche les chevaux les plus dociles pour leur passer des colliers de halage qu'il relie ensuite par des longes. Il a deux hommes avec lui. Quant au troisième, il se tient prêt à tendre des filins dans la descente qui va de l'étang à l'esplanade. Absalon et Sylvain se trouvent tout en haut, à l'endroit où l'entonnoir se resserre. Ils ont scié un fier sapin qu'ils culbuteront pour couper la retraite des bandits. Maintenu par deux cordes à deux solides congénères, l'arbre tourne de l'œil sous la brise. Les événements ne traînent pas. Blaise surgit hors d'haleine auprès des artisans.

— Ils descendent la rivière. Ils sont cinq.

Le garnement emprunte ensuite le défilé qu'il dévale jusqu'à l'enclos. Sur ces entrefaites, Montmédy et sa bande débouchent sur le point d'eau. Ils portent corselets et morions et sont équipés d'un arsenal impressionnant. Soudain, le brigand fait signe à sa suite de s'arrêter. Son visage est soucieux.

— Ça sent le traquenard, grogne-t-il.

Absalon ne vit plus. Sortant sans bruit ses pistolets de sa ceinture, il attend. Deux hommes mettent pied à terre pour inspecter les lieux. La sueur perle sur le front du luthier. Il étouffe un juron quand il s'aperçoit que Sylvain n'est plus à côté de lui. Un rire provocateur retentit alors dans le sentier, joyeux, débridé, insolent. Stupéfait, Montmédy éperonne sa monture et fonce au galop derrière le faquin. Le compagnon dévale la goulotte à toute allure. Des coups de feu retentissent, puis se confondent avec un terrible grondement venant de l'enclos. Sylvain court entre les palissades, attirant les cavaliers vers les cordes tendues à l'endroit où le chemin est encaissé. Une balle lui siffle aux oreilles, une autre lui projette des bouts d'écorce dans la figure. Quand les grisans au galop arrivent sur lui, il s'esquive comme une fouine, par un trou de la balustrade. Derrière lui, des cavaliers culbutent, un arbre s'abat. Montmédy tente de se remettre en selle quand il est désarçonné par une des longes attachées aux colliers des grisans. Il boule sous leurs paturons. Après leur passage, il n'est plus qu'une masse sanglante et amorphe. Le torrent de sabots brise hommes et montures avant de ralentir sa course. En haut, on entend des coups de feu. C'est Absalon qui tire sur les fuyards. En bas, Florian et ses compères achèvent les blessés avec leur fourche. Malheur aux vaincus ! Après les hommes, trois chevaux moribonds reçoivent le coup de grâce. Sylvain se détourne. Il ne savoure pas la victoire. Il s'enfonce dans les bois et n'en revient qu'à la tombée du jour. Les grisans ont regagné leur enclos. Ils promènent sur l'herbe grise de curieuses pattes rouges.

CHAPITRE V

On est en décembre et il gèle. Montmédy, c'est déjà du passé, sauf qu'à Visentine, la populace a pendu au gibet les cadavres du brigand et de ses acolytes. La revanche du faible ! Une nuit, il se trouvera même quelqu'un pour délester un mort de ses attributs.

Sylvain ne quitte pas la scierie de l'Agne à cette époque. Il redescendra au village après le gel, quand ces fruits macabres auront tellement empesté qu'on se sera décidé à les enfouir en terre. Même s'il admet que les atrocités commises par Guibert de Montmédy dans la région appelaient cette fin hideuse, le compagnon déplore ce débordement de violence. Dans ce tourbillon de barbarie, il n'incrimine personne : ni Absalon, ni Florian, ni les villageois, encore moins les chevaux ! Il déplore, c'est tout. Pour desserrer l'étau qui lui contraint le cœur, l'artisan prépare du bois pour l'hiver ou s'occupe des grisans avec le palefrenier. Il y a du travail : des sabots à tailler et à ferrer, du soin à porter aux nouvelles et anciennes blessures, du nettoyage. Après plusieurs années de totale sauvagerie, les chevaux sont à redomestiquer patiemment.

Quelques jours avant Noël, alors que le compagnon dispose du fourrage dans les râteliers avec Florian, une voix d'outre-tombe clame son prénom sur l'esplanade. Sylvain n'a pas le temps de poser sa fourche que la porte de l'écurie s'obscurcit complètement au passage d'un géant de sept pieds.

— Lionel! s'écrie-t-il.

Et tout s'éclaire sur deux rires qui ricochent, s'entrecroisent, rebondissent du grave à l'aigu, du baryton à la basse.

— Laisse tes chevaux et viens dehors que je te regarde!

Sur les épaules du charpentier, les mains du colosse pèsent un joug lesté de deux seaux pleins. Lionel n'est pas un pic mais une montagne inébranlable sur son socle. À côté de lui, même les grisans paraissent ordinaires. Quand il pénètre avec Sylvain dans la maison du haut, la grande salle rapetisse comme par enchantement. Le fils de Séraphine et du sagard Germain pose sa pèlerine sur la table avant de prendre place à proximité de l'âtre. Il revient de Toul, où il travaille à l'évêché sur un projet de séminaire :

— Dans ce pays, il est plus aisé de devenir curé que charpentier, explique-t-il, et certains prêtres sont tellement ignorants qu'ils mettraient Noël en Carême.

Fouillant au plus profond de sa besace, Lionel en ramène un flacon de vin.

— Après sept ans à la diète l'un de l'autre, trinquons!

Sylvain est fasciné. Il ne se lasse pas de regarder ce grand frère insolite. Tout prête à l'étonnement chez ce personnage surdimensionné : son poil noir qui résiste à la tonsure, son front bas, sa nuque de taureau, sa mâchoire carnassière.

— Comment est-ce Dieu possible d'avoir des doigts aussi forts, des épaules aussi larges, des pieds aussi volumineux? T'es pas taillé pour les églises, Lionel, mais pour les cathédrales! ajoute-t-il en riant.

Pour le géant, la surprise est d'un autre ordre. Elle découle du sourire de Sylvain et de cette candeur encore enfantine qui n'a pas pris une ride depuis le jour de leur séparation. Rien ne semble altérer l'humeur de son frère, endommager sa douceur innée. Sylvain se régale de tout. C'est plaisir de l'entendre évoquer tel ou tel, de le voir déborder de vie et de projets. On croit rêver quand il raconte son monde, l'assemblage des poutraisons, les corbeaux sculptés, l'ardeur des compagnons, la beauté des régions traversées, la musique du vent nouvellement découverte à travers les flûtes d'Absalon.

— Sur quel nuage navigue-t-il pour n'apercevoir de la vie que ce qui élève? dira Lionel à Séraphine le soir même.

Contrairement à l'image qu'il donne, le géant n'est pas façonné d'équanimité comme son frère et ses sept pieds de hauteur ne réussissent pas à lui faire oublier les tourmentes terrestres qui poussent les hommes à se ruer les uns contre les autres. Le jour même de son arrivée, il a donné à Visentine un exemple flagrant de sa vulnérabilité en remuant les villageois pour qu'on ensevelisse les pendus avant Noël. Devant leur inertie, il retroussa ses manches et entreprit de décrocher lui-même les cadavres pour les amener au cimetière. Armé d'un coutelas, il sectionnait les cordes du bras droit tandis que le gauche étreignait les corps gelés à hauteur de la taille. Il traversa cinq fois la place avec ses pendus raides et gris collés tout contre sa poitrine. Il avait moins de dégoût pour cette besogne que pour les badauds qui le regardaient faire. Il creusa toute la nuit et ferma la dernière fosse quand le jour se levait.

— Tu m'aurais appelé, je serais venu, fait Sylvain.

— Il existe des circonstances plus agréables pour se retrouver, répond le colosse en remplissant à ras bord le verre de son frère.

Entre les souvenirs d'enfance qu'ils évoquent et les années de séparation qu'ils retracent, il est des plages de silence où les deux hommes goûtent voluptueusement le simple plaisir d'être ensemble, côte à côte, dans la même chaleur d'un feu de bois. Dans cette tiédeur tendre s'échangent des propos complices, qui étincellent comme des nœuds éclatant dans l'âtre.

— J'ai gardé précieusement ta boîte d'appeaux, je te la monterai à l'occasion, dit l'un.

— Je suis retourné dernièrement à la Grande-Goutte, là où nous remontions des bécards au-dessus de la chute, dit l'autre.

Cette communion de cœur ne s'interrompra qu'en fin d'après-midi quand Absalon revient, transi d'avoir retourné du bois sous l'abri qui protège les vestiges de la scie à aubes. Il fait si froid qu'il a le poil givré autour de la bouche. Préoccupé par son fardeau de planches, il n'avise le visiteur que lorsque ce dernier se déploie en absorbant presque toute la lumière de la cheminée. Le mouvement de recul que provoque cette apparition est suscité tant par la taille de l'individu que par l'habit qui trahit son état. La poignée de main de Lionel est enveloppante, certains diraient strangulante. Heureux de voir ce visiteur monumental se ramasser sur son banc pour lui donner accès à la cheminée. Absalon se colle au feu. Frigorifié, il ne refuse pas le verre de vin papiste que lui présente le clerc.

— Tu as fait des trouvailles ? lance Sylvain.

Coup de tête frileux d'Absalon avant de répondre :

— Le pin que j'ai ramassé est beau. Il est sans nœuds. Son fils est bien régulier. Ça me fera de bonnes flûtes.

Absalon revient à ses premières amours : la lutherie. Il a déployé ses outils, ses presses, ses récipients à colle dans l'ancien refuge de Simon, ne gardant pour dormir qu'un débarras minuscule. Aidé par Sylvain, il a monté un établi de hêtre qui portait les initiales A.C. : Ambroise Chantournelle. Depuis, l'artisan est à l'ouvrage. Absalon reprend vigueur en ce début d'hiver. Il s'est relevé de l'expiation de Montmédy plus rapidement que son compagnon. En le voyant, on pourrait même croire que cette tragédie l'a affranchi de certaines peurs. Par exemple, il a fallu ces événements pour qu'il s'aventure hors de la scierie. Depuis quelques jours, ses escapades deviennent même quotidiennes. Personne ne sait où il va. Personne, sauf peut-être le futé charpentier qui subodore un lien entre les disparitions de son compagnon et la tiédeur du pain offert. Pour le marrane, ce signe bienveillant, chaque jour renouvelé depuis son arrivée au domaine, ne présente-t-il pas une étrange parenté avec la manne du désert qui allait nourrir les Hébreux durant les quarante années de l'exode ? Pour l'homme esseulé, cette délicatesse ne peut avoir les traits que d'une boulangère attentionnée, sinon aimable du moins... aimante. Fors ses pains et son émissaire de douze ans, il peut tout imaginer d'elle, tout espérer.

— Parle-moi de tes projets, lance Lionel à Sylvain.

Le charpentier fait tourner son gobelet vide entre ses doigts. Il finit par dire :

— Je rejoins les compagnons à Dijon au printemps. J'en ai là-bas pour plusieurs années de bel ouvrage.

— Et la scierie ?

— Je ne sais pas ! C'était l'activité de mes frères et de mon père.

Après une hésitation, il dit en souriant :

— Moi, j'ai pris le parti de ceux qui dressent les arbres, non point de ceux qui les versent.

Après cette déclaration altière, il concède :

— Je ne suis plus autorisé par le chapitre de Remiremont à remettre en route l'activité familiale.

— Peut-être qu'en cédant la scierie à quelqu'un d'autre...

— Trop tôt ! Je suis attaché à ce lieu tel qu'il est. C'est notre terre d'enfance, pas vrai ?

Après un temps, il reprend :

— Si je dois m'arrêter un jour, ce sera ici. Pas toi ?

Avant de répondre à cette interrogation, Lionel se lève et prend sa pèlerine. Puis, l'œil noir pointé dans le bleu regard de Sylvain, il émet du haut de ses sept pieds :

— Toi au-dessus, moi en bas à une volée de cloches. Je n'espère rien de mieux.

Quand les frères traversent l'esplanade, le soir tombe. Du côté des écuries, la toux rauque de Florian se mêle au remue-ménage des chevaux. Calfeutrée derrière ses grands arbres, la maison du bas s'est repliée sur l'enfance des deux hommes qui passent. L'Agne joue avec des glaçons. Avant de prendre congé, Lionel rappelle à Sylvain :

— Demain, on fête Noël avec la mère. Surtout, pas un mot sur mon père !

— Ni sur sa vigne, je sais !

Emporté comme un ours dans la descente, il suit l'insouciance du torrent jusqu'à Visentine et profite de sa promenade pour prier.

Noël sera la fête de Séraphine : la modeste maison où la vieille nourrice retrouve ses fils est chaude et simple comme la crèche qui reçut le petit Jésus. Les rires fusent, on s'interpelle, on se taquine :

— Si je suis l'âne, qui est le bœuf ? plaisante Sylvain.

Lionel brise sa chaise dans un excès de jovialité. Il continuera la soirée assis sur le billot destiné à fendre les bûches. C'est plus prudent ! L'amitié des deux frères émeut Séraphine.

— C'est beau de vous voir en belle entente comme les doigts d'une main...

— ... les tétons d'une même nourrice ! rectifie Sylvain.

Le vin aidant, on se tient les côtes. On s'abandonne au bonheur d'être ensemble.

Lionel repart pour Toul à l'Épiphanie. Il n'aura pas laissé passer un jour sans retrouver Sylvain à la scierie de l'Agne. Il lui a prêté main-forte pour acheminer jusqu'à la ferme du père Lacogne de belles tronces de chêne qui doivent servir à la construction d'une grange. Trois grisans ont aidé au débardage sous la conduite de Florian. Le palefrenier a mené magistralement cette tâche ardue. La mélancolie affleure chez le géant quand il quitte Visentine et se sépare de son frère. Sylvain ressent le même pincement. Il se réfugie dans ses équarrissages. Il donne de la hache et de l'herminette pour racheter cette absence à coups de copeaux d'or.

Dans la grande maison, Absalon assemble des flûtes, travaille le son, épure les notes d'un nouvel instrument. Ces cornements insolites émoustillent la curiosité de Blaise, le porteur de pain. Un jour, le garçonnet aborde le luthier en disant :

— J'aimerais voir ce que tu fais.

Absalon répond au désir de l'enfant en lui montrant le petit orgue en chantier. Dans les semaines qui suivent, Blaise, loin de s'esquiver commission faite, comme il le faisait auparavant, profite de chaque course pour venir apprécier l'avancement de la boîte à musique. À peine arrive-t-il qu'il pose son pain, grimpe quatre à quatre chez le luthier pour lui tenir compagnie. Il y a de la grâce dans le regard de ce petit bonhomme et, sous ses airs de capitan, filtre une fascination pour l'homme qui a vaincu Montmédy. Derrière le visage de l'enfant, Absalon cherche à fixer l'image de la mère. Lors de ses sorties, il n'a pas réussi à situer l'endroit où elle habite avec son frère et sa sœur. Il attend du garçon qu'il l'oriente jusqu'à elle. Dans un français trébuchant, il questionne Blaise. Avec les indications du gamin, il imagine ce ménil isolé. Quelques bêtes, un peu de terre, de quoi subsister pour peu qu'on échappe aux voleurs, de quoi mieux vivre quand les récoltes sont bonnes. Il apprend que le domaine était une meunerie du temps du grand-père. Plus surprenant, il croit comprendre que Suzon, la tante infirme, a habité dans la maison du haut. Enfin, il se fait expliquer le chemin buissonnier qui mène à la Noiregoutte : un ruisseau qu'on remonte, une crête rocheuse, un filet d'eau qu'on

71

redescend. Bref, un itinéraire d'enfant où il a toutes les chances de se perdre. Fort de ces explications imprécises, Absalon quitte son antre par un bel après-midi de janvier et part à la conquête de sa boulangère dans son habit du dimanche. Sa barbe est bien détourée, son cheveu peigné. Sous son bras, il tient le prétexte de sa visite : une jolie boîte de fruitier décorée par ses soins d'une gerbe nouée, un coffret ouvragé où sont déposés tête-bêche sur un écrin de velours les deux pistolets prêtés par l'inconnue. Le jour est faste, car il trouve sans mal le ruisseau qui monte et tout aussi facilement celui qui descend. Le moulin désaffecté ne lui échappe pas, pas plus que la petite ferme en contrebas. Le promeneur a des ailes et se retrouve dans une courette, suit un murmure, débouche dans une étable où une femme, qui ne peut être que la mère de Blaise, presse le pis d'une chèvre placide. Absorbée dans ses pensées, ou peut-être dans ses rêves, la dame sursaute à son approche et culbute son seau. Rouge de confusion, elle dévisage, tout en se frottant les mains sur son tablier, ce personnage austère qui ne peut être que son mangeur de pain.

— Je vous ai fait peur, lance-t-il en la taraudant de son œil noir, terrible.

Pour cacher son émotion elle se penche pour ramasser son seau mais le luthier la devance. Absalon est conquis par le trouble de la femme, par sa main coquette qu'elle rappelle pour domestiquer une mèche rebelle.

— Je vous rends vos pistolets, grasseye-t-il en tendant la boîte.

— Ils sont à mon frère. Je les lui remettrai !

Elle regarde le coffret à la sauvette, la gerbe enrubannée.

— Ce sont de bonnes armes, dit Absalon.

Il fronce les sourcils.

— J'aurais préféré ne pas m'en servir.

Au moment de se retirer, Absalon se retourne pour lancer à la femme :

— Vos pains sont bons, madame...

Et elle de glisser :

— Marie !

— Vos pains sont bons, Marie !

Elle serre le coffret contre son ventre.

— Votre boîte est belle...

Absalon repart pour ses ruisseaux qui montent et qui descendent. Son rêve a survécu. Il n'en revient pas ! Quand il surplombe les deux vallons, de gros flocons de neige se mettent à tomber comme pétales blancs sur des mariés. En rejoignant la maison d'en haut, il parcourt un chemin inexploré de blancheur. Une fois rentré, il se secoue la tête éberlué de bonheur, décroche son luth et se laisse emporter par un chant lumineux pailleté de grésil.

Cette fois-ci, l'hiver ne tergiverse plus. Il est bien là, plantant sa lame glacée dans le cœur des Vosges. Le froid est si vif, si soudain que le ruisseau de l'Agne se retrouve statufié dans un amas torturé de glace. La nuit, on entend le claquement sec d'arbres fracturés par le gel. Sylvain a dû abandonner sur le sol les quatre portiques de sa charpente, les « fermes ». Tour à tour lustrés, saupoudrés, duvetés de blancheur, les beaux assemblages de chêne vont se blottir sous la neige. Dans la grande pièce, près d'un feu vorace, le compagnon s'absorbe dans les écritures de Simon. Ses lèvres émettent une muette scansion. À l'étage, Absalon est aux prises avec une note grave. Le luthier étend son orgue sur une quatrième octave.

— Il faudra d'importantes réserves d'air pour cet instrument, confie-t-il à Sylvain.

Le charpentier se passionne pour cette capture du vent. Il dessine des enchevêtrements de soufflets, monte jusqu'au Thillot trouver les tanneurs chez qui les Chantournelle acheminaient jadis leurs écorces de chênes et de châtaigniers. Il en revient heureux et transi avec de bonnes peaux. À partir de ce jour, il prête la main à l'instrument du luthier. Il se rend utile ! Outre cette approche d'un savoir-faire qui l'enchante, Sylvain découvre avec bonheur un compagnon apaisé. Depuis quelques semaines, Absalon ne parle plus de repartir et cette bruine de rêve qui envahit parfois son regard en dit long sur l'espérance qui regagne son cœur.

Un soir propice aux confidences, Absalon s'ouvre à Sylvain : il se sent porté vers Marie, la mère de Blaise, comme l'aigle vers les cimes. Elle est une nouvelle chance, un nouveau versant au sud, où il peut enraciner son bonheur. Pendant près de quinze ans, il n'a fait que fuir, panser des blessures qui ne cessaient de suppurer, durcir sa colère pour combler le vide laissé par ses morts. Aujourd'hui, il aime à l'espagnole, avec panache et emphase.

Sylvain rit à la fortune reconquise, à la joie retrouvée de ce compagnon de rencontre, rit à la barbe neigeuse de l'hiver qui n'est jamais sans annoncer de beaux jours.

Absalon remonte plusieurs fois le ruisseau pétrifié jusqu'à la Noiregoutte, jusqu'à la tendre boulangère : un chemin de paradis éparpillé de luisances, éclatant d'une blancheur qui l'oblige à pincer les paupières.

Dans ce paysage ébloui, seul le frère de Marie fait de l'ombre.

— Tu oublies un peu vite que ces étrangers ont été nos ennemis ! reproche-t-il à sa sœur.

— Il nous a tirés des crocs de Montmédy, riposte-t-elle.

Marie est inquiète. Elle sent son amour en péril et, quand Absalon lui rend visite, elle voudrait lui dire de ne plus s'aventurer seul dans les bois. Un matin, elle entend qu'on a aperçu des loups à la Rocholle. Elle prend peur, arme un pistolet et grimpe le ruisseau de la Noiregoutte. Ses sabots glissent sur le verglas, elle tombe, se relève, poursuit son chemin d'un pas de funambule.

— Absalon ! murmure-t-elle.

Il serait près d'elle qu'il lui tiendrait le bras. À deux, la pente est moins glissante, pense-t-elle. Au boulier de la vie, elle compte, elle décompte, elle fait le point ! N'ont-ils pas, l'un comme l'autre, payé leur tribut à la souffrance ? Marie a vécu l'opprobre des femmes forcées avec, pour sceller l'infamie, la conception d'un enfant et pour injuste pénitence le froid dédain des hommes. Absalon le luthier est différent. Elle le sait de source commune, de cette fontaine dont ils ont bu l'un et l'autre l'amertume. Elle l'a vu à ce premier coup d'œil qui ne trompe jamais. Elle a pu lui parler d'elle-même sans qu'il se dérobe, sans qu'il se ménage de retraite. Pour l'artisan, elle est intacte, irréprochable, purifiée au creuset de la détresse.

Venant de l'autre bout du torrent gelé, un homme chante et sa voix est élargie par l'écho. Tout redevient paillettes de lumière jusque dans les larmes de Marie qui ensemencent la neige de sa peur et de sa joie.

CHAPITRE VI

Le dégel déchaîne cette année-là un concert de cascades et de débordements. Dans les forêts, une myriade de ruisseaux inconnus s'inventent des méandres. C'est la gadoue! Dans la prairie du père Lacogne les quatre fermes de Sylvain refont surface après une hibernation de six semaines sous l'édredon des neiges. Elles sont à peine sorties de leur retraite douillette qu'une vague d'hommes déferle sur le site. Finie la tranquillité! Un attelage de grisans les charrie. On les positionne. On creuse des trous à leurs pieds. On garrotte solidement le premier portique. Puis c'est la pose sur la bigue et la levée, orchestrée par Sylvain, sous la robuste traction des chevaux.

Florian est gonflé d'orgueil chaque fois que les colosses déploient leur puissance et qu'une ferme prend racine sans heurts à sa simple criée. La magie continue avec les tenons qui retrouvent leurs mortaises, les poutres qui se carrent, les entretoises qui triangulent la mouvante carcasse de chêne pour lui donner sa raideur. Les emboîtements sont ajustés comme branches au tronc. Du tout beau travail! Envahissant la charpente comme essaim d'abeilles,

les hommes actionnent des tarières, chassent des broches, se répandent en bourdonnements. Le soleil se décide à pointer un œil au moment où les servantes arrivent sur le chantier avec le boire et le manger. Allumant l'étoupe à merveille, la Muchette recueille toutes les palmes. Elle a droit à des sifflements modulés, des plaisanteries, des apartés scabreux dont elle s'accommode fort bien. L'ingénue dose ses artifices avec une telle adresse qu'elle laisse Sylvain songeur un court moment.

— Elle a la sève qui lui monte, dit un des fils Lacogne.

— Et moi, la salive me fond, plaisante un autre.

— Ça va faire un heureux, ajoute un troisième en regardant du côté du compagnon.

Ce jour-là, la Muchette fait monter les enchères et il n'échappe à personne que le charpentier est la cible de ses minauderies. De son côté, l'artisan œuvre dans son insouciance coutumière. Il rit, taquine l'un puis l'autre, travaille dans la rondeur et l'économie, promène sa dégaine féline à six toises de haut sans se soucier du vide. Quand les hommes se dispersent à la tombée du deuxième jour, l'ossature est en place. Sylvain en fait le tour avant de repartir. Rien n'échappe à son œil. Il passera sa journée du lendemain à faire quelques ajustages. Après cela, il sera aisé de chevronner, de latter, de mettre sous couverture la nouvelle bâtisse. Avant de regagner la scierie, le compagnon musarde du côté de l'Agne. Il plane. La Muchette l'a émoustillé. Il irait bien jusqu'à Visentine tisonner la belle. Après hésitation, il choisit de rentrer. Absalon calibre les touches de son instrument au coin du feu. Le temps humide l'a rapproché de l'âtre. Sylvain passe la soirée près de lui. Les deux artisans se racontent leurs journées respectives.

— La Muchette est en beauté, elle me fait les yeux doux. Pour un peu, j'en aurais le tournis, s'empourpre Sylvain.

Laissant parler son expérience, le luthier enchaîne :

— Fais-lui un brin de cour. Les petits bonheurs sont friandises trop rares pour s'en priver.

— Je veux du grand bonheur, le plus grand. Enfin... le plus élevé.

— Tu crois vraiment qu'il existe ?

— Et comment donc, sourit le charpentier, puisque le grand malheur existe !

Surpris par cet argument, Absalon demande :

— Et où espères-tu le trouver ?

— Où il m'attend ! J'ai des yeux, des oreilles, une voix, et puis j'ai surtout mon étoile.

— Si tout était aussi simple que tu le dis !

Absalon reste sur sa réflexion. Il regarde le jeune artisan aménager le feu pour y réchauffer une marmitée de légumes enrichis de lardons. La fraîcheur de ce compagnon de rencontre le surprend sans cesse et, s'il lui trouve parfois la naïveté d'un enfant, il s'émeut de la manière dont il enlumine l'amour en le plaçant dans une sphère d'absolu et d'espérance, comme si l'existence était sans incertitude, comme si l'usure, la déchéance et la mort n'existaient pas. Son cheminement d'homme a amené le luthier marrane à penser qu'il n'y a pas entre les êtres de note parfaite, d'idéale inflexion, d'accord harmonisé des souffles, qu'il faut prendre les joies qui passent de la même façon qu'il faut accepter les misères qui surviennent. Il confie à Sylvain que la musique est sa plus fidèle compagne, qu'elle reste la plus indispensable geôlière de sa vie, car elle détient les clés des rires, des joies, des larmes et des apaisements.

— J'ai survécu de quelques cordes pincées et du son d'une flûte quand mon corps refusait le pain et mes poumons l'air vicié d'une fosse sordide.

— Mais aujourd'hui tu es heureux? questionne Sylvain.

— Peut-être! répond le luthier avec une superstitieuse prudence.

Dehors Florian rentre les grisans. Il passera la nuit au côté d'une jument en passe de pouliner.

— Il est heureux, lui! Il est bien chez nous, lâche le compagnon en chargeant l'écuelle de son ami, il me l'a dit!

— Moi aussi, je suis bien ici!

Absalon saisit le pain et taille deux quignons égaux. Il lui démange de parler de ses projets avec Marie, d'annoncer à son hôte qu'il ne remontera pas vers le nord, le printemps revenu. En tout cas, pas tout de suite! Comme s'il lisait dans ses pensées, Sylvain emboîte:

— Si tu veux rester ici, je te laisse ma maison.

— Je ne te cache pas que je comptais te demander la maison du bas.

— Pourquoi pas celle-ci?

— Tu peux en avoir besoin et regretter cette largesse. De plus, tu as un frère en vie. Il pourrait revenir. On ne sait jamais.

— Ambroise ne reviendra plus.

— À la grâce de Dieu, dit Absalon en se levant.

Le luthier s'incline avant de se retirer. C'est sa façon de remercier Sylvain.

Le compagnon reste seul. Malgré les efforts de la journée, il n'a pas sommeil. Ses pensées font un détour vers la Muchette avant de revenir sur Marie et Absalon. Il ferait leur bonheur s'il le pouvait mais ne peut se cacher que cette inclination du luthier pour la mère de Blaise est un sac de nœuds. Absalon ne se contente pas d'être cet étranger, hier envahisseur, il traîne en plus cette lourde tare de n'être qu'un catholique de façade, un marrane! Combien de temps jouera-t-il ce double jeu, lui qui fut converti par contrainte, sous la menace des inquisiteurs espagnols, mais qui reste foncièrement attaché à la religion de ses pères!

Une course sèche de sabots mêlée à la voix de Florian retentit soudain à l'extérieur. Des appels «au feu» déchirent la nuit. En deux bonds, Sylvain est sur le seuil.

— Faut sortir les chevaux, vite! hurle le rouquin.

Une fumée épaisse s'échappe des écuries. Les bêtes s'affolent. Des hennissements à fendre l'âme. Sylvain et Florian dévalent l'esplanade. Quand le luthier débouche à son tour sur les lieux, il entrevoit une ombre qui s'enfuit.

Au risque d'être broyés par les colosses, les trois hommes détachent les grisans pris de panique, sans perdre une seconde. Muni d'une hachette, Sylvain tranche les longes à l'aveuglette en escaladant les mangeoires. La fumée est de plus en plus épaisse. Impossible de distinguer quoi que ce soit. Absalon remue la litière avec une fourche dans l'espoir de trouver le foyer. Il s'écarte de justesse pour laisser passer la masse sombre d'un cheval lancé au galop. Florian est culbuté par une ruade. Il suffoque. Le feu apparaît soudain d'un seul coup. Sylvain repère le palefrenier et l'aide à sortir. Rien ni personne n'entravera plus l'incendie. Fuyant la fournaise avec les derniers chevaux, les trois sauveteurs se jettent dehors en toussant, les yeux piqués par la fumée, à ne plus savoir où ils se trouvent. Un étalon les suit, la crinière en feu. Il boule dans l'herbe et s'ébroue avant de se relever. Dans le brasier, on entend le hennissement de plus en plus plaintif de la jument pleine que comptait veiller Florian. Le pauvre palefrenier pleure de tristesse et de rage. Assis par terre, il se bouche les oreilles pour ne pas entendre.

— C'est faute à l'Espagnol, laisse-t-il échapper dans sa rage.

Le climat est tendu à l'extrême et Sylvain fait mine de n'accorder aucune importance à ce mot malheureux, qui atteint néanmoins Absalon au secret de sa blessure. Pour empêcher qu'un brandon ne communique le feu ailleurs, les hommes rassemblent des récipients et font la navette entre l'Agne et les bâtiments. La nuit s'éternise alors pour les veilleurs. Rendus à leur placidité, les grisans se massent à l'autre bout de l'enclos. Dans l'air, une odeur âcre empeste par moments la corne grillée. Le jour se lève sur des murs noircis et des moignons de poutres calcinées plantés dans un ciel gris. Une fine neige tente en vain d'étouffer le sinistre. Quittant Sylvain et le palefrenier, Absalon remonte d'un pas résolu vers la maison. Il y prend sa pèlerine, une dague et part pour la Noiregoutte. Il ne digère pas la réflexion de Florian. Il a les mains charbonneuses, le visage noir de cendres mais l'idée ne l'effleure même pas de se débarbouiller. Assombri jusque dans ses pensées, il marche avec détermination. Quand il arrive au hameau, il aperçoit Blaise qui court à sa rencontre. Un coup d'œil suffit au gamin pour deviner qu'il y a eu le feu à la scierie.

— La maison ? demande-t-il, inquiet.

— Non ! Les écuries.

Le garçon était auprès du luthier en fin d'après-midi. Il le quittait quand Florian rentrait les grisans.

— Tu n'as croisé personne en repartant?

L'enfant fait un signe affirmatif de la tête. Il est fébrile.

— Tu peux me conduire?

Ici, l'acquiescement est hésitant. Face au visage impénétrable d'Absalon, Blaise a besoin de jurer qu'il n'est pour rien dans l'incendie. Accablé par le mutisme du justicier de Montmédy, il hasarde quelques pas, puis invite le marrane à le suivre. Étrangement, la direction qu'il prend est celle de Visentine.

— Tu sais vraiment où tu m'emmènes? questionne l'homme.

Le garnement est sûr de lui. Visiblement, il sait où il va. En enfant des bois, il rallie le village par ses chemins détournés, aborde les habitations par l'arrière pour rester à couvert et observer sans être vu. Par deux fois cependant l'aboi d'un chien signale la présence des rôdeurs.

— Le vent est contraire, murmure-t-il quand Absalon le rattrape.

Pointant son doigt en direction du corps de ferme le plus cossu du village, il déclare:

— Là-bas!

Le luthier est perplexe. L'exploitation est trop proprette, les tas de bois trop bien rangés, les étables trop briquées. C'est impossible! Cet endroit respire l'honnêteté et le labeur suivi. Rien qui dénonce l'acte ignoble de la nuit. Il faut être sans âme pour faire payer aux chevaux l'hostilité qu'on nourrit contre les gens. Une servante sort par la porte arrière de la maison. Elle se dirige vers un seau d'eau avoisinant le puits.

— C'est elle que j'ai vue, murmure Blaise, c'est la Muchette !

— Je ne te crois pas ! envoie Absalon d'un ton cassant.

L'enfant est dépité qu'on mette sa parole en doute.

— Que j'aille en enfer si je mens, dit-il, au bord des larmes.

Découvrant ses jambes, la jeune femme a relevé le bas de sa robe, qu'elle frotte énergiquement entre ses deux poings pour enlever une tache tenace. Absorbée par son nettoyage, elle ne voit pas le luthier en colère fondre sur elle d'un pas résolu et ne le découvre que lorsqu'il lui saisit le bras. La surprise est totale. Sous son masque de suie et de sueur séchée, le visage d'Absalon est si terrifiant qu'elle s'exclame avant même qu'il ouvre la bouche :

— Je n'ai rien fait, monsieur, je vous le promets. Je voulais juste voir comment c'était là-haut... chez le charpentier.

— Tu n'as rien fait et tu n'as rien vu !

— Juste l'homme roux qui rentrait ses chevaux ! Vous me faites mal !

Absalon lâche prise.

— Personne d'autre ?

La Muchette part alors dans un sanglot. Elle est pitoyable. Son chagrin est coléreux. Il s'acharne contre elle-même, il l'accable plus fort que ne l'a fait le regard ganté de fer d'Absalon. Le luthier rejoint Blaise qui était resté à l'écart. Il lui pose paternellement la main sur l'épaule. Avant de se retirer avec l'enfant il lance à la jeune femme :

— Si tu te rappelles quoi que ce soit, tu connais le chemin !

Quand Absalon arrive à hauteur de la scierie avec Blaise, Sylvain et Florian dispensent leurs soins aux chevaux. Le compagnon a les traits tirés par cette nuit sans sommeil, mais malgré sa fatigue il offre au luthier ce sourire luxuriant qui refleurit toujours du côté de la vie. Ça dépasse l'entendement du sombre marrane ! Comme le bouchon qui remonte à la surface de l'eau, le charpentier est de nouveau dans ses projets.

— En prenant la toiture d'un des hangars de sciage... Les fermes sont plus grandes... En déportant la charpente, nous ferons un abri extérieur pour les grisans...

Absalon voudrait qu'il s'indigne, qu'il cesse d'outrager le sort, qu'il patiente ne fût-ce que quelques heures, le temps que refroidissent au moins les cendres encore incandescentes de cet acte crapuleux. Florian, pour compenser, prend son deuil pour deux. Il est patibulaire : une tristesse de Vendredi saint doublée d'une sincère contrition à l'endroit du luthier. Il regrette ce qu'il a dit, bredouille des excuses sans même regarder son interlocuteur. En homme simple, il est plus atteint par le mal qu'on fait aux animaux qu'il ne le serait pour des gens.

— C'est jamais les bêtes qui feraient des saletés pareilles, bougonne le rouquin.

Il est assis dans l'herbe devant la dépouille d'un poulain.

— D'où sort-il ? demande le luthier à Sylvain.

— De cette jument qui a péri dans les flammes.

Pendant l'absence d'Absalon, Sylvain et le palefrenier se sont ménagé, à force d'arrosage, un chemin jusqu'à l'animal. L'idée était de Florian. Il espérait, en taillant dans le ventre de la mère, récupérer le poulain vivant. Il sortit des ruines fumantes de l'écurie en portant dans sa gangue le précieux fardeau. Il déchira l'enveloppe, frictionna à pleines poignées d'herbe sèche le nouveau-né. En vain !

La Muchette monte le lendemain à la scierie de l'Agne en tirant non un baudet mais un benêt, une espèce d'abruti enchaîné à ses charmes et qu'elle fait avancer à coups de semonces et d'intimidations. Le nigaud qu'elle expose à la vindicte des habitants de la scierie est en déconfiture complète. Il leur demande grâce et supplie, les mains jointes, qu'on lui permette de réparer le mal qu'il a commis. Il tremble à l'idée d'affronter la justice des chanoinesses.

— D'accord si tu peux faire du vivant avec du mort, du bois avec de la cendre, persifle Florian.

Il renouvelle sa demande auprès de Sylvain. C'est dans ce regard qu'il entrevoit une possible clémence. Le charpentier connaît l'individu : il était de ceux qui ont travaillé avec lui sur la grange du père Lacogne. En le voyant acoquiné avec la servante, le compagnon comprend mieux les mouvements d'humeur de ce lunatique bûcheron, ses outils jetés à terre, ses coups de gueule, ses œillades biaises et rageuses. En mettant son galant au ban de ses entreprises de charme, l'aguichante Muchette l'a poussé à bout. Coupant court aux jérémiades du bûcheron, Florian ne fait pas le détail.

— Allez-vous-en tous les deux, éclate-t-il. Fichez le camp.

Pour donner plus de force à son propos, il jette sa fourche dans leur direction. Le soupirant de Muchette détalerait sans demander son reste si la belle n'en avait décidé autrement.

— Pierrot, si tu pars maintenant, n'essaye plus de me revoir !

La menace fait l'effet d'une condamnation à mort. Elle laisse le benêt anéanti, les yeux biquant vers le ciel : une image de martyr attendant sa décapitation. Le palefrenier ne se contient plus. Il cingle en tous sens comme un cocher fou.

— Alors, on vient voir sa méchante besogne... C'est la frousse qui vous amène... Plus facile de bouter le feu dans le dos des chevaux que d'affronter le sénéchal... Tu riras moins sur le bûcher, Pierrot !

Au bord des larmes, la Muchette tient le choc. La poitrine haletante, elle attend le verdict de Sylvain, en discussion serrée avec un Absalon de glace. Elle connaît le sort réservé aux incendiaires dans le pays. Elle mesure aussi le risque qu'elle a fait prendre à son galant en l'ayant poussé aux aveux. Elle chancelle quand le charpentier lance à Pierrot :

— Reviens demain matin et prends tes outils !

Le jour suivant, Pierrot est là dès potron-minet, à peine moins piteux que la veille. Il abat sa besogne le front bas en évitant autant que possible les regards rancuniers de Florian et ceux foudroyants d'Absalon. La reconstruction s'engage pour plusieurs semaines. Elle est menée dans un climat plus hivernal que printanier. La Muchette se joint aux bâtisseurs pour déblayer. Ferment du désastre, elle souhaite par là se refaire une virginité et regagner la confiance de son entourage. Au fil du temps, la servante tombe follement amoureuse du charpentier débonnaire qui se réchauffe le sang en vocalisant ou converse avec les oiseaux en imitant leur chant. Elle en perd ses joues roses autant que sa virtuosité à embobeliner son monde. Elle sort malade de ce chantier, malade de se taire, malade de l'inattention de Sylvain, malade de son Pierrot qui lui paraît sans grâce.

— Elle a le béguin pour vous ! lance Florian au compagnon.

Il ajoute à voix couverte, en poignant dans ses choses, quelques obscénités inavouables.

— Si c'est pas malheureux ! Bouder un si joli petit cul, envoie-t-il au ténébreux marrane.

Le palefrenier halète à côté de la fontaine. À chaque tenon qu'il fourre dans une mortaise, à chaque enlaçure qu'il cheville, il réajuste son vit en déplorant :

— Tudieu, que le monde est mal fait !

Quand l'écurie est reconstruite, les jours ont rallongé. Le temps s'est mis au beau. Les hommes terminent la toiture sous le soleil. À peine a-t-il remisé ses échelles que Sylvain annonce son départ et entreprend l'interminable gavotte des adieux. Il commence par Séraphine, il finit par Absalon et Marie. À l'inverse du compagnon, le luthier est tombé en amour. Sa tendre boulangère est souvent descendue à la scierie les dernières semaines, ne manquant jamais d'amener un pain. Avenante, le teint frais, la gentillesse à fleur de l'œil, elle a conquis le charpentier. À la veille de son départ, elle informe timidement Sylvain du joli projet qui l'anime : installer une petite vannerie dans une dépendance. Elle rêve de marchés où ses paniers côtoieraient les instruments de musique d'Absalon. Elle a accepté la proposition qui lui a été faite par Sylvain de s'installer dans la maison du haut avec son fils et sa sœur.

— On sera plus au large ici, dit-elle élégamment pour ne pas aborder devant le charpentier une cohabitation de plus en plus difficile avec son frère.

— Il ne faut pas que ça vous empêche de revenir, ajoute-t-elle, toute confuse de reconnaissance vis-à-vis de ce geste du cadet des Chantournelle qui, répondant à l'offrande des pains, cherche à absoudre Suzon Minguet, la femme d'Ambroise, de cette mutilation de l'âme qu'on appelle remords.

Sylvain quitte le domaine mieux loti qu'il ne l'était en arrivant. Florian l'a doté d'un cheval rouan réchappé de l'embuscade contre Montmédy et, sur son bardot, le nymphaïon et les poèmes de Simon s'ajoutent à ses outils. À peine est-il rendu à sa solitude qu'il délivre un chant. Il faut dire que cette journée s'annonce douce et que les folâtreries de l'Agne lustrant ses galets roses et vert pâle à grand renfort de bulles blanches répondent par une cascade de notes à sa gaieté.

CHAPITRE VII

À la mi-avril de l'année 1559, Sylvain est à Dijon sous les tours massives de la cathédrale Saint-Bénigne. Pas de doute ! La vieille dame réclame le concours de bons artisans pour lui recoiffer le chef. Visitées par la foudre, les toitures offrent des passages secrets aux courants d'air et des chemins buissonniers à la pluie. Appuyées contre les contreforts d'une église toute proche, de belles poutres de chêne soigneusement équarries attendent leur ultime ascension. Les alentours de la rotonde rassemblent une forêt de rondins de sapin, qui serviront aux échafaudages. En cette fin de journée, le chantier est vide et Sylvain interpelle de son œil bleu le regard glacé des statues qui cernent le portail. Par un battant entrebâillé, il poursuit sa visite dans la nef en ponctuant sa flânerie de l'impact régulier de sa canne. Dans l'habitacle, chaque son éclate comme décharge d'arquebuse. Après avoir risqué un toussotement, le charpentier pousse l'audace plus loin et détache une note dans le vaisseau de pierre. Comme personne n'est là pour s'en formaliser, il la double sous la rotonde pour éprouver l'écho. Le tintement d'une autre canne et l'apparition d'un pair lui répondent. Dans l'enceinte sacrée, pas de hurlement rituel pour marquer la rencontre : le topage des deux Enfants de Soubise est silencieux. Le compagnon charpentier qui rejoint Sylvain porte à ravir le sobriquet de «bois debout» tant il est de prestance royale. Tirant ses six pieds de hauteur comme la corde d'un arc, il est tout en raideur et en grisonnante austérité. Sa tête est belle et pourrait trouver place parmi les sculptures qui ornent la cathédrale, si tant est qu'un sculpteur lui rectifiât un nez bizarrement replié sur la pommette gauche, un étrange bec de pie convoitant le joint d'or qu'il porte à l'oreille.

— Dijonnais la Mesure, *magister carpentarius,* nasille le compagnon. Je me prénomme Aubry. Sois le bienvenu parmi nous.

— Les autres sont-ils arrivés ?

— Tu es le dernier et donc le mieux attendu, dit le maître charpentier en se fendant d'un sourire tordu qui ne s'affiche plus que d'une seule branche.

Tenant par la bride son rouan, lui-même relié à son bardot, Sylvain se fait amener jusqu'à la maison de la corporation, autrement dit la cayenne, qui, selon l'usage, est tenue par la «Mère». Dijonnais la Mesure n'attend pas d'être rendu rue Longepierre pour entretenir Sylvain du chantier et déplorer l'avarice des moines qui diffèrent la restauration du toit de la nef, dont l'état est désastreux.

— Nous commençons à échafauder autour de la rotonde dès lundi prochain. Après quoi nous battrons l'épure...

Courtois, le voyageur attend un silence pour demander :

— Qui sont les autres ?

— Il y a Colas, dit Nantais la Patience. Et aussi Josquin Taillecourbe...

90

— ... Orléanais l'Impavide, sourit Sylvain.

— ... et Gaucher Mabillon, dit Flandrien le Bienheureux.

— J'ai déjà travaillé avec Colas et Josquin, mais je ne connais pas le troisième.

La ville est vive. Elle offre au voyageur les images fugitives de passants pittoresques. Ici un porteur d'eau se désaltère à sa propre gourde, là un marchand d'oublies casse la croûte. Un piégeur de rats dépiaute ses prises. Dans un recoin, un trio de mendiants fait ses comptes tandis que plus loin un marchand des quatre-saisons remet sur roues sa charrette versée. La cité tout entière se ligue pour distraire Sylvain du discours ronronnant du magister. Elle glisse sur son chemin quelques fluides Bourguignonnes pour lui rincer l'œil.

La cayenne est coquette sans être luxueuse, les écuries correctes, la chambre stricte, la Mère aimable sans débordement : un ensemble un peu trop monastique au goût de Sylvain. Les retrouvailles entre compagnons secouent néanmoins les murs de ce sanctuaire. On hurle, on tope, on trinque et tant pis pour la peu expansive tenancière. Sylvain trouve Gaucher pour répondre à ses rires. C'est un personnage truculent ! Moulé dans un tonneau, il est rond de la tête aux orteils. Ses yeux sont des billes et son ventre un hémisphère. Il fait corps avec son pichet, à se demander s'il l'enlève pour dormir. Artisan de bonnes farces autant que de charpentes, on ne s'ennuie pas avec lui.

Sylvain est heureux de revoir Colas avec qui il avait fait équipe quand il travaillait à Bordeaux. Ce charpentier exceptionnel revient de Russie où il a travaillé aux oignons de Saint-Basile. Il est de type nordique. Des cheveux très blonds, presque blancs, qu'il rassemble dans une tresse, des yeux transparents.

À l'exception d'Aubry, «le capitaine», qui ne boit jamais, fors de l'eau, on écluse des pichets au point d'en avoir, pour certains, la langue empâtée. Le plus atteint est Josquin. Il connaît Visentin le Pacifique dont il a parrainé le chef-d'œuvre : une mécanique de moulin à vent entièrement en bois.

— Elle était si bien faite qu'il suffisait de souffler dessus pour la faire tourner, bafouille-t-il à la cantonade.

Tout juste rétabli d'une chute de dix toises qui manqua de lui coûter la vie, Josquin raccroche courageusement au métier. Sylvain est partagé entre l'admiration et le malaise.

Le lendemain de la veille, les cloches se mettent en quatre pour sortir le jeune homme d'une somnolence pâteuse. Nous sommes dimanche. Le soleil resplendit. Entre assourdissement, éblouissement et bâillement, le compagnon cherche ses marques. Une fois habillé, il passe à l'écurie saluer son rouan et son bardot, puis se laisse aspirer par un chant polyphonique qui gonfle, comme voile de navire, les voûtes de l'église toute proche. Il se joint aux fidèles pour entendre ces voix d'enfants, dont les notes claires se marient à merveille avec les reflets mordorés des vitraux. L'office invite au recueillement et la beauté fastueuse de l'édifice opère sur le charpentier. Il prie longtemps et ses êtres chers lui sont rendus : les vivants et les morts. Les visages encore inconnus, à naître ou à reconnaître, ne sont pas absents de ses pensées. Son élan de tendresse est cosmique, intemporel, musical. Il embrasse la vie.

Un coup de coude profanateur ramène le charpentier sur terre au côté du bedonnant Gaucher. Un clin d'œil, un rot, une plaisanterie murmurée dans un effluve d'ail parasitent la beauté du plain-chant. Comme s'il cherchait une intervention plus sonore qu'une chorale pour couvrir les incongruités de son voisin, Sylvain regarde rêveur du côté des grandes orgues dont la puissance des hautes tuyères doit emplir l'édifice. Il n'y a personne au pupitre pour les faire chanter.

— Les soufflets sont morts et les bois vermoulus jusqu'à l'os, lui chuchote le gros bonhomme comme s'il devinait ses pensées.

— Dommage! L'instrument a fière allure.

Sylvain est engagé pour trois années à Dijon. Son premier chantier consiste à démonter et à restaurer avec ses pairs une partie de la charpente endommagée de Saint-Bénigne. Ce qui se prépare est un travail d'humilité où d'admirables assemblages s'échapperont sans arrêt du sol pour disparaître entre les voûtes de pierre couronnant la rotonde de la cathédrale et la couverture de tuile protégeant l'édifice des intempéries. Il faut d'excellents artisans pour mener à bien l'installation de ces immenses poutres qu'on doit acheminer par l'extérieur de la bâtisse et non par l'intérieur comme ce fut le cas lors de la construction. Un échafaudage impressionnant se greffe tout autour de la rotonde, véritable plante grimpante passant sous les arcs-boutants, frôlant les délicates verrières, enjambant les obstacles. L'édification de cet ouvrage préliminaire avale une forêt tout entière et atteint les sablières au bout de plusieurs mois de croissance et de patience.

À Dijon, la réputation d'Aubry n'est plus à faire. Le maître compagnon est l'auteur des plus prestigieuses charpenteries construites dans la cité et ses environs. C'est lui qui a rétabli la toiture de la salle des gardes du palais ducal pour la visite d'Henri II dans la bonne ville. Pour faire honneur à son art, il s'est érigé, rue des Forges, une superbe maison où les bois règnent en maîtres. Colombages, corbeaux sculptés, parquets marquetés, rien qui n'exalte l'amour de son matériau de prédilection. Il est marié et père d'une ribambelle de filles. Il possède sur les bords de l'Ouche un entrepôt, où sont rangés par essences et par longueurs des centaines de troncs. Outre les ouvriers qu'il occupe et les aspirants qu'il instruit, il aime à s'entourer de compagnons expérimentés quand il doit faire face à des travaux délicats. Il se félicite d'avoir embauché Sylvain, dont la personnalité rayonne sur ses chantiers. Il l'emploie à des besognes fines, plus apparentées à la sculpture qu'à la charpente.

— Cet artisan a le sens du volume. Il n'est qu'au début de ses possibilités, dit-il à François des Oliviers, son beau-frère.

— Soigne-le bien! Les bons ouvriers sont rares!

Cet homme d'un âge avancé sait de quoi il parle. Il est facteur d'orgues depuis près de trente ans.

Dans sa chambre de la rue Longepierre, Sylvain passe ses loisirs à jouer du nymphaïon. Il en a étendu le registre. Pour libérer sa main gauche utilisée pour l'alimentation en air des flûtes, il s'est raccordé sur deux soufflets qu'il manœuvre avec les pieds. Ce petit orgue a son charme. Sans être tapageur, il soutient joliment la voix de l'apprenti musicien.

Après une année de pratique assidue de l'instrument, Sylvain étoffe un répertoire propre. Il a composé des mélodies sur les poèmes de Simon et ne se lasse pas de les interpréter. Il lui arrive aussi de plaquer des accords sur les chansons paillardes que Gaucher sert et ressert avec délectation à chaque festivité. Le gros homme en connaît une quantité impressionnante et pourrait être reçu «docteur ès grivoiseries» si cette distinction existait. Ce Flamand polisson déniaise la très sage cayenne et sa trop prude Mère, jadis bonne de curé et héritière d'un trousseau de citations latines pouvant lui servir pour toutes les circonstances de la vie. Coquin de Gaucher! Il n'était pas rue Longepierre de cinq minutes qu'il abordait la Mère de la paluche avec une familiarité telle qu'il se ramassa une gifle et un *Vade retro, Satana*. Étonné sans doute du piètre effet de son charme, il remit aussitôt son fer au feu et en récolta une autre bien claquante pour faire la paire ainsi qu'un *Bis repetita non placent*. Changeant son arquebuse d'épaule, il s'essaya alors dans une péroraison scabreuse qui lui valut un *Quousque tandem abutere patientia nostra?* Trop heureux d'avoir du répondant, Gaucher asticota son hôtesse jusqu'à l'épuisement de son latin: un *Ite, missa est* tonitruant, à deux doigts de la crise de nerfs.

Peu gâté par la nature, l'énergumène joue les grands séducteurs sans le moindre complexe. Mis à part son nez grec, il n'a rien d'un Apollon mais s'aime tel qu'en lui-même, juge sa bedondaine aussi affriolante à l'œil qu'une pastèque au gosier d'un assoiffé. En un mot, il a pour les appas charnus une vénération, pour ne pas dire un culte, et pour les... culs, une adoration. Ce grand amateur de rondeurs est d'ailleurs incapable d'énumérer les qualités d'une femme sans mettre dans la balance, à condition que le plateau soit assez spacieux, l'importance de son postérieur. Gare à la grasse servante qui lui présente dans l'exercice de son reloquetage quotidien les morceaux les mieux rembourrés de son anatomie, elle en sera quitte pour une palpation du spécialiste ou une perle dans le style :

— T'as un bien gros cul pour tes deux fesses, la Marjolaine, m'étonnerait pas que tu m'en caches une troisième !

Si Sylvain cherche son plaisir dans la musique, Gaucher assouvit le sien dans sa passion immodérée pour la croupe. Il affectionne les honnêtes lavandières qui, à l'ouvrage, exposent effrontément leurs fesses rebondies. Il passerait sa semaine accoudé sur le muret à les regarder rêveur. Même chose pour les paysannes callipyges à l'époque des moissons.

— Je vais à la pêche, se plaît-il à dire à Sylvain quand il est en deuil de rondeurs. À la pêche à la lune !

De lunes, il en décroche... l'une... ou l'autre, tant il est bonhomme et jovial. C'est dans cette nébuleuse de replètes, de charnues, de grassouillettes, de bien enveloppées qu'il découvre enfin lard à sa faim, la Grosse Idéale, une blonde potelée, autant à l'avant qu'à l'arrière, répondant paradoxalement au surnom de « Miette ». Les hanches galbées comme les arches d'un pont, les mollets épanouis comme des ciboires, un popotin bombé comme une meule de foin, elle est conquise au bout de trois chopines par l'irrésistible séducteur. Elle devient « ma biche », « ma tourterelle », « ma belette » entre les lèvres gourmandes d'un Gaucher battant de l'aile comme un angelot dodu.

Boulant avec le charpentier de Saint-Omer sur les coteaux savonneux de l'amour, la douce Miette hérite d'une protubérance qui n'a rien à voir avec ses formes originelles et il faut la marier au fautif en catastrophe. Pour sauver l'honneur de la belle et transformer le péché de chair en obligation de fécondité, Gaucher se lance sans trop rechigner dans l'aventure incertaine des épousailles. On fait au couple une belle noce, à laquelle Aubry participe du bout des lèvres et où Josquin boit pour deux, au point de ne plus retrouver ce jour-là le chemin de sa couche. Sylvain est le témoin de l'alliance de son compagnon et il met sa gaieté et ses talents de musicien au service de la fête.

Au grand dam d'Aubry, la restauration des charpentes de la cathédrale Saint-Bénigne achoppe pour une question d'argent : les moines sont à sec. Ils ont vidé leur cassette entre les mains du roi pour ses guerres, de sorte qu'il ne leur reste plus un traître sou à mettre dans la toiture de leur cathédrale. Furieux, le maître compagnon retire ses hommes du chantier et les disperse sur de moindres travaux en attendant des jours meilleurs. Pour remplacer la besogne projetée, Aubry parle d'entreprendre la construction d'une charpente monumentale pour un marché couvert mais elle nécessite l'acheminement de deux poutres de dix toises. Sylvain tend l'oreille.

— Je peux les trouver dans mes Vosges, finit-il par dire, et même les amener jusqu'ici s'il le faut ! J'ai de puissants chevaux !

Le compagnon quitte Dijon avec Colas en plein mois de juillet. Le temps a filé comme une comète !

Quand il arrive à Visentine et qu'il chevauche aux abords de l'Agne, il a peine à croire qu'il est parti du domaine depuis plus d'une année. Dans les environs de la scierie, les foins sont faits et les grisans en pâture balayent l'herbe rase de leur crinière claire. En jetant un coup d'œil à la maison du bas coquettement remise à neuf sous ses grands arbres, Sylvain tombe nez à sein avec une Muchette allaitant une gloutonne tête rousse. La jeune femme est tout étourdie de le voir. La bouche entrouverte, le rouge aux joues, ses yeux luisent quelques secondes d'un reliquat de chagrin d'amour pourtant bien soigné par un mari empressé et insatiable.

— Florian est au village, balbutie la femme. Je l'attends d'un moment à l'autre.

Quand elle est remise de son émotion, la Muchette regarde à la sauvette son beau Sylvain, qui est cuivré comme un Maure et dont la chevelure a blondi d'avoir essuyé les soleils depuis Pâques. De son côté, le compagnon s'étale en compliments sur la belle mine du petiot alors qu'il ne voit que le téton appétissant de la nourrice :

— Quel bel enfant il t'a fait !

— Un fils ! précise-t-elle avec satisfaction. Martin ! Il a trois mois

Florian ne tarde pas à apparaître. Gêné autant que fier de sa conquête, il ne sait trop par quel bout aborder le maître du lieu. À dire vrai, il a profité de son absence pour prendre ses aises. Sans parler de la Muchette dont il a récupéré les faveurs, il a envahi, outre la maison du bas, toutes les dépendances disponibles pour y loger une foule d'animaux domestiques qu'il a reçus en dot de la famille de son épouse.

— Fallait bien les installer quelque part, explique-t-il sans réussir à dissimuler son embarras.

Sylvain se garde de lui faire le moindre reproche. L'exploitation est en ordre, les chevaux sont sains, le ménage est heureux ! Que peut-on rêver de mieux !

Pour le moment, la maison du haut est occupée par la seule Suzon. La pauvre créature ne peut réprimer un cri d'effroi quand le jeune homme pénètre dans la grande pièce. Elle est confuse, reste prisonnière de son émotion un long moment.

— Pardonnez-moi ! dit-elle. J'ai cru voir Ambroise...

Elle ajoute :

— Mon mari.

Absalon est parti avec Marie et Blaise il y a une semaine avec une pleine charrette de paniers et d'instruments. L'active Muchette s'occupe de l'infirme.

— C'est dommage que vous ne restiez pas plus longtemps, ça leur aurait fait plaisir de vous voir.

La femme d'Ambroise a les yeux de Marie, l'étincelle en moins. Elle essaie de sourire, de donner une vague consistance à ce corps qui ne lui répond plus. Elle n'est plus du côté de la vie, malgré les efforts qu'elle fait pour faire don de la dernière chose qu'elle puisse encore offrir : un peu d'amabilité.

À force de débarder avec ses grisans pour le compte de la plupart des scieries de haute Moselle, Florian est mieux renseigné que quiconque pour trouver les deux chênes de dix toises que cherchent Sylvain et Colas.

— Nous les équarrirons sur place avant de les acheminer sur Dijon.

Le premier arbre se trouve toujours aux Arrachées où il fut versé par une tempête, le second, qui surplombait le bois du Foulon, est à la scierie du Manchot dans le ruisseau du Grandrupt. Les compagnons charpentiers redressent les faces de ces troncs gigantesques, taillant à la hache et à l'herminette de véritables sentiers de bois massifs. Ils terminent ce façonnage au bout de trois semaines sous un tapis de copeaux. Il ne reste plus qu'à placer les trains de roues, atteler les chevaux, saluer Visentine et son monde et repartir pour Dijon. L'équipage est grandiose : sept grisans majestueux dont les paturons blancs soulèvent la poussière des chemins.

L'interminable convoi fait à Dijon une joyeuse entrée. On hèle les compagnons, on les accompagne, on leur fait la fête. Des enfants demandent à chevaucher les mastodontes. Il faut aux deux hommes pas mal d'astuce pour trouver parmi les ruelles étroites une voie possible jusqu'au chantier. Aubry les attend sur les lieux. Sa femme et ses filles sont à ses côtés, elles veulent voir le spectacle. Quand les chevaux débouchent avec leur charroi, la ville respire la puissance. Les compagnons poussent leur cri rauque et sacrifient au rituel des retrouvailles. La féminine lignée du maître charpentier est en émoi devant les formidables attelages et leurs dompteurs intrépides. Des yeux allumés dévisagent les voyageurs.

Les chevaux viendront bien à point pour ériger les fermes du marché couvert et mettre en place les deux poutres de dix toises. La construction évoluera au mieux, presque trop bien. En début d'automne, le travail est tellement avancé que les artisans parlent de fermer la toiture avant le retour du froid. Dans l'effervescence du moment, personne ne s'aperçoit du trouble qui gagne Josquin. Cet excellent charpentier est sujet depuis sa chute à des pertes d'équilibre de plus en plus fréquentes. Plutôt que d'en informer son entourage, il fait comme si de rien n'était, en espérant que le mal soit passager. Un jour, Sylvain le voit tourner de l'œil et c'est de justesse qu'il le rattrape. Il en avise Aubry, lequel prend des dispositions pour que le compagnon ne quitte plus le sol. Josquin a érigé des tours et des clochers à travers toute la France, il a travaillé à Chartres et sur d'autres grandes cathédrales, il n'a jamais été arrêté par la hauteur. Sa déchéance le ravage. Une nuit de pleine lune, la maisonnée de la rue Longepierre est réveillée en sursaut. Le veilleur a surpris Josquin tout en haut de l'échafaudage qui cerne Saint-Bénigne. Le temps de courir jusque-là, l'enfant de Soubise bascule dans le vide, rebondit de rondin en rondin, de palier en palier, dégringole jusqu'à la dernière marche de sa vie.

— Dieu rende à son âme la légèreté des charpentiers de haut vol, dira Aubry le jour des funérailles du compagnon.

Un mois plus tard, Sylvain ramène son attelage de sept grisans vers Visentine. Le chantier qu'il vient de boucler l'abandonne à sa solitude. Il a la Muchette en tête. Aujourd'hui, il regrette presque d'avoir laissé passer cette chance qui était peut-être la bonne. Alors qu'il traverse Vesoul un jour de marché, un quidam lui saute sur le dos et, lui passant les bras autour du cou, tente de le mettre à terre. Le bonhomme est expédié au sol en un tournemain par le compagnon. Il se relève aussitôt en riant.

— Blaise, sacré farceur! s'exclame Sylvain. Tu seras bientôt aussi fort que moi!

Le garnement a grandi. Il est ravi de ramener sa prise à un Absalon pinçant les notes d'une mandoline au beau milieu d'un auditoire d'osier. Des retrouvailles pudiques s'esquissent entre les échoppes pour se débrider ensuite autour d'un repas copieusement arrosé dans une auberge toute proche. L'établissement est tenu par un vieil homme à la carrure solide et au regard insistant. Il ne quitte pas Sylvain des yeux et tend presque insolemment l'oreille vers cette table où l'on se raconte après vingt mois d'éloignement. Il finit par se mêler à la conversation.

— J'ai travaillé du côté de Visentine pour un sagard qui avait des chevaux de la même race que les vôtres. Une tête dure !

Et d'ajouter :

— Il serait du clan des réformés que ça ne m'étonnerait pas !

Ne comprenant pas où son interlocuteur veut en venir, Sylvain demande :

— Qu'est-ce qui vous fait dire cela ?

— Si c'était pas le cas, je ne vois pas ce qu'il ferait dans la prison de Besançon !

Les regards des deux amis se croisent. Pendant tout le reste du repas, le charpentier ne peut plus chasser de sa tête le spectre d'Ambroise qui reprend vie. Il voudrait secourir ce grand frère, celui qui s'est trouvé cassé et qui n'en finit pas de payer la folie d'un instant de colère. Absalon est moins tendre !

— Et Suzon, qu'il a brisée à coups de bâton, tu vas aussi la remettre debout ?

Sylvain ne répond pas ! Son visage trahit cette obstination qu'Absalon ne connaît que trop. Le lendemain, il annonce au luthier qu'il descend sur Besançon et que Blaise l'accompagne. L'Espagnol fulmine. Il met entre sa carriole et l'attelage des grisans la distance nécessaire pour jurer son saoul.

CHAPITRE VIII

Des corps sans tête sont accrochés sur les murailles de la ville de Besançon : de misérables guirlandes humaines exposées pour dissuader la révolte des gueux, qui ont rejoint dans le maquis les notables protestants, ennemis de la très catholique Espagne. La ville est en guerre : les pauvres contre les usuriers, les réformés contre les bourgeois complices de l'occupant espagnol.

— Tu es fou de te jeter dans cette gueule, ronchonne Absalon.

Pour réponse, Sylvain lui déploie l'alchimie d'un regard qui exprime à la fois son regret de lui être désagréable et l'inflexibilité de sa résolution. Devant cet argument muet, le luthier lève les bras au ciel, pour demander aussitôt comment il peut se rendre utile.

— Tu te trouves une bonne auberge à l'écart de la ville et tu t'occupes des grisans ! On n'en a pas pour longtemps.

Cette fois Absalon est vexé d'être commis à un rôle de valet d'écurie et il faut toute la diplomatie de Sylvain pour le convaincre du danger que courent les Espagnols dans cette ville. Une fois quitte des maronnements du marrane, le charpentier part à pied pour Besançon, en habit de compagnon. Il arbore sa canne et ses couleurs. Blaise, à l'arrière, tire le bardot. Entré dans l'enceinte, Sylvain n'a aucun mal à situer la prison, une bâtisse cyclopéenne enracinant ses massives fondations dans une colline qui surplombe la rivière. Il ne tarde pas non plus à faire la connaissance d'un ancien pensionnaire de l'établissement.

— J'ai fait partie de la garnison, dit le bonhomme en bombant le torse. J'étais serrurier en chef. Je le serais toujours si je n'avais laissé par distraction une porte ouverte. Saloperie de porte. Six mois de trou que ça m'a valu cet oubli-là.

Un pichet de blanc suffit à délier la langue du personnage alors qu'il aurait pu exiger un tonneau pour les précieux renseignements qu'il fournit.

En fait, la citadelle est imprenable et il faut avoir l'innocence du compagnon pour faire le tour du monstre comme s'il disposait d'une armée pour assiéger la place. Côté terre, rien à tenter : la garde est là, répétant ses rondes. Côté eau, la muraille se défend bien toute seule. Même un canon ne percerait pas les murs. Pour corser la difficulté, les ouvertures grillagées des cachots sont juchées à sept toises au-dessus de la rivière et elles se comptent par dizaines.

— Ambroise doit se trouver derrière une de ces trouées.

Sylvain passe des heures à sillonner l'étroit coteau buissonneux qui sépare l'imposante construction de la rivière. Dans cet endroit tranquille, le compagnon cherche une idée pour entrer en contact avec son frère. Il faut la tombée du jour pour que ses traits se détendent. Il appelle alors le garçon.

— Tu te souviens de l'appeau que je t'ai donné quand tu nous apportais du pain d'épeautre ?

Le garnement hoche de la tête en même temps qu'il fouille sa besace. Il ne s'est jamais séparé de cet objet qui scella entre lui et les artisans de la scierie de l'Agne un premier pacte.

— Tu sais t'en servir !

Le galopin sourit et le porte à ses lèvres.

— Superbe ! s'exclame Sylvain. Alors écoute-moi ! Tu vas te poster sous les fenêtres et me refaire cela. Surtout ne t'arrête pas.

Et Blaise imite sous la muraille le babil d'une grive musicienne à la période des amours. Il reproduit à la perfection le chant de l'oiseau. Après une heure de ce jeu, une chouette pousse un hululement à trois reprises. Le bonhomme se rapproche de l'endroit d'où vient le bruit et recommence ses modulations. Quelqu'un contrefait à présent le cri de l'autour. Sylvain compte les ouvertures.

— Mets-toi sous la septième, souffle-t-il.

À peine le garçon est-il en place qu'une sorte de serpent mort tombe sur son cou, lui arrachant l'ébauche d'un cri. L'objet inerte et allongé qui lui a valu cette frayeur est une ceinture. Le compagnon la retourne.

— C'est celle d'Ambroise, fait-il en montrant les initiales. On est dans le mille !

Blaise regarde Sylvain sans trop comprendre.

— Pourquoi nous a-t-il répondu ? interroge-t-il.

L'homme le prend amicalement par les épaules. Il s'amuse :

— Tu as déjà entendu le chant d'amour d'une grive en plein mois de novembre ?

Le garnement se tape sur le front et pouffe de bon cœur.

Les comploteurs quittent l'endroit de leur niche et se trouvent, dans le centre de la ville, une auberge où passer la nuit. Mines rébarbatives, nourriture chiche, couche douteuse, tout prête à l'insomnie dans cette bauge infâme. Sylvain met à profit les longues heures de veille qui lui sont baillées à prix d'or pour réfléchir. Au matin, il confie à Blaise :

— Si Ambroise avait appris à lire, ce serait plus facile.

Le compagnon tourne et retourne la ceinture. Il est allé chercher de l'encre et une plume dans son coffre à outils, en a ramené un racloir, une fine corde et... un pied-de-biche. Pendant la matinée, il pèle l'intérieur du ceinturon pour retrouver du cuir clair. Il se lance ensuite dans une calligraphie de petits dessins pour détailler son plan. Y sont représentés l'attelage de grisans, éclair, tempête et vent, une avalanche de pierres. Sylvain a la main leste et ses idéogrammes sont éloquents. Il termine son message par ses initiales. Blaise le regarde faire, médusé.

À la nuit noire, en contrebas de la prison, une grive singulière reprend sa parade d'amour. Pour lui répondre, une longue ficelle faite de bouts d'étoffe descend jusqu'à son chant. Elle remonte avec une ceinture, un solide filin de douze toises, un morceau de bel acier qui tinte clair contre la pierre.

Contents de leur besogne, les deux noctambules regagnent leur maussade auberge. La ragougnasse qui leur est servie est immonde, le vin aigre, la servante faisandée.

— On retrouve Absalon demain, glisse le compagnon à un Blaise qui enlève les asticots de sa viande du bout des ongles avec un mépris aristocratique.

S'il est logé à meilleure enseigne, Absalon n'arrive pas à apprécier les mets délicieux qu'une cuisinière experte lui mitonne. Il s'alimente de gros mots et de blasphèmes antipapistes. À l'heure qu'il est, sa douce Marie doit l'attendre et ça le tarabuste. Quand il voit Sylvain déboucher sur le chemin en taquinant Blaise, il croit être sorti de... l'auberge. Les deux compères ne se font pas prier pour s'asseoir à la table du sombre marrane et lui conter leurs aventures. Absalon est presque rasséréné. Il rechute quand le compagnon lui dévoile son dessein.

— Tu es fou, Sylvain! Tu vas nous faire pendre!

— Je ne te force pas, dit le compagnon avec malice. À deux, on peut s'en tirer.

— Parce que vous croyez que je vais vous laisser faire? s'exclame le bouillant marrane et, du coup, voilà qu'il prend les commandes de l'expédition.

Le lendemain, les trois hommes achètent des câbles de halage à un cordelier. Ils mettront plusieurs nuits à faire leurs préparatifs. Lestés de pierres, les cordages sont placés dans la rivière avec, d'un côté, assez de mou pour atteindre la fenêtre grillagée de la cellule d'Ambroise et, de l'autre, de quoi se raccorder à l'attelage des grisans.

Malgré quelques moments d'angoisse, ils réussissent à n'éveiller les soupçons de personne, pas plus qu'ils n'attirent l'attention des gardes. Ils se replient ensuite dans la bonne auberge d'Absalon en attendant le mauvais temps. Leur patience ne sera pas déçue. Comme si les éléments se rangeaient à leurs côtés, une tempête éclate quelques jours plus tard. Les grisans sont attelés à la hâte et sont acheminés sur la rive qui fait face à l'arrière de la prison. Sylvain attache les câbles de halage au timon. De l'autre côté de la rivière, le chant de la grive a du mal à percer le tumulte et Blaise désespère de voir descendre le filin.

Quand la cordelette arrive jusqu'à lui, il a épuisé tout son répertoire de cris d'animaux. Une à une, les cordes sont hissées jusqu'au grillage. Une pluie glacée cingle les trois hommes et leurs chevaux. Le vent redouble, les câbles se tendent. Le ciel vrombit, les chevaux contraignent leur effort. Ils entendent l'ordre de Sylvain qui survient au plus fort de la bourrasque. Alors, déployant ensemble leur force herculéenne, ils arrachent la grille avec un pan de mur qui s'écroule à grand fracas dans la rivière. Sans traîner, les cordages sont détachés et jetés à l'eau. Les grisans, libérés de leurs entraves, s'enfoncent dans les bois avec trois ombres rieuses. Abandonné à un sort plus incertain, le rouan du compagnon, sellé et bridé, attend un cavalier qui doit sortir de la nuit, trempé et transi d'avoir traversé la rivière. La pèlerine de Sylvain est jetée en travers de la monture.

Deux jours que Sylvain, Blaise et Absalon font route vers Visentine. S'ils sont hors de danger, ils s'inquiètent à présent de n'avoir pas été rejoints par Ambroise. La route étant peu fréquentée, les voyageurs se sont mêlés, pour plus sécurité, à un convoi de marchands qui se rend à Nancy. Au-delà de Vesoul, un gentilhomme en habits de voyage remonte la colonne en tirant derrière lui trois chevaux. Il est armé jusqu'aux dents. Peu rassuré par l'attirail guerrier du cavalier, Sylvain détourne la tête.

— Salut ! lance l'arrivant sans effusion.

Reconnaissant Ambroise à sa voix, le compagnon s'apprête à l'étreindre mais il n'arrive même pas à lui sourire. Le visage qui lui apparaît appartient à un autre monde, un monde effrayant. L'émoi du compagnon est terrible. Jamais il n'a perçu autant de dureté dans un regard, autant de sécheresse dans l'expression d'un homme. Les mots se mettent en travers de sa gorge. Sans atermoyer, l'aîné des Chantournelle met pied à terre.

— J'ai récupéré mon bien avant de vous rejoindre, dit-il en montrant les chevaux alourdis de bagages.

— Ceux qui s'en étaient emparés ne viendront plus le reprendre, ajoute-t-il avec un cynisme éloquent.

Il restitue le rouan et la pèlerine de Sylvain, remonte en selle.

— Je te dis adieu! On ne se reverra plus. L'océan est assez vaste pour me perdre.

Sans un regard pour Absalon ni pour Blaise, il éperonne sa monture et disparaît derrière l'horizon. Après cette entrevue si brève, si désespérée, dans laquelle il n'a pas réussi à glisser un seul mot, le compagnon est gagné par un véritable chagrin. Absalon qui, pour la première fois depuis leur rencontre, voit son ami charpentier sans ressource, cherche une explication à ce désarroi.

— Il est en enfer, lui confie Sylvain. Il me fait peur! Il brûle déjà du feu éternel.

Plus tard, il revient sur l'événement en disant:

— J'ai vu dans son visage le regard de la damnation.

En chemin, les voyageurs sont surpris par les premières neiges qui s'affalent sur les Vosges et c'est transis qu'ils arrivent au domaine de l'Agne. Marie, en pleurs, accueille les retardataires. Cela fait des semaines qu'elle balance entre crainte et espérance et elle est à bout. Blottie près du feu, Suzon souhaite, entre deux toux grasses, la bienvenue aux arrivants.

— Elle va très mal, chuchote Marie. Elle crache du sang.

Dans la soirée, Florian entre dans la grande pièce. Il a fait le tour des chevaux avant de venir saluer son monde.

— Viendrez trinquer en bas ? Ça f'ra plaisir à la Muchette de vous revoir.

Les trois hommes cueillent un peu de la chaleur de l'endroit s'attablent devant une boisson chaude. Quand l'hôtesse les questionne sur les raisons de leur retard, ils se montrent évasifs pour ne pas replonger la Suzon dans son cauchemar en parlant d'Ambroise. Marie a fait aménager une partie de la maison pour Sylvain, un endroit qui lui est voué comme une chapelle à Notre-Dame. Le compagnon y passe quelques nuits mais, quand Lionel revient de Toul, il part s'établir chez Séraphine. Il est sevré du grand frère après deux ans de manque. Entre eux, une complicité de toujours. À peine retrouvés, les revoilà inséparables !

Fraîchement ordonné, le cher géant ignore sous quel clocher s'exercera son sacerdoce. Pour tromper son attente, il dépense sa formidable énergie en rendant de menus services aux villageois. Abandonnant au curé Grillot la lourde responsabilité des âmes de ses paroissiens, il offre aux gens une assistance plus physique que spirituelle. Dans le même ordre d'idées, il épaule, au sens propre, son vieux précepteur décrépit par l'âge, dans la célébration chaotique et béguetante des offices dominicaux. La première apparition de Lionel dans une chasuble trop courte, recouverte d'un surplis qui ne descend pas plus bas que sa taille, restera dans les mémoires. Elle provoque dans l'assemblée un remous d'hilarité, qui se mue en éclat de rire quand le petit curé apparaît à sa suite, complètement ratatiné dans ses étoffes. Atteinte dans sa susceptibilité maternelle, Séraphine est la seule qui reste de bois. Elle ne mettra pas une semaine pour ajouter à la garde-robe de la sacristie des vêtements liturgiques à la surdimension de son fils.

— Ta place est à Visentine, serine Sylvain à son frère. Les gens d'ici te connaissent de t'avoir vu grandir. Tu es leur sang! Pas un qui ne t'ait à la bonne!

Hélas, l'évêché est moins inspiré par l'Esprit-Saint que par l'esprit de contradiction. Un courrier invite Lionel à reprendre séance tenante la paroisse de Bar-sur-Aube à la demande de Troyes. Du haut de ses sept pieds, le jeune prêtre ne laisse rien paraître de sa déception. Seule une réflexion équivoque trahit sa déconvenue au moment du départ:

— Si Dieu en a décidé ainsi...

Au moment de se quitter, Sylvain formule une requête:

— Le jour où je me marie, c'est toi qui fais la célébration.

Et comme son frère tarde à répondre, il ajoute malicieusement:

— Visentin le Pacifique en a décidé ainsi...

Le charpentier repart pour Dijon à la fin mars. Il a passé un hiver, musical, paisible et méditatif et il lui tarde de manier à nouveau la besaiguë, de battre l'épure, de planer le bon chêne d'Aubry. À la rue Longepierre, il retrouve ses compagnons inchangés à l'exception de Gaucher, ce grand amateur de rondes bosses et de grasses fesses. Le bon homme est au désespoir. Contrairement à ses prévisions de départ, sa Miette a fondu comme miel en bouche, désavouant la vaste expérience du spécialiste en matière «fondementale». Ce qui pour la majorité des hommes pourrait ressembler à une bénédiction du ciel revêt chez lui des allures de catastrophe.

— J'ai été trompé sur la marchandise, pleurniche-t-il fort peu galamment.

Inconsolable, il semble lui aussi gagné par le fléau. Il a perdu deux livres de larmes.

— Adieu bourrelets, cul bombé, hanches dodues, s'exclame-t-il dans un lyrisme jusqu'alors inexploité. J'en suis réduit à la forme cistercienne de l'amour.

— *Nomina sunt numina!* Les noms sont des présages, lance la Mère, qui se pique de parler le latin et rebat les oreilles de son monde avec les vingt sentences qu'elle connaît.

À la vérité, la bonne Miette n'est plus que l'ombre d'elle-même et, dans chacune de ses anciennes jupes, elle pourrait en tailler une seconde, économie dont Gaucher se passerait bien.

— Je suis puni de mes péchés de gourmandise. Adieu charpenterie! Je m'en vais me faire boulanger pour palper des miches.

Sur cette plaisanterie, il ne peut s'empêcher de cligner de l'œil du côté de sa belle et d'embrasser sa bouche charnue, dernier vestige de l'opulence d'antan. La Miette prend du bon pied les réflexions grivoises voire scabreuses de son mari, dont l'ardeur amoureuse dément les propos. Le couple est sain et, si leur mariage précipité a eu à l'époque des allures de ravaudage, les problèmes de santé de Miette et la mort en couches de son premier-né ont tissé entre eux de durables liens.

— En voilà deux qui se sont trouvés ! commentent les compagnons entre eux.

Aubry présente Sylvain à François des Oliviers, un facteur d'orgues dont la renommée dépasse la Bourgogne.

— Mon beau-frère est chargé par les chanoines de la sainte chapelle du roi de la construction d'un nouvel instrument pour leur église. Il cherche un bon charpentier.

La cinquantaine hirsute et grisonnante, François des Oliviers est un petit homme souriant et distrait, qui jette un regard papillonnant sur le monde qui l'entoure. Son œil voltige d'un petit détail d'habillement à une lézarde dans le plafond. Une coccinelle s'affairant sur sa main captive son attention tandis qu'on discute autour de lui. Quand on lui adresse la parole, il faut s'y reprendre à deux fois, la première servant de sommation à la seconde. Il parle posément, en inclinant la tête de côté comme s'il avait une oreille lestée. La voix de l'homme psalmodie sa demande.

— J'ai besoin d'un artisan consciencieux qui m'aiderait à descendre les anciennes orgues et à les mettre sous abri. Il démonterait ensuite la tribune existante qui menace ruine pour en reconstruire une nouvelle, mieux adaptée à l'instrument que je fabrique.

Sylvain est ravi de la proposition. Rendu rue Longepierre, il pousse la porte de l'église, se fait ouvrir l'accès de la tribune par un sacristain tatillon. Ces orgues monumentales le fascinent et, malgré leur état de délabrement, c'est comme s'il entendait mugir l'une ou l'autre énorme flûte abandonnée à la poussière et au silence. Par les soufflets crevés, il imagine les itinéraires serpentins du vent captif vers telle ou telle note. Que de méandres! Quelle puissance devait soulever cette machinerie!

— Regarder mais pas toucher, corne le sacristain, qui semble agité d'une crainte subite d'avoir outre-passé les prérogatives de sa fonction.

Les mains dans le dos, Sylvain tripote l'instrument du regard. Il recense environ 800 tuyaux, 800 notes éteintes, muettes, en deuil d'un artisan pour espérer revivre. Quel gâchis!

François des Oliviers passe le surlendemain à la cayenne. Il demande où se trouve Sylvain et monte jusqu'à sa chambre.

— Joli petit instrument, s'exclame le connaisseur en apercevant le nymphaïon. Tu en es l'auteur?

— Nenni! Il me vient d'un ami luthier. J'ai juste ajouté un jeu de soufflets que j'actionne avec les pieds.

— Astucieux! Aubry ne m'avait pas dit que tu étais aussi musicien. C'est un cachottier!

Contrôlant machinalement l'équilibre des touches du clavier, François semble avoir oublié l'objet de sa visite.

— Ah oui! Ça me revient! s'exclame-t-il. J'ai changé d'avis à propos des anciennes orgues. Après examen, je ne compte plus récupérer l'instrument. Il me paraît trop endommagé! Tu peux brûler les boiseries et on refondra l'étain.

La réaction de Sylvain est immédiate.

— Cédez-le-moi. Je vous l'achète!

— Pardon? s'exclame le facteur éberlué.

— Faites-moi un prix, je paierai!

— Si je comprends bien, ça te ferait plaisir d'acquérir cette ruine ?

— Je suis même prêt à travailler pour rien !

— Pour rien ! relève le facteur sans qu'il faille lui répéter deux fois la proposition.

Sans plus d'hésitation, François des Oliviers tend une vague main en direction de l'église.

— Prends-le ! Il est à toi.

Sylvain se mue en grand officiant d'un démontage épique. Quand il déboîte les premières tuyères, quelle n'est pas sa surprise de rencontrer une population qu'il ne soupçonnait pas. Des souris paniquées dégorgent par centaines de cette cité des mille tempêtes, transformée par le temps en ville fantôme ou plutôt en mausolée d'un éternel grignotement. Sylvain passe des semaines dans la poussière à noter méticuleusement le plan de l'instrument. Avec l'aide de Gaucher, chaque pièce de l'orgue est descendue de son piédestal et soigneusement marquée avant d'être remisée dans un entrepôt qu'Aubry a mis à la disposition de l'artisan. Lorsque l'instrument est sauf, Sylvain se met à rêver.

Une nuit, il lui vient comme une musique dans la tête, une mélopée étrange qui s'épaissit. Le charpentier traverse une forêt peuplée d'immenses flûtes d'étain. À chaque tuyère qu'il touche, un son jaillit. Sauvages, les notes s'échappent, entrecroisent leurs chemins, explorent des espaces vides, s'insinuent dans les ravins où se terre l'écho, envahissent des vaisseaux de cathédrales à la recherche de la voix qui manque à leur chant, un timbre de femme. La belle porte le rêve et l'attente d'un charpentier au cœur pur. Elle offre ses doigts d'élégance aux claviers des orgues d'une ville du Nord ou du Sud. Ses bras sont nus, tout comme ses pieds souples, qui dansent sur un pédalier de bois. Elle chaloupe. Le vent des notes délivre ses cheveux, s'infiltre sous le voile qui la couvre. Il la caresse, fait frissonner son ventre, ses seins, ses épaules. Elle est brune. Elle est blonde. Elle est noire. Elle a les yeux bleus et marron et verts. Elle est la destinée.

Sylvain repose nu sur sa couche en cette nuit torride du mois de juin. Impudique, le sommeil libère sa semence.

CHAPITRE IX

Le défaut de financement des travaux engagés sur Saint-Bénigne contraint Aubry à donner congé à ses compagnons plus tôt que prévu.

Gaucher retourne à Saint-Omer, où il possède une vaste maison non loin de la cathédrale.

— Tout près de la mer ! dit-il à sa femme. Rien de tel pour te remettre en forme et te rendre tes volumes.

La Miette a le bourdon. En suivant son seul mari, elle sacrifie sa tribu dijonnaise, une des plus prolifiques de toute la Bourgogne.

— Que n'ai-je épousé un gars du pays, déplore-t-elle. Regarde ce que je perds en partant d'ici.

— Quelques meubles, de la vaisselle, un vieux sommier. Y a pas de quoi fouetter un chat.

— Et ma famille ? Qu'est-ce que t'en fais de ma famille !

Et la voilà partie dans un inventaire interminable des membres de son clan, depuis la souche jusqu'aux derniers bourgeons.

— Tais-toi, Miette. Tu multiplies par quatre les raisons de m'enfuir.

C'est le mot de trop ! Un broc quitte la table pour se briser sur la tête de Gaucher. Le plaisantin s'effondre. Quand il revient à lui, il est sur son lit. À son chevet, Sylvain et Miette tamponnent avec une compresse d'eau froide l'énorme bosse qui lui saillit du front.

— Tu as mal, mon lézard ? lui sirote l'épouse repentante avec une livre de sucre dans l'inflexion.

— Je suis trop faible pour répondre, émet le moribond d'une voix presque éteinte. Je défaille ! Sans un pichet de rouge, il m'étonnerait que je survive.

La Miette ramasse ses jupes et court jusqu'à la taverne pour y chercher médecine pour son homme. Gaucher agrippe l'avant-bras de son compagnon, qui se tord de rire, et poursuit sa comédie en marmottant :

— Mon ami, avant que je n'oublie, regarde bien à deux fois avant de prendre femme.

Il se relève en se tâtant le front.

— J'ai une proposition à te faire.

Ne sachant s'il s'agit de lard ou de cochon, Sylvain le suit d'un sourire.

— Je repars pour Saint-Omer, où j'ai du joli travail en commande.

— Quel genre ?

— Des colombages pour demeures patriciennes avec encorbellements, clochetons, corniches à motifs, corbeaux sculptés... Tu vois ce que je veux dire ! On ne serait pas trop de deux pour la besogne.

— C'est alléchant ! Je vais y réfléchir ! dit Sylvain.

Là-dessus, la Miette revient avec un pichet de taille. Gaucher guérit sa bosse en soignant ses papilles. Il vire à l'écarlate, devient intarissable sur le charme de sa ville et l'élégance de sa maison, d'où on entend tous les dimanches **et** jours de fête la

118

mélodieuse rumeur des orgues de la cathédrale. Quand ils topent à leur association, les compagnons sont bien éméchés. La Miette ce soir-là a le vin triste, elle se replie dans sa chambre pour pleurer.

À la fin juillet, un courrier attend Sylvain rue Longepierre, une lettre de Lionel écrite dans une calligraphie si menue qu'il faut une proximité de rongeur pour la lire.

Petit frère, je suis descendu à Visentine à la Pentecôte et maman m'a fait promettre de t'écrire pour te donner des nouvelles. On a enterré Suzon Minguet la semaine après Pâques et on a brûlé toutes ses affaires pour éviter la contagion. Autre décès: notre vieux précepteur, l'abbé Grillot. Il a été retrouvé raide dans son confessionnal alors qu'on le cherchait depuis trois jours par tout le village. La mort prend parfois des aspects tellement cocasses!

Du côté de la vie ou, si tu préfères, en dextre, la Muchette est ronde et la Marie, d'après notre mère, le serait bien aussi. Pour le reste, les choses évoluent normalement. Absalon bougonne un peu plus. Florian jure davantage.. Quant à moi, je partage les peines et les joies des habitants de Bar-sur-Aube. Depuis mon retour là-bas, il y a deux mois, le pain y est fort noir et j'ai beau être géant, les bras me tombent parfois jusque par terre quand je prends le temps de m'asseoir. Je te raconterai cela le jour où j'aurai le bonheur de revoir ta bonne tête et de me ressourcer à ton rire. Reste comme tu es, petit frère. Si tu perdais cette candeur qui te singularise, ce serait moi qui perdrais tout. Lionel

À Dijon, c'est l'heure des adieux, la dispersion. Colas descend sur Toulouse, les autres montent sur

Saint-Omer. Seul Aubry reste dans sa bonne ville en attendant des commandes. Le premier compagnon laisse partir Sylvain en regrettant dans son for intérieur que Barbe, la troisième de ses filles, n'ait pas trouvé grâce aux yeux du charpentier. Il sait gré à son artisan de ne pas avoir tiré avantage de l'amour aveugle que son enfant lui vouait.

— Je n'ai rien volé ! lui dira le jeune homme.

Après un dernier bécot de Gaucher à toutes les dondons et détentrices d'appas charnus de Dijon, au terme de deux jours d'embrassades éplorées et de recommandations dans la famille pléthorique de Miette, le trio emprunte dans la chaleur du mois d'août les chemins poussiéreux qui mènent aux régions de Flandre et d'Artois.

— Enfin de l'espace pour vesser à l'aise ! s'exclame le truculent Gaucher, qui met toute sa gouaille en œuvre pour dérider sa compagne.

Le gros homme est intarissable. Un débit de camelot ! Sylvain bénit le ciel de n'être pas une mule attelée à la charrette du couple. Libre de chevaucher à distance du joyeux drille, il plaint l'exemplaire Miette qui gagne ses ailes de sainteté en supportant ce mari, dont les incessantes billevesées doivent être plus éprouvantes à ses oreilles que la banquette de bois à ses fesses décharnées. Rien qui ne fasse farine au moulin de ses plaisanteries. Les noueuses de gerbes et autres paysannes au travail sont ses cibles de prédilection. Quand la route se vide, c'est son attelage poussif qui devient l'objet de ses traits d'esprit. Toute exubérance mise à part, Gaucher reste le meilleur des hommes, toujours prompt à bourse délier pour le pichet et la bonne chère, soucieux à l'extrême du bien-être de son monde. De

Chaumont à Reims, de Reims à Laon, de Laon à Saint-Quentin, de Saint-Quentin à Arras, les étapes se ressemblent, avec leurs auberges qui sont rarement au goût du gourmet et leurs raccourcis vantés par le meneur de l'expédition, qui allongent à chaque fois le chemin de plusieurs lieues.

Les voyageurs abordent Saint-Omer en septembre sous une lamentation de cloches et une pluie serrée comme flèches dans un carquois. Près du grand marché, à deux ruelles de la cathédrale, la demeure de Gaucher, aveuglée de volets, semble effondrée de sommeil entre les deux énormes bâtisses qui l'encadrent. L'intérieur sent le crépi détrempé, le moisi, l'étoffe crue. Au risque de se fouler une cheville, le maître du lieu s'entête à franchir le seuil avec sa châtelaine dans les bras, ce qui lui vaudra trois jours de courbatures. Intarissable, il entraîne son monde d'une pièce à l'autre, en relevant les innombrables vertus de son domaine comme s'il s'agissait du palais d'un prince.

Il faudra la bonne volonté de tous et quelques jours de soins intenses pour rendre à cette maison de célibataire son lustre d'antan. La main féminine de Miette y ajoute le raffinement qui lui manquait. De bons feux et une pleine semaine de vent d'est viennent à bout de l'humidité. Le retour du populaire charpentier attire une foule d'amis. Pour les accueillir, Gaucher met en perce un tonneau, qui ne tardera pas à contenir plus d'air que de liquide.

Derrière le logis, un jardinet envahi de broussailles permet d'accéder à un vaste bâtiment qui donne sur une autre ruelle.

— Mon royaume ! dit Gaucher avec emphase.

— Son atelier ! traduit l'épouse, comme si Sylvain n'avait pas compris.

La Miette se sent enfin chez elle. Mieux, elle est apprivoisée par cette ville animée, où son homme est connu comme un estaminet.

Les compagnons sortent leurs outils, les affûtent avant de se remettre à l'ouvrage. Le travail qu'ils préparent pour les beaux jours peut se faire à l'abri des intempéries dans l'entrepôt du charpentier audomarois, au milieu de mules et de chevaux placides. Sylvain passe son hiver à planer et à sculpter en finesse de petites scènes mythologiques pour une maison de notable qui, le printemps revenu, s'érigera face à la cathédrale. Le chêne qu'il taille est dur comme l'os, sec depuis vingt bonnes années et allumé de multiples brillances.

En avril, Gaucher interrompt les préparatifs du chantier pour fabriquer un berceau destiné au petit que porte sa Miette. En mai, les deux compagnons sont à pied d'œuvre, appareillant avec les maçons leurs somptueux colombages. L'humeur est légère, l'un plaisantant à tout propos, l'autre riant aux éclats des boutades du premier.

Mathilde d'Armentières a vingt ans. Blonde, élancée, exquise, elle ressemble à ces femmes normandes dont les origines se perdent dans des pays de glace et de longues pénombres. C'est une des jeunes filles les plus courtisées de Saint-Omer et elle aurait déjà trouvé parti dans le beau monde si sa famille n'avait pas essuyé de graves revers de fortune. Mathilde a vécu la vie de château jusqu'à la fin de l'adolescence, elle a connu les réceptions princières et approché de grands personnages de sa région. Aujourd'hui, elle demeure avec ses parents et son frère, Corentin, dans une maison délabrée de la rue des Feutriers, non loin de Notre-Dame.

Corentin a dix-huit ans. Il ressemble à sa sœur par la finesse presque féminine de ses traits, sa beauté, sa blondeur et de timides yeux pervenche, qui se réfugient derrière de fins sourcils presque blancs. Le garçon serait lui aussi très convoité s'il n'avait décidé de mettre sa vie au service de l'Église papiste. Corentin d'Armentières est un séminariste choyé de Saint-Bertin. Il compte parmi les rares qui sont autorisés à jouer sur les grandes orgues de la cathédrale et qui détiennent une clé de la tribune : un privilège exceptionnel que lui vaut son talent. D'ailleurs, toute cette famille d'Armentières est formidablement musicienne, tant le père et la mère que la sœur. L'enseignement de son art est même devenu un moyen de subsistance pour le comte d'Armentières qui, de châtelain qu'il était, s'est reconverti en précepteur et maître de musique pour enfants de bourgeois enrichis. L'homme prend sa déchéance en philosophe, estimant que, s'il a perdu ses biens et ses aises, il conserve au moins sa passion. Son épouse, par contre, ne digère pas ce revers de fortune. Elle vit en recluse, ne sortant de chez elle que pour aller faire ses dévotions à l'église Saint-Denis, où elle risque moins d'être reconnue que dans la cathédrale. C'est une reine déchue.

En ce matin du mois de mai, la belle Mathilde rassemble ses cheveux derrière la tête et les noue sur la nuque avec un ruban noir. Elle porte une ample chemise claire et entreprend à présent de contraindre sa poitrine avec un long tissu qu'elle croise et recroise pour aplatir deux seins pigeonnants qui ne demandent qu'à sortir de leur volière. Elle revêt enfin l'habit de clerc de son frère ainsi que son chapeau à bords recourbés. Pèlerine sur les épaules et partition sous le bras, la jeune fille est parée pour se rendre à la cathédrale. Elle a glissé dans une poche la fameuse clé de la tribune. Le rituel n'est pas nouveau. C'est pourquoi Mathilde n'a plus, comme avant, les mains qui tremblent et le pas qui se dérobe. À part son père et le frère complice, personne n'a encore percé le subterfuge qu'emploie l'ingénue pour se rendre à la tribune à l'insu des chanoines. C'est ainsi qu'une fois par semaine elle peut jouer son saoul sur les grandes orgues interdites dans la nef de Notre-Dame. À chaque fois que Mathilde sort du logement en habit de séminariste, Corentin est chancelant, blême, anéanti. Il s'agenouille alors devant sa couche et, figé comme un donateur peint à l'huile au bas d'une crucifixion, prie Dieu, la Vierge et les Saints en attendant que sa sœur revienne.

— Un jour, les vauriens qui activent les soufflets auront la puce à l'oreille, dit-il à son père, et ma carrière ecclésiastique sera par terre !

Le comte d'Armentières se délecte. Cette super-cherie est à son goût car il a contre les chanoines, prélats et autres clercs une défense de sanglier. Le fond de son cœur est acquis à la Réforme. Via Mathilde, il peut enfin régler ses différends religieux avec son fils autant qu'avec les papistes.

— La musique n'a pas de sexe ! se plaît-il à décla-rer quand il veut clore toute discussion avec ce prude rejeton que cette saillie, pourtant peu verte, empourpre de la tête aux pieds.

Oppressée sous son accoutrement, Mathilde referme derrière elle la porte de son logis. Personne ! Elle gagne la partie ombragée de la rue, longe les murs avec une prudence acquise. Son itinéraire est étudié mais elle craint toujours une rencontre fortuite. Les bruits de la ville lui parviennent sans l'interpeller. Tout va bien. Elle accède à la cathédrale par la rue du Pot, serre de très près les contreforts, la tête basse, l'air absorbé. Elle s'apprête à rentrer pour quelques pas dans la lumière, quand retentit soudain un rire formidable, un rire qui la saisit, qui l'enveloppe, qui la secoue comme on loche un sapin croulant sous la neige. Mathilde se sent happée par mille mains invisibles. Elle précipite son pas, cherche d'une fraction de regard son poursuivant, pour apercevoir sur le toit d'une maison un homme torse nu qui hisse, à l'aide d'une corde épaisse lui sciant l'épaule, un lourd morceau de bois. Le rire laisse s'échapper Mathilde. Il ne la concernait pas et pourtant, quand la jeune femme s'enferme dans la tribune, derrière le buffet des orgues, elle ne parvient plus à se ressaisir, à se déposséder de cette emprise, à se défaire de ce courant qui l'a traversée. Glissant comme couleuvres ses doigts entre l'étoffe noire et la toile claire de sa chemise, elle libère sa poitrine étranglée. Ses seins endoloris affleurent, s'agitent au rythme précipité de son souffle. Sa main tente de les apaiser, leur offre une onction ronde et légère comme caresse de mère sur la tête fragile d'un nouveau-né. Sa peau est douce. Délicieuse est la soie de son ventre. Mathilde ferme les yeux sur un trouble qui l'embrase par le dedans. Ses lèvres frémissent. Elle ne s'appartient plus.

Vers midi, Sylvain et Gaucher voient repasser la noire silhouette du séminariste alors que, assis côte à côte sur une poutre, ils font un sort au panier de victuailles amoureusement préparé par Miette.

— On n'a pas eu droit à notre concert aujourd'hui, s'étonne Sylvain en suivant l'organiste du regard.

Au moment où l'ombre tourne au coin de la cathédrale, une partition s'échappe de son cahier et virevolte sur la place. Le charpentier se lève d'un bond.

— Monsieur, vous avez perdu quelque chose! clame-t-il tout en se précipitant pour ramasser le papier.

Sourd à son appel, l'homme poursuit son chemin et paraît même accélérer le pas. Se lançant derrière lui, Sylvain emprunte un désordre de venelles encombrées de monde avant de rattraper son ombre fuyante.

— Monsieur, j'ai votre partition! clame-t-il.

Le souffle court, l'œil resplendissant, la mine solaire, il rend son bien au clerc. Il ne reçoit en retour de sa peine que la caresse timorée de deux yeux confusément lilas et le frissonnement d'une bouche suave modulant le plus imperceptible des mercis. Quand le charpentier retrouve Gaucher, il est ébaubi comme s'il avait croisé la Sainte Vierge en personne devant l'étal d'un marchand d'images pieuses.

— Ou bien cet homme est un ange, ou bien...

— Un démon? tente le compagnon.

— Non! Une femme!

Sur ce bon mot, Gaucher est secoué par un rire qui tourne à la toux et l'oblige à dégorger à coups de tapes dans le dos le bout de lard qu'il mâchonnait avec délice.

Mathilde frappe du heurtoir pour qu'on lui ouvre l'huis. Elle ne trouve rien à dire à son père qui la fait entrer et se replie immédiatement dans sa chambre. Elle n'est plus seule, se sent suivie par un rire, une voix, un tendre regard, un visage d'or pur. Elle palpite. Elle a honte d'avoir été confondue en même temps qu'elle jubile d'avoir été surprise par ce charpentier inconnu. L'apparition de l'homme dominant la place et narguant le vide avec une désinvolture d'oiseau s'est inscrite dans l'éternité de ses souvenirs. La beauté sauvage de son poursuivant, la peau cuivrée de son torse lustré par la sueur, la lumière qui irradiait autour de lui fusionnent avec elle, aimantent sa pensée, activent étrangement l'alchimie d'elle-même. Fuyant la touffeur de ses vêtements d'emprunt, Mathilde verse son broc dans une cuvelle et y ajoute le contenu de plusieurs récipients disséminés dans la pièce, placés çà et là pour recueillir les pluies qui percent par le toit. Elle enlève ensuite sa chemise et passe son corps à l'eau froide, se mouille les cheveux. L'eau ruisselle et fait des notes dans le récipient de métal.

De l'autre côté de la rue, au même étage, un enfant ébloui prétend avoir vu une sirène.

Au chantier, Gaucher se bidonne tout seul, il rigole dans son for intérieur que ça en devient suspect. À voir son air réjoui, on se demande quel tour il peut bien mijoter dans son coin. Quand Sylvain lui demande ce qui le met de si belle humeur, il joue l'étonné, crache dans ses paumes et reprend la taille de sa mortaise à coups de besaiguë en sifflotant. Les deux charpentiers attendent, pour des raisons différentes, le jour où les grandes orgues empliront à nouveau d'un chant la cathédrale et ses parages. Sylvain surveille d'un œil le va-et-vient de la place. Son compagnon attend impatiemment que tinte la première tuyère pour mettre en branle une facétie de son cru.

Un mardi en fin de journée, l'instrument fait enfin retentir ses bombardes et sonner ses flûtes, laissant le jeune homme surpris de n'avoir pas vu passer la suave ombre noire. Gaucher s'absente du chantier, pour assouvir soi-disant une envie pressante. Quelques secondes plus tard, le pendard pousse le grand portail, pénètre en catimini dans la nef, fait quelques pas vers la porte de la tribune puis, à l'insu des chanoines, des quatre garnements qui activent les soufflets et des quelques fidèles disséminés dans l'édifice, introduit un petit clou plié dans la serrure de manière à en bloquer le mécanisme d'ouverture et à incarcérer, par voie de conséquence, l'instrumentiste dans son pigeonnier. Content de lui, le fieffé farceur rejoint son compagnon en rajustant ses chausses.

— Si j'étais riche, j'pisserais tout le temps, éprouve-t-il le besoin de dire pour mieux camoufler sa manœuvre.

Au fur et à mesure que le temps passe, le plaisantin laisse transparaître quelques bouffées d'hilarité, un bouillonnement inhabituel de bonne humeur, extraordinairement communicatif. Vers cinq heures, les orgues se taisent. Un temps, puis six chanoines déboulent en catastrophe sur le parvis de la cathédrale. Avisant le chantier, ils empruntent l'échelle et s'enfournent comme colonie de souris dans l'édifice. Terrassé par le vertige, l'organiste est descendu de son perchoir par une cohue de jupes noires, les unes le retenant par le haut, les autres le soutenant par le bas. Une descente de croix ! Gaucher suit la scène en se tenant les côtes tandis que Sylvain reste interdit devant une sublime femme blonde, qui doit connaître la frayeur de sa vie à la pensée qu'elle aurait pu être victime de cette défaillance de serrure en lieu et place de son frère et se trouver démasquée par les cerbères du lieu. Toute à son angoisse, la belle Mathilde ne sent pas ce regard enamouré qui la dévore ni cette pluie de lumière dorée qu'un vitrail de la cathédrale dépose sur sa chevelure comme une couronne sur la tête penchée d'une reine.

CHAPITRE X

Après ce périlleux sauvetage, frère et sœur rentrent au logis sans s'apercevoir qu'ils ont sur les talons le charpentier amoureux. Sylvain flotte derrière la jeune femme plutôt qu'il ne marche et, même si la discussion entre Corentin et Mathilde est tumultueuse, il est soulevé par chaque mot qu'il parvient à cueillir de la bouche de son inconnue. Il s'émerveille de sa façon de marcher, de cambrer la taille, d'accuser à chaque irrégularité des pavés un adorable déhanchement. Il s'approche d'elle à moins d'une toise, à moins de distance qu'il ne faut à ses mains pour boire à la chevelure blonde et soyeuse qui ruisselle devant lui. Échaudés par l'aventure, les deux musiciens passent des reproches aux excuses, des excuses aux promesses. Le ton s'adoucit. Quand ils s'évanouissent derrière la porte basse d'une maison de la rue des Feutriers, Sylvain capte un rire de la belle. Comme s'il voulait s'assurer qu'il ne suivait pas une chimère, il touche la fonte froide du heurtoir, le bois délavé des volets, les montants de pierre rêche de la façade. Il poursuit ensuite son chemin, revient sur ses pas, s'assied finalement sur le rebord d'une fontaine toute proche. Au bout d'un moment, sa décision est prise. Il passe son visage à l'eau fraîche, ébroue ses cheveux encore parsemés de copeaux, dépoussière sa blouse et fonce, résolu, vers le heurtoir, qu'il abat. Une dame entrebâille chichement le judas.

— Madame, dit Sylvain, je voudrais dire un mot à votre... fille.

Face à l'aplomb de la demande, la mère de la belle invite l'inconnu à patienter. Après avoir bloqué la glissière et vérifié au passage le verrouillage de la porte, elle abandonne le visiteur au tapage du quartier.

— Quelqu'un pour vous, Mathilde!

Mathilde court à la fenêtre, elle sait que c'est lui, l'homme du rire. Regard frisant, elle l'aperçoit dans la rue. Sa chambre devient alors une volière brimbalée : des vêtements qui volent hors d'une malle, d'amples mouvements qui déploient du bleu, du turquoise, de l'outremer. Le miroir dédouble ces envolées d'étoffes. Un coup d'œil par les carreaux : il est toujours là, promenant sa rêverie parmi les pavés de la venelle. Plus question de se pimpelocher. La jeune fille a trop perdu de temps avec l'attache rebelle d'un collier de verroterie. Une dernière approbation de la glace, une ultime torsade avant de descendre. Devant la porte d'entrée, la belle reprend son souffle en s'adossant au mur. Elle croise son châle sur sa poitrine que tourmente une respiration folle, tire le verrou de sa gâche et apparaît au charpentier sur le seuil avec un naturel, une désinvolture, un calme désarmants. L'homme fait un pas vers elle. Il lui demande :

— Votre prénom! Je voudrais m'endormir ce soir avec votre prénom.

131

— Mathilde, murmure-t-elle avec un léger voile dans la voix.

Le charpentier redresse une tête épanouie, ferme les yeux et prononce avec délice :

— Mathilde. Drôle de prénom pour un clerc.

La jeune fille part d'un rire que Sylvain rattrape et enveloppe. Pour prix de son insolence, il recueille un baiser.

Sylvain ramène chez Gaucher et Miette une joie galopante, un bonheur effréné, qui traverse comme vent chaud les blés murs. Il aime. Il voudrait que toute la ville le sache, que les cloches relaient la nouvelle par tous les villages jusqu'à Visentine, que l'on réveille les morts pour leur annoncer l'événement et les recoucher ensuite.

— Apporte du vin, commande Gaucher à sa femme, et combattons l'ivresse par l'ivresse !

La soirée est mémorable.

Après les réjouissances, le mari de Miette rejoint son épouse dans leur couche. Assis sur le bord du lit, il reste songeur un long moment.

— Quelque chose te contrarie ! dit une voix ensommeillée.

— Mathilde a du sang bleu ! répond le gros homme en envoyant ses galoches à l'autre bout de la pièce.

Mouchant la chandelle de ses doigts cornés, il s'allonge sur le dos, les bras derrière la tête.

— Sylvain rêve ! Jamais ces Flamands de vieille souche n'accepteront pareille mésalliance, poursuit-il en poussant un énorme soupir. Un artisan reste un artisan ! À chacun son monde.

— Je ne pense pas comme toi, dit-elle dans sa demi-torpeur.

— Tu penses comment?

Rassemblant quelques lambeaux d'une conscience vaseuse, elle marmonne :

— Je pense qu'il est bel homme, et fort attentionné, et plus séduisant que ces niquedouilles de cour. J'en aurais eu un pareil à mes trousses...

— Tout doux, la Miette! Tu m'as l'air bien allumée. Va falloir te tenir à l'œil, s'exclame le compagnon tout en profitant de l'affront pour folichonner sous la chemise de sa belle et lui mignoter ses appas dodus.

Au même moment, dans la chambre voisine, Sylvain trempe sa plume dans l'encre. Il en est à son troisième brouillon. On peut lire :

Cher grand frère, je t'écris dans la foulée de mon bonheur. J'ai trouvé à Saint-Omer, où je travaille actuellement, la dame de mes pensées et de mes espérances, celle que le ciel a choisie pour moi. Elle s'appelle Mathilde. Par un signe, elle a éveillé mon rêve, me laissant tout ébaubi de ses charmes. Je ne regretterai jamais de m'être gardé pour elle et pour elle seule. Elle a été ma soif. Aujourd'hui, elle est mon puits de certitude. Je suis prêt avec elle à tous les partages, à tous les sacrifices. Je t'attends pour nouer devant Dieu ce pacte...

Sylvain surprend par la mince cloison les appréhensions que formule Gaucher et, en contrepoint, l'avis plus favorable de Miette. Il interrompt sa lettre à la virgule et, bridant son impatience, termine son mot plus prudemment :

...Je te ferai signe au moment opportun. D'ici cette fête, veille sur toi, mon Lionel, porte-toi mieux que dans ce dernier courrier où tu me paraissais si sombre. Contre

des rires, je veux bien tes prières. Ma fraternelle tendresse.
Sylvain.

La première esquisse du couple s'ébauche à l'insu de la famille Armentières. Au départ, Mathilde est émoustillée par cette aventure nouvelle que désapprouverait son milieu. Elle savoure cette période de clandestinité sentimentale, ce tendre jeu de cache-cache. Elle emploie de pieux mensonges pour donner au fruit la saveur de l'interdit. Elle joue avec délectation les cachottières, voire les désobéissantes, manigance plus qu'elle ne s'attache. Puis, au contact du charpentier, elle se débarrasse progressivement des oripeaux de ses calculs et de ses artifices pour approcher cet être simple dans le dépouillement d'un regard, d'un rire, de la caresse d'une main ou d'un mot. Lentement conquise, Mathilde installe le compagnon charpentier dans sa vie. Elle cherchait un homme, elle découvre une planète. Elle est heureuse, se laisse séduire par cet artisan dont l'alchimie n'a rien à voir avec ce qu'elle a rencontré jusqu'alors. Sylvain est un être à part. Sa pureté enfantine, son indéfectible confiance, sa tendresse pour les gens la changent de ces vieux barbons pleins aux as qui se pressent au portillon d'une fille de famille désargentée, ou encore de ces prétendants faussement vertueux qui se sont joués d'elle. Sylvain surgit à une période d'étiolement affectif comme un antidote. Il rattrape Mathilde de justesse dans les parages de l'amertume. Il lui offre sa candeur, sa sincérité et un bon sens d'artisan dont l'évidence la touche.

— La matière n'a pas de malice, explique-t-il à Mathilde. On ne la fait pas tricher.

Ou encore :

— Si un bois me donne un nœud passant, je le mets en entretoise plutôt qu'en arbalétrier.

Tout est confondant de simplicité pour Sylvain. Tout paraît moins limpide pour la jeune femme qui ménage ses secrets, se livre avec retenue, ne s'aventure que prudemment du côté des promesses. Mathilde a des coquetteries de rose, elle veille à préserver son mystère et, en femme très belle que les regards convoitent et que la galanterie des miroirs célèbre en continuels clins d'œil et tacites compliments, fait mine d'accorder son amour comme un privilège, plutôt que comme un don. Le compagnon ne passera pas un jour de cette fin de printemps sans la chercher. Sa passion est un ruisseau qui se gonfle : il verserait des barrages ! Chez les Armentières, plus personne n'est dupe que Mathilde a un soupirant et le clan familial voudrait rencontrer l'élu. Sylvain est donc amené à se présenter rue des Feutriers. Il s'engage serein dans cette démarche, revêt sa tenue de compagnon avec ses couleurs, prend sa canne octogonale, coiffe son chapeau et se met en route en répétant dans sa tête sa demande en mariage.

Cher grand frère, je prie le ciel que cette lettre te parvienne avant que tu te sois mis en route. Je me suis rendu hier chez les parents de Mathilde pour leur demander la main de leur fille. Je n'ai pas eu droit à leur amitié ni même à leurs égards. Ils étaient dès le départ très hostiles, en particulier la maman de Mathilde qui me paraît pourtant être une bonne personne. Corentin, le fils, n'a cessé d'être blessant. Il m'a prêté des intentions qui entachent la pureté de mes sentiments. C'est comme si le ciel s'était couvert d'un seul coup. Le comte d'Armentières n'a rien manifesté alors que je sais par Mathilde que c'est un homme sensible, puisqu'il a pleuré quand il a appris que le duc de Guise avait fait massacrer à Wassy des huguenots qui tenaient paisiblement leur prêche du dimanche. Mathilde est malheureuse. Moi, j'ai ma part de peine. Prie pour nous, toi qui es si près de Dieu par la taille et dont je suis si proche par le cœur. Sylvain

La maison de la rue des Feutriers chasse le compagnon comme un chien quémandeur. Les tentatives qu'il répète dans les jours qui suivent pour approcher son aimée et inviter les Armentières à revenir sur leur position restent sans écho. Morne, grise, délabrée, la demeure se montre sourde aux appels du heurtoir. Bientôt, elle pousse sa vergogne jusqu'à opposer au soupirant de Mathilde le mépris de ses volets fermés. Personne ne sait au juste ce qui se passe à l'intérieur de la bâtisse jusqu'au jour où Gaucher apprend par Benoît Titelouze, un ami musicien, que le comte et sa fille ont quitté Saint-Omer. Ulcéré par ce rejet aussi injuste qu'immérité, Sylvain riposte par une idée saugrenue : il dresse ses échelles contre la façade aveugle et entreprend la restauration du toit.

Situation pittoresque que d'entendre Corentin d'Armentières pérorer :

— Je vous interdis, monsieur, de réparer notre toiture.

Ou, plus singulier encore :

— Remettez s'il vous plaît les trous à leur place et reprenez vos affaires.

Les gens du quartier se gondolent. Ils sont du côté de l'artisan amoureux et quand la garde arrive sur les lieux du délit, tout le monde est là pour empêcher qu'on arrête cet homme de l'art qui, sur sa propre bourse, dote d'une toiture étanche le logis où sa bien-aimée essuyait les averses comme si elle habitait sous un arbre. L'affaire donna lieu à un jugement qui acquitta le charpentier zélé le 18 juillet 1562. L'histoire fit le tour de la ville et les Audomarois s'amusèrent longtemps de cette façon originale de mener sa cour.

Rentrant de voyage la nuit et passant par son jardin, le comte d'Armentières trébuche au beau milieu de l'amas des cuvelles et des récipients qui recueillaient l'eau de pluie dans sa maison. Après ce premier désagrément, qui lui fait reprendre son chemin en claudiquant, une deuxième surprise l'attend en la personne de son épouse. Sanglotante, la dame remet à elle seule la bâtisse sous eau. L'événement que tente de relater la comtesse à son mari paraît si dramatique qu'il se demande un court instant si sa femme n'a pas subi les violences de trois douzaines de spadassins.

— J'ai été humiliée ! dit-elle en hoquetant.

Le brave comte, dont l'honneur a eu le temps de débander, ne peut s'empêcher de sourire quand enfin il comprend le fin mot de l'histoire. Il est moins heureux d'apprendre que la comtesse a fait vendre par Corentin, pour purger l'affront d'avoir reçu aumône d'un homme de basse condition, le collier de saphir qu'il lui avait offert à leurs fiançailles. C'est sans joie que le père de Mathilde se rend le lendemain au domicile des charpentiers pour payer l'ouvrier de sa peine. Ne sachant pas à qui elle a affaire, la bonne Miette introduit le visiteur dans le séjour, où Sylvain est de dos, jouant du nymphaïon. La suite est inattendue : oubliant sa course, le vieux musicien pique sur l'instrument d'Absalon, dont il veut se

137

porter acquéreur pour ses cours. De là, la porte est ouverte aux essais : le comte exécute une sarabande, le compagnon lui chante une aubade, Gaucher arrive avec son vin, on parle et, dans la conversation, le rire et l'extrême gentillesse du jeune homme font mouche. Au moment de prendre congé, le comte d'Armentières invite Sylvain à l'appeler François et dit à propos de Mathilde :

— Elle est bonne fille, mais elle a parfois besoin d'une petite correction.

Il repart ensuite le cœur léger, la bourse intacte et des arguments plein la tête en faveur de son futur gendre. Si cinq minutes lui suffisent pour clouer le bec de Corentin, il n'obtiendra capitulation de son épouse qu'au bout de deux longues semaines de tournicotantes discussions, auxquelles se mêlera l'acariâtre Adélaïde de Balleroy, sa belle-sœur. Entrée dans les ordres par dépit amoureux, la nonne concentre sur le malheureux compagnon toute la hargne qu'elle a accumulée contre la mâle engeance. Le comte devra se fendre d'une colère bleue pour faire taire les deux péroreuses. Il va sans dire que tout le restant de sa vie, la comtesse d'Armentières regrettera le beau mariage qu'elle espérait négocier pour réhabiliter sa lignée et réintégrer son rang.

Mathilde revient de sa retraite plus séduite que jamais. Sylvain réapparaît dans la maison de la rue des Feutriers, où de grosses gouttes ne sont plus là pour lui rappeler la fin de non-recevoir qu'il avait essuyée. On discute mariage. Avec ses économies, le charpentier envisage d'acheter une petite maison dans le quartier. Ne reste plus alors qu'une inconnue : la venue de Lionel à Saint-Omer.

Comme s'il avait deviné qu'on n'attendait plus que lui, le géant débouche une semaine plus tard place de la cathédrale. Il monte un destrier de grande taille. Il est gris de sa chevauchée et si impressionnant qu'on dirait un conquérant de granit. Parti épuisé de Bar-sur-Aube, il a fait un voyage harassant. Il s'arrête au milieu de la foule et, les yeux clos, écoute la rumeur, attendant qu'on l'interpelle. L'homme qui lui adresse la parole est rond et jovial. Il pourrait être tonnelier. Comme si le monde entier s'était donné le mot, le colosse a droit à l'inévitable saillie :

— Quel temps fait-il là-haut, monsieur l'Abbé ?

Répondant par une expression qui tient plus de la grimace que du sourire, Lionel met pied à terre pour saluer de moins haut le petit homme, ce qui ne dispense en rien Gaucher d'arquer à la rupture ses vertèbres cervicales, d'ouvrir des yeux de loche et de s'exclamer :

— C'est Dieu pas possible que vous êtes tout seul à l'intérieur de votre soutane !

Fier comme un montreur d'ours, le compagnon charpentier entraîne dans sa foulée trottinante ce voyageur prestigieux vers sa maison de la rue des Clouteries.

— Sylvain vous a aménagé une couche de huit pieds sous les combles, bredouille la Miette soudain défaillante à la pensée d'accueillir une telle masse au-dessus de sa chambre.

— Vous pourrez y ranger votre intégralité, ajoute Gaucher, qui savoure, en gourmet de la plaisanterie, la drôlerie de la situation.

Prévenu de l'arrivée de son frère, le compagnon laisse en plan ses outils, court jusque chez Mathilde, l'emmène au logis du charpentier. Effusions, déferlements de rires, hémorragies de gros rouge ponctuent ces retrouvailles. Happée par ce tourbillon, la belle fiancée de Sylvain n'est que lumière et enjouement. Il sera tard quand les deux frères se retrouvent seuls.

— Alors, tu le tiens ce grand bonheur! sourit Lionel.

— Qu'est-ce que tu penses? Tu as toujours été franc avec moi.

— Elle me plaît beaucoup, dit-il après un long balancement de tête.

Et Sylvain rit tandis qu'il poursuit:

— Vous êtes beaux ensemble, vous êtes magnifiques.

Le mariage est fixé pour la fin des moissons et Lionel profite de la quinzaine qu'il a devant lui pour aider Sylvain à aménager la petite maison que l'artisan s'est trouvée à vingt toises du logis de Gaucher, dans la même rue. Le prêtre goûte la proximité de ces deux charpentiers rieurs et généreux. Leur compagnie lui fait du bien. Rangé du côté des rocs, de ceux auxquels on prête une solidité inébranlable, Lionel enfouit ses blessures en lui-même comme les arbres se referment sur le chancre qui les ronge. Sous sa grande carcasse apaisante, sa mine tranquille, il ne va pas bien. Des meurtrissures profondes ont marqué le début de son ministère et il découvre amèrement que rien de ce que lui proposent son temps et son Église ne répond à l'élan mystique qui l'animait quand il rêvait d'être prêtre. Les papistes l'effraient. Il désapprouve les massacres dont ils se rendent coupables, les exécutions qu'ils s'arrogent le droit d'ordonner. Quand il était à Toul, on l'a endoctriné à la haine de la Réforme et de ses adeptes. Mais en voyant mourir des gens sur les bûchers, il s'est pris à haïr les bourreaux. Jugé élément pernicieux par les autorités ecclésiastiques, le géant a été expédié à Bar-sur-Aube, où des pestiférés remplaçaient les hérétiques sur les bûchers. Une occasion pour le ministre du culte de comparer la cruauté céleste à la bestialité humaine. Lionel sait qu'il est seul avec ses déchirements et il envie Sylvain qui, comme le vent, traverse le paysage du siècle avec l'insouciance d'un promeneur.

La petite maison devient coquette avec ses deux pièces sur le bas, qui capturent les soleils du matin et du soir. Il y a un étage pour la chambre où l'on accède par une échelle de meunier et une trappe si étroite que Sylvain a construit le lit sur place. La lumière s'est ambrée depuis que les fenêtres ont été fermées de petites mises sous plomb claires. Tout sera prêt pour vendredi.

Mathilde décompte les jours. Elle est allée à Saint-Denis pour se confesser, elle se prépare. L'arrière de la maison de Gaucher est devenu un capharnaüm pour la circonstance. On y plume, on y tisonne, on y fristouille un festin d'enfer, on prend un acompte sur la fête en goûtant des sauces et en passant le vin au crible des palais sous le gouleyant prétexte de vanter ses qualités. La maison étant trop petite, c'est dans le jardin du charpentier qu'on fera bombance et qu'on dansera. Durant les dernières heures qui la séparent de l'événement, la jeune fiancée est tendue comme la corde d'un luth. Elle espère et appréhende cette journée qui se prépare, cette nuit où Sylvain va la prendre. Elle erre comme une noctambule offrant à son entourage des sourires indécis et lointains qui trahissent sa peur.

Le vendredi se lève sur un fin brouillard qu'un soleil taquin de septembre déflore avec douceur comme pour montrer aux amants la marche à suivre. Dans l'église Saint-Denis, la famille de Mathilde et leurs amis font pendant à Gaucher et Miette qu'accompagne la joyeuse bande d'artisans, de commerçants, de piliers de taverne qui sont la vie de Saint-Omer. Mathilde est conduite par son père à la gauche de Sylvain. Sa beauté illumine l'église. L'assistance est impassible dans les bancs des Armentières, agitée et caquetante chez les Audomarois. On attend l'officiant. Lionel apparaît dans la porte de la sacristie, de trois quarts et la nuque oblique. Quand il se redresse, l'assemblée se retrouve dans une chapelle. Lorsque, à la première oraison, il déploie ses bras immenses, l'autel se ramasse derrière lui comme un mouflet dans les jupes d'une nourrice et le grand livre déployé sur le lutrin de bronze prend timidement l'allure d'un bréviaire. Le géant est ému. Face à Dieu, l'échange de consentement du couple a la même envergure que le colosse. Il défie le temps, les aléas du quotidien, les crocs-en-jambe de la destinée. Il est espiègle ou inconscient. Il jette ses dés sur un plateau de fumée.

Ensuite viennent le banquet, la table ensoleillée, les farces de Gaucher, les plats gargantuesques qu'on accueille avec des vivats, le vin libérateur. Benoît Titelouze et ses musiciens lancent des rondes et des chansons. Plus tard, quand le soleil cligne de l'œil et retire doucement ses flûtes, les torchères sont allumées et la danse emporte son monde en pirouettes, rondes et tressautements. Sylvain et Mathilde se perdent et se retrouvent, s'éparpillent en éclats de rire, se rejoignent en tendres accolades. Et puis la jeune épousée emporte son homme à l'insu de tous, à l'abri des regards, dans la chambre mansardée où les attend le drap immaculé d'une couche large. Il lui dit qu'il l'aime et le répète. Il ne connaît plus que ce mot-là. Dans la lueur flottante de la lampe à huile, ils se découvrent l'un l'autre. Il effleure ses épaules blanches. Ses mains d'artisan, pourtant si sûres, si expertes, tremblent quand elles touchent les calices sacrés des seins de la belle. C'est son plus beau voyage. Ce serait leur plus beau voyage si Mathilde n'avait choisi ce soir-là pour confesser à Sylvain :

— Tu n'es pas le premier ! On m'a déjà prise !

Sylvain éteint la lumière pour que la flamme ne trahisse pas ses yeux brillants. L'amour qui volait tout en haut dans sa tête s'est brisé l'aile. Dans le noir, ensemble, ils pleurent.

Non loin, la fête bourdonne, amenant tantôt des cris amusés, tantôt des fragments de musique jusqu'à la chambre où ils commencent et recommencent l'amour. Le bruit prend soudain de l'ampleur, il se rapproche de la maisonnette des amants. Des rires et des éclats de voix s'amplifient. Les invités, avec Gaucher à leur tête, réclament le drap nuptial. Ils ne partiront pas avant de recevoir le trophée. Mathilde tremble. Sylvain prend son couteau et entaille sa main : un peu de rouge sur le lin blanc, son premier mensonge. Sa première absolution ! Mathilde lèche sa blessure, elle communie au sang de son homme.

Au petit jour, dans la ville vide, une main inconnue cloue sur la porte de la maison des mariés la tête décapitée et grimaçante d'une brebis.

CHAPITRE XI

La semaine qui suit les réjouissances, Lionel repart comme il est venu. Il tourne une page heureuse et le bonheur qu'il laisse derrière lui bruisse encore dans ses oreilles comme du vent dans les trembles. Il est ressourcé de rires, enrichi de nouveaux visages, enchanté d'avoir été l'officiant d'une si belle noce. Toutefois, Mathilde le laisse avec une gêne. Elle a percé à jour ce désarroi qui le taraude. De tous ces gens aimables qu'il a croisés, elle est la seule qui ait traversé l'écorce de l'arbre.

— Il souffre ! dit la jeune épousée à Sylvain.

— Tu crois vraiment ? s'étonne le charpentier soudain pris de remords d'avoir été si peu attentif à ce géant humble et serviable, qui n'a pas jugé utile de parler de lui et dont l'absence envahit tout à coup son cœur.

Comme ces grands oiseaux qui se posent et repartent, Lionel a tout fait pour qu'on ne retienne de lui qu'un ample battement d'ailes.

L'arrière-saison sera douce pour les amants qui se harcèlent de leur tendresse à tout endroit et à toute heure. Leur amour est un feu de prairie, un déferlement sans fin de vagues blanches. C'est le temps suspendu de leur vie, le moment béni où les rêves s'ensemencent, où les nudités s'accordent sur le clavier des caresses. Robuste et hâlé, le corps de Sylvain a la grâce tortueuse du bois d'olivier. Mathilde est d'ivoire. Sa peau module à l'infini les dunes et les renfoncements d'un paysage mouvant. Leur beauté les assoiffe plus qu'elle ne les abreuve. Insatiable est leur faim de baisers, de câlineries et de mots tendres.

Un dimanche d'octobre, ils chevauchent sous le vent en surplomb de la mer et le rire de Sylvain se frotte à celui des mouettes. L'artisan dénoue les cheveux de Mathilde pour les voir ondoyer comme bannières.

— Un jour, je capturerai des tempêtes pour des orgues géantes et tu joueras pour moi sur cette falaise !

La belle engrange ce vertige, comme on recueille dans l'oreille l'air d'une chanson ou, dans un poème, une jolie formule. Incrédule, elle rabat d'un rire l'élan fou de son charpentier. Sylvain rêve de construire de grandes orgues pour sa musicienne. Il voudrait allier dans un Chant le savoir-faire de l'artisan et la virtuosité de l'interprète. Fort de cette lointaine perspective, il fabrique en ce moment, pour le père de la jeune fille, un nymphaïon qui est inspiré de l'instrument du luthier espagnol, son ami. Mathilde est sollicitée à l'atelier chaque fois qu'il s'agit d'ajuster une note. Tous les prétextes sont bons pour la bécoter, palper les charmes qui fruitent sous sa robe, voire parfois quand l'atelier est désert... la verser sur l'établi.

— À cette cadence, t'auras vite rattrapé ton retard, lui lance son très délicat compagnon, dont les saillies verbales ne manquent jamais de raideur.

L'hiver se passe entre charpentes et lutherie, soupentes et lutineries, jusqu'au jour où le ventre de Mathilde s'arrondit. La belle est enceinte. À quelques pas de là, comme par sympathie, la Miette, de même que Madeleine Titelouze, la femme du ménétrier, se retrouvent dans le même état.

— Nous avons accordé nos instruments ! relève l'impayable Gaucher au musicien qui menait la danse au mariage de Sylvain.

Grand amateur de fifres, de trompettes et de chalumeaux, le Benoît trouve la farce bien bonne.

— Voilà ce qui arrive quand on travaille trop ensemble, renchérit-il pour ne pas être en reste.

L'association des compagnons est fructueuse. Les quelques ouvrages prestigieux que Gaucher et Sylvain ont réalisés font des petits. Les artisans ont de belles commandes en vue, de quoi envisager l'avenir avec sérénité. C'est sur leur bonne réputation que, début décembre, il vient à l'idée du conseil échevinal de la ville de s'adresser à l'atelier pour fabriquer, place du Marché, un gibet sophistiqué permettant d'exécuter cinq condamnés à la fois. L'évêque de Saint-Omer, Gérard d'Haméricourt, appuyé par l'inquisiteur du diocèse, le père Tellier, sont à l'origine de cette demande qui devrait refroidir les sympathisants de la Réforme. En l'absence de Gaucher, c'est Sylvain qui reçoit la visite de deux édiles et du macabre concepteur de l'engin de mort. Des plans sont déployés sur l'établi où il travaille. Le charpentier fait la moue tandis qu'une voix de métal lui décrit les vertus du système. Sa réponse aux trois hommes est aussi ferme que douce :

— Je n'ai pas appris ce métier pour construire des gibets ! Je ne fais pas ce genre de travail.

Cela dit, il reconduit ses visiteurs avec le plus courtois des sourires. L'un des deux notables se retourne alors sur l'artisan. Il est petit et rond, la lèvre méprisante, le sourcil hautain. Il lui distille :

— Monsieur, je vous ferai payer votre impudence !

Sylvain hausse les épaules, ferme la porte et reprend son ouvrage où il l'avait laissé. La Miette qui, de sa maison, a aperçu du monde dans l'atelier, arrive par le jardin, tout émoustillée de savoir ce que voulaient ces gens bien mis qui viennent de partir. Elle se signe sur le récit de Sylvain.

— Un gibet ! dit-elle indignée. Pourquoi pas des instruments de torture !

En fin d'après-midi, des bruits de pas et un cliquetis d'armes perturbent le calme de la ruelle. Les portes de l'atelier sont ouvertes à coups de bottes et Sylvain emmené sans ménagement. La nouvelle embrase le quartier à l'allure d'un feu de paille :

— On a arrêté Sylvain !

Miette court jusque chez Mathilde. Affolée, la jeune épouse arrive en larmes au logis paternel. Ailleurs, c'est au tour de Gaucher d'apprendre l'arrestation de son compagnon. L'esprit embrumé par une commande trop bien arrosée, il se met à braire comme un veau sur l'épaule de Benoît Titelouze. Le musicien, que la ville emploie comme guetteur, tente de prendre contact avec les édiles qu'il connaît. Même chose pour le comte d'Armentières qui enseigne la musique à la fille d'un personnage haut placé de Saint-Omer et qui espère intervenir par son biais. D'un côté comme de l'autre, les démarches seront vaines. Des semaines s'étirent à piétiner fébrilement les parquets des antichambres, à endurer le blocage imbécile d'un bataillon de sous-fifres. Mathilde se démène un mois, deux mois, six mois, pour retrouver son époux.

En mai 1563, un soir de pleine lune, l'épouse de Sylvain s'effondre dans la rue en face de sa maison. Des bras secourables la ramènent chez elle. On intercepte en catastrophe la sage-femme qui revient de chez les Titelouze où un garçon vient de naître.

— C'est ma journée ! soupire l'accoucheuse quand une tête émerge du ventre de Mathilde. Manquerait plus que la Miette ne perde ses eaux.

Comme dans une farce, Gaucher arrive à court d'haleine.

— Ça y est ! Les douleurs... dépêchez-vous !... C'est maintenant !

Son premier cri rendu, le nouveau-né de Mathilde atterrit incontinent dans les bras de sa mère que l'on abandonne à son sort pour secourir la femme du charpentier qui rejoint ses consœurs dans les affres de la maternité. Dans la nuit, Miette donne naissance à une fille que Gaucher, ébloui, prénomme Bonnemine pour inciter d'entrée de jeu Dame Nature à bien poteler la belle enfant. Mathilde appelle son fils Brieuc. Madeleine Titelouze optera pour Jehan.

Depuis son arrestation, Sylvain endure une peine de cachot qui s'éternise. On lui a mis des fers aux pieds comme à un malfaiteur. Il coudoie aussi bien de la racaille que des têtes dures de la Réforme, des rebelles aux papistes que l'inquisiteur Tellier a fait écrouer et qui attendent d'être fixés sur leur sort. La défaite des hérétiques lors de la toute récente bataille de Dreux a surpeuplé les prisons et les juges sont peu enclins à la clémence. Enchaîné à côté de Sylvain, un gentilhomme à l'allure martiale promène un regard désabusé et un front altier sur le nid pitoyable qui l'entoure. Il porte une barbe grisonnante. Ses cheveux, noués dans le cou, accentuent un profil d'oiseau de proie. Il avait la jambe droite brisée en arrivant et recommence à poser le pied par terre.

— Vous êtes protestant ? demande-t-il.

— Je suis un charpentier chrétien qui refuse de construire un gibet. C'est pour ce crime que je suis ici.

— C'est un crime qui vous honore mais qui peut vous coûter la vie.

— Qu'entendez-vous par là ? demande le compagnon avec une innocence feinte.

— Nous sommes les principaux usagers de ce genre d'instruments. Ne pas les fabriquer, n'est-ce pas indirectement nous venir en aide ?

Après un silence, l'homme reprend :

— Vous êtes jeune. À votre place, j'aurais construit cette potence.

Le sourire d'impuissance qui répond à cette recommandation stérile amène le huguenot à revenir sur son propos :

— Je ne sais pas pourquoi je vous dis ça. Peut-être ai-je moins de courage que vous, clôt le détenu pour racheter sa parole désinvolte.

Après des journées et des journées de patience et d'espoir quotidiennement reconduits, Sylvain voit les portes de la prison s'ouvrir sur le geôlier, qu'accompagnent deux personnages bottés et bardés de cuir. Munis de torches, ils passent les prisonniers en revue.

— Ce sont les recruteurs, chuchote le gentilhomme à Sylvain. À choisir, vaut mieux ne pas être entre leurs crocs.

Le tour est vite fait et le charpentier tout comme son compagnon sont désignés du doigt.

— On prend ces deux-là, dit l'un d'eux avec un fort accent du Sud. Qu'ils soient prêts demain à l'aube.

Et ils repartent.

— D'une gueule, nous passons dans une autre, rumine le protestant en apostrophant le ciel du regard. Quand finiront ces dérives !

En ce matin glacé de janvier 1563, une vingtaine de détenus grelottent dans la cour de la prison de Saint-Omer. Nombre d'entre eux toussent. Certains sont pieds nus dans une herbe blanchie de gelée. Encadrés par des soldats, les prisonniers attendent le signal pour se mettre en mouvement. Un notable de la ville les compte à son aise. Sous sa cape fourrée de renard, il ne risque pas d'avoir froid.

— On peut y aller ! lance-t-il enfin.

Le gentilhomme huguenot, qui est resté enchaîné à Sylvain, marche difficilement. Au bout de quelques lieues, il a besoin du charpentier pour l'épauler. Insuffisamment ressoudés, les os de sa jambe ont craqué sous son poids. Plus loin, l'homme perd conscience et c'est un arbre mort que tire le compagnon. Des heures et des heures seront égrenées dans le froid et la souffrance avant que la colonne arrive en vue du port de Calais, récemment repris aux Anglais. Une caravelle y avale les futurs galériens. À Gênes, on est en manque de bras solides pour manier les rames rouges et c'est commerce prospère que de descendre de Flandre jusqu'en Méditerranée, en achetant dans les prisons les plus robustes individus.

Remisés en fond de cale, les prisonniers sont confiés à la garde d'une nouvelle espèce de geôliers. Le bâtiment lève l'ancre dans la soirée. À côté de Sylvain, le gentilhomme délire, récitant bribes bibliques et prononçant parfois des prénoms tendres, vestiges désancrés de son ancienne vie. Il s'en faudra d'un cheveu que les trafiquants ne jettent par-dessus bord le moribond.

Le voyage dure des mois. Il est ponctué par de longues escales dans des ports de passage et par l'arrivage, à chaque étape, de nouveaux prisonniers. Le charpentier a pris en charge son ancien compagnon de captivité. Il s'occupe de lui jusqu'à ce qu'il se rétablisse. En le soignant, c'est lui-même qu'il tient en vie. L'homme s'appelle Flavien de Noirmont. Il fut parmi les braves qui aidèrent François de Guise à reprendre Calais. Il obtint pour ses hauts faits d'armes le titre de baron. Aujourd'hui, il est mieux placé que quiconque pour parler de la précarité des honneurs et de la versatilité de son époque. C'est un personnage instruit et profond, de ces êtres qui détiennent certaines clés de l'existence, un confident précieux en cette période d'épreuves.

Non loin de Sylvain se trouve un jeune homme embarqué à Bordeaux, une longue tête triste flanquée d'un regard halluciné. Rien chez lui qui veuille établir un contact, pas un mot qui affleure. Muré dans sa peine, il refuse jusqu'à la nourriture. Or voilà qu'un matin le prisonnier dort en boule sur un tapis rouge sombre. Moins incommodés par les miasmes et la puanteur ambiante que par la vue de ce sang, les prisonniers réclament le geôlier pour chasser la mort de leur compagnie. Quelques esprits s'échauffent tandis que, sur le pont, on rassemble des volontaires pour remonter le cadavre. Un lieutenant descend avec les hommes. Suicide ou règlement de comptes, il veut en avoir le cœur net. On déplie devant lui le jeune Bordelais dont les poignets entaillés sont refermés sur le ventre. Le regard de Sylvain s'accroche, comme une larme, au visage de ce trafiquant impavide dont les traits lui sont familiers. Pointant sa torche vers cette ombre qui le dévisage, le lieutenant abat ses yeux sur le prisonnier, qui d'un coup sec détourne la tête. De sa main gantée, il prend Sylvain par la tignasse pour vérifier son appréhension. Sans piper un mot, il lâche prise et remonte sur le pont. Le charpentier se sent mal, plus mal qu'il n'a jamais été depuis son arrestation, et Flavien de Noirmont, qui a tant admiré son courage, ne s'explique pas pourquoi, tout à coup, il est submergé de chagrin. La réponse lui arrive dans la nuit, quand le lieutenant redescend dans la cale avec deux marins. On retire les fers des pieds de Sylvain mais il refuse de se lever si on ne libère pas son compagnon. Les bottes du trafiquant s'impatientent. Elles rudoient le plancher de bois. Au bout d'un moment, le marchand cède au caprice du prisonnier, non sans marmonner :

— Fichue tête de mule !

Ne tenant plus sur leurs jambes, les deux détenus sont traînés jusqu'au pont et descendus dans une chaloupe. Larguant l'amarre, Ambroise Chantournelle dit juste à son frère :

— À présent, nous sommes quittes.

Les quelques lanternes qui éclairent la masse sombre de la caravelle s'évanouissent dans une nuit tiède. Sylvain est comme une lampe éteinte.

— Je n'ai rien réussi à lui dire, se reproche-t-il.

Pas même un merci pour apaiser sa tourmente. C'était pourtant si simple, un merci...

Lorsque le charpentier se réveille, le soleil est déjà haut dans le ciel et Flavien de Noirmont rame avec ardeur vers la fine bande de terre qu'on peut apercevoir à l'horizon. Accoutumés aux entrailles empuanties du navire et à un encaquement de plusieurs mois, les deux rescapés retrouvent avec émotion l'immensité de l'océan, les vents infinis qui emmitonnent le monde, la lumière. Incrédules, ils prennent les avirons chacun à leur tour sans oser rompre le silence. Est-ce un rêve, ce qui leur arrive ? Est-il possible que la vie les rattrape après les avoir jetés si bas dans ses gouffres ?

La fortune semble tourner, avec des joies qu'on peut à nouveau cueillir, des êtres aimés qu'on peut rejoindre. Cela ressemble à une naissance ! Le premier rire fuse enfin de la gorge de Sylvain, puissant, mélodieux, libérateur : un troupeau à la sortie de l'hiver et sa course folle à travers les prairies. Flavien a moins d'exubérance que l'artisan. L'incertitude ombre ce chemin qui le reconduit aux portes d'une maison dévastée.

La barque touche terre le lendemain. Un inoubliable raclement de gros sable sur le ventre de bois. Passant par là, des pêcheurs mènent des chevaux chargés de filets et de nasses. Ce sont des gens simples et bienveillants. Ils aident les deux naufragés à mettre leur embarcation hors d'atteinte des marées puis les invitent à les suivre.

— Nous sommes en terre portugaise, dit le gentilhomme.

Le village offre aux deux hommes l'hospitalité des pauvres, la vraie largesse, celle qui prive. Au bout de quelques jours, le temps d'équiper la chaloupe d'une voile, Sylvain et le baron estropié remontent la côte en cabotant. Flavien, qui est incapable de se déplacer sans l'aide d'une béquille ou d'une épaule secourable, peut ainsi regagner son pays sans mettre à contribution sa jambe mal ressoudée qui n'est plus qu'un poids mort. Soumis aux caprices des vents et à des générosités passagères, les voyageurs longent la péninsule ibérique, remontent le golfe de Biscaye et arrivent en vue des tours pointues de La Rochelle après quatre mois d'un périple éreintant. Ils abordent à la pointe de Correille dans un chantier naval où des squelettes de caravelles voisinent avec de bedonnants galions qui n'attendent que leurs gréements pour sillonner les mers. Le prince de ce domaine de coques géantes et d'élégances courbes est le frère cadet de Flavien. Il se nomme Abel de Noirmont. C'est dans ce port de terre sèche, à deux pas de la ville huguenote, que le baron protestant jette l'ancre. Son chemin de misère s'arrête là. Il ne retournera pas en Vendée où ses biens ont été confisqués et où sa famille n'est plus. La nouvelle lui tombe dessus comme un coup de massue, le laissant quelque temps étourdi d'un chagrin contenu avec courage. Sylvain perçoit cet accablement et il se remet à penser avec hantise à Mathilde que cette longue séparation a peut-être éloignée de lui. Il a soudain peur des retrouvailles, de la déception qui peut l'attendre à son retour. Curieusement, il n'a jamais douté d'elle tant qu'il s'occupait de Flavien. Au fond du trou, il avait la certitude qu'elle patientait. Aujourd'hui, il ne sait plus. Tout est loin et proche à la fois : cet enfant qui a dû naître, ce travail abandonné sur l'établi, les cheveux de Mathilde qu'il dénouait sur la falaise pour les offrir au vent.

Si l'amitié de Flavien lui est acquise depuis longtemps, la reconnaissance d'Abel de Noirmont envers le charpentier est sans bornes.

— Cette maison sera toujours la vôtre ! dit-il à Sylvain.

Le constructeur de bateaux est un homme d'âge mûr, de belle prestance, l'œil et le geste vifs. Physiquement, il ressemble peu à son aîné, mais il a ses manières et la même voix. La barbe bien taillée et le pourpoint perlé, il a soin de sa personne. Il est marié depuis deux mois à une ravissante Sicilienne, presque une enfant, qui promène sur le monde de longs yeux éventés de longs cils. Elle a la peau ambrée sous un cheveu de jais, une sauvagerie qui n'est pas sans rappeler la Muchette. Son accent est chantant et, rien qu'à la voir, on devine un tempérament de feu. Elle s'appelle Flora, c'est la fille d'un armateur de Palerme, Orlando Lorenzini.

Sylvain quitte La Rochelle à la fin du mois de novembre. Pourpoint de brocart et lourde cape doublée de loutre, il a l'air d'un nanti quand il reprend la route, et s'en amuse. Pour ajouter à son lustre, Abel lui a fait don d'un genet d'Espagne de son écurie. Un déploiement de mâtures et de voiles bombées, des têtes de proues fendant les flots bleus saluent le départ de l'artisan. Flavien lui propose des armes.

— Te connaissant, je sais que tu n'en feras pas usage, mais porte-les au moins pour faire impression, insiste le gentilhomme.

Le sourire du compagnon est aussi doux que son refus est ferme !

— Que Dieu garde ma «fichue tête de mule», murmure Flavien de Noirmont quand le cavalier lui adresse un dernier signe de la main avant de disparaître.

Sylvain abat des lieues sur cette monture rapide. Pourtant, plus il se rapproche de Saint-Omer, plus il est tenté de ralentir sa cadence. Quand la ville s'offre à lui, il en ferait sept fois le tour comme Josué à Jéricho, tellement il a peur. Il attend les dernières heures de la nuit pour passer le guet par la porte Sainte-Croix. Les sabots de sa jument tintent sur les pavés des ruelles. Un carillon sonne les matines. Sur la place, la cathédrale sommeille. Sylvain attache sa monture à un anneau scellé dans un contrefort. Le métal est froid. Il ramasse quelques graviers puis, de son pas souple, remonte vers la rue des Clouteries, où habitent Gaucher et Miette. Il hésite puis se rapproche de sa maison. Saint-Omer dort et la venelle est déserte. Sylvain se replie dans un coin aveugle et attend un signe. Peu avant le lever du jour, il surprend le pleur d'un nourrisson et, derrière les vitraux, une flamme fuyante. Il devine Mathilde allaitant son petit, quelque part à gauche dans la pièce. Le berceau qu'il a construit doit être de l'autre côté ! Il n'y tient plus. Les gravillons qu'il serre dans la main lui font mal. Quand il croit l'enfant rassasié, il lance les pierrailles vers la fenêtre. Des marches qu'on dévale, une précipitation de pas, presque une course, et la porte qui s'ouvre sans l'ombre d'une hésitation. Mathilde se jette dans ses bras. Elle n'a pas besoin de le reconnaître. Elle sait que c'est lui. Elle lui dit en pleurant :

— Où étais-tu ? Cela fait un an que je t'attends !

CHAPITRE XII

Le retour de Sylvain à Saint-Omer inquiète son voisinage. En resurgissant dans cette ville, le charpentier peut réveiller l'hydre, d'autant que Marius Roussel, qui l'avait fait écrouer, est monté en grade. Parmi les proches du compagnon, Gaucher est le plus paniqué. Il a essuyé les plâtres dans cette affaire et a dû rattraper la foucade de son associé en exécutant la macabre commande et en l'installant place du Marché.

— Même si les hérétiques ne sont pas difficiles, vaut mieux pour eux un gibet bien fait, lâche-t-il pour se justifier.

Privé du droit de rire et de montrer sa bonne figure au soleil, Sylvain évolue la nuit. Étrange oiseau nocturne que ce charpentier en disgrâce qui passe d'une maison à l'autre pour fêter en tapinois avec ses amis la découverte éblouie de son fils, les bienfaits de l'amour et sa liberté rendue. Avec Gaucher, les plaisanteries s'échangent à voix basse mais le cœur n'y est plus. Les compliments que fait le revenant sur la grassouillette enfant de Miette éveillent peu d'écho. Sylvain est affecté par cet éloignement. Sentant que sa présence à Saint-Omer est source de tensions, il précipite son départ.

Une charrette bâchée, tirée par un attelage hybride, quitte la ville sous une fine neige de décembre. En mal de cavalier, le genet d'Espagne semble offensé d'avoir été accolé au rouan de Sylvain pour ce vulgaire travail de trait. À la traîne, un bourrin sans race et sans âge porte trois caisses. Gaucher, Miette et Benoît Titelouze sont les grands absents de cette morne journée.

— La fuite en Égypte, dira le comte d'Armentières en essuyant la gouttelette qui lui pend sous le nez et qu'il renifle comme une larme.

Mathilde a le cœur gros. Elle se sent rejetée et paraît plus atteinte que son époux par ce déni d'amitié de la part des gens qu'elle croyait proches. Sylvain s'abstient de juger.

— Ils ont eu un empêchement, dit-il avec aplomb pour se forcer d'y croire.

Mathilde se blottit contre son homme. Jamais depuis qu'elle le connaît, elle ne l'a entendu se plaindre, ni douter de personne. Avec lui, elle ne peut qu'avoir confiance, excuser les bousculades de la vie, répondre d'un sourire aux bourrades.

— Où puises-tu ta joie de vivre ? demande-t-elle.

Sylvain s'est redressé comme une plume de cette année d'épreuves. Taisant les mauvais traitements et les privations, il ne dévoilera de cette période qu'une rencontre avec un gentilhomme estropié et des marques aux chevilles. Aujourd'hui, il reparle à Mathilde de cette falaise où il amènera des orgues géantes pour y soulever avec elle une tempête de musique. Ses yeux brillent.

Au soir, la charrette pénètre dans la ville d'Arras où la sœur de Gaucher tient une auberge avenante du côté de l'abbaye. Au moment où ils poussent la porte de la bonne maison retentissent violons, flûtes et tambourins. Tout le monde est là pour accueillir les voyageurs : le rond charpentier, Miette et sa Bonnemine, les Titelouze et leur marmaille, les Courtebourne ont déserté Saint-Omer pour fêter le compagnon et la belle Mathilde qui sont forcés de les quitter. Le vin coulera à flots jusqu'à l'aurore, rinçant les gosiers et s'insinuant jusqu'aux enfantelets via le lait des mères nourricières. Cette rieuse et chaleureuse ripaille met du baume sur la peine de la jeune femme qui repart ragaillardie de cette flamande débauche d'amitié.

Les mois d'hiver voient descendre la charrette bâchée et ses chevaux vairons de ville en ville. À Reims, les voyageurs patientent trois semaines, le temps qu'une vague de froid se retire. Mathilde profite de cette halte pour envoyer un courrier à ses parents :

... Sylvain me surprend sans arrêt. Rien ne désarçonne sa joie et sa confiance. Il aura joué avec l'hiver comme s'il faisait le temps, nous menant à l'auberge avant chaque offensive du froid, nous emportant sur les routes à chaque redoux. Brieuc se porte à merveille et son père en est tout affectionné. Nous partons pour Châlons demain et si j'ai une tendre pensée pour vous et un pincement en me rappelant notre petite maison de Saint-Omer, je goûte mes retrouvailles et me sens dans un palais sous cette charpente de rire et de tendresse dont Sylvain nous coiffe, Brieuc et moi. Votre Mathilde.

Offertes à un printemps précoce, les plaines reverdissent et les arbres bourgeonnent dès le début du mois de mars. Passé Plombières, Mathilde découvre les hauts plateaux boisés encore emmitouflés de neige. Rien de comparable à l'univers clos et grouillant de Saint-Omer. Une autre vie se prépare, troublante de sauvagerie. À ce moment du voyage, l'insouciance de Sylvain et ses fols projets inquiètent plus qu'ils ne rassurent la belle citadine, qu'effraie soudain le repli quasi monastique qui l'attend. Venant au secours du compagnon, la Moselle apprivoise Mathilde avec sa turbulence joyeuse de torrent. De grands arbres placides adoucissent l'élévation rugueuse de la terre.

Quand ils abordent Visentine, les voyageurs aperçoivent un solide bûcheron qui refend, sur un billot, des rondins de bois. Le travailleur pose son merlin : on l'a appelé. Il part alors à longues enjambées, il court. Rien ne le distingue d'un sagard ordinaire parmi les grands chênes. Mais lorsqu'il arrive à hauteur de la charrette et des chevaux, il devient énorme et les bras qu'il déploie pour engloutir Sylvain dans une accolade sont les membres d'un ours.

— Lionel ! s'exclame le charpentier. Tu n'es plus à Bar-sur-Aube ?

— Dieu en a décidé ainsi, lui répond le géant en riant. Je suis curé de ce village.

L'artisan lui prend une patte et l'ouvre comme pour y lire la bonne aventure.

— On m'avait dit que les prêtres avaient les mains blanches, plaisante Sylvain.

— On dit beaucoup de choses, rétorque l'abbé en s'échappant vers Mathilde, qui est nichée en haut de la charrette.

Son petit dans les bras, elle se redresse pour être à sa hauteur. Le colosse s'extasie devant l'enfant avant de le saisir. Il le gratifie de son sourire d'ogre. Il n'en ferait qu'une bouchée.

— Vous serez heureuse ici, dit-il à la jeune femme. On vous aimera.

Sur le chemin qui mène à l'ancienne scierie, Lionel apprend à son frère qu'Absalon et Marie ont disparu de façon inexplicable.

— Ils ont vidé les lieux avec Blaise, il y a environ six mois. Depuis, plus de nouvelles !

— Qu'est-ce qui s'est passé ?

— À mon avis, des menaces. Le pays n'aime pas les Espagnols et les catholiques ne portent pas les marranes dans leur cœur. Il est vaste, le ban des réprouvés ! Démesuré, même !

Il ajoute amèrement en montrant ses paumes :

— C'est plus des mains blanches qu'elle a, notre Église, mais des mains rouges !

Peu sensible à ce genre de considérations, Sylvain revient aux gens qui lui sont chers.

— Et Florian et la Muchette, combien de rouquins ?

— Deux rouquins et... les autres, répond le prêtre avec une pincée d'hésitation.

S'apercevant qu'il est en train d'éventer malgré lui quelques secrets de confession, il reprend, croyant rattraper sa bévue :

— Les autres tiennent plus de leur maman que de Florian.

Sylvain n'a pas besoin d'un croquis pour comprendre.

— Séraphine ? avance Sylvain avec davantage de précaution.

— Elle reste gaillarde. Toujours bon pied, bon œil! Elle s'occupe de mon trousseau.

— Comment cela?

— Elle me taille des chasubles.

Silencieuse, presque absente, Mathilde se laisse porter par ce chemin qui semble l'amener hors du monde. Elle se demande comment ce sera là-haut. Avec ce que lui a décrit Sylvain, elle s'est fait son idée de la maison qui l'attend, du troupeau légendaire de grisans, de l'étang qui se trouve en amont du domaine. Quand la charrette passe les derniers grands arbres, elle découvre autre chose et elle a besoin de raccrocher son regard à ce petit garçon qu'elle porte dans ses bras et qui lui sourit. Ce n'est pas l'arrivée de Florian sur l'esplanade qui la rassure. Le palefrenier surgit armé d'une fourche, comme un diable. Il se dirige vers les intrus, la truffe méfiante, les yeux plissés. Il devra approcher à moins de vingt pieds du convoi pour reconnaître Sylvain à côté de son frère. En un claquement de fouet, il passe de l'état de guerre aux courbettes.

— Si je m'attendais! Quelle bonne surprise! M'en vais prévenir la Muchette.

Il s'agite comme fol, repart la fourche basse en faisant bringuebaler les branches désarticulées de sa longue carcasse. Sa tête couleur d'automne tressaute de gauche à droite à chaque dodelinement de sa course. La Muchette n'est pas longue à se montrer. Toujours aussi affriolante : les années n'ont pas éteint le feu couvant de ses charmes et ses grossesses répétées n'ont pas empâté ses reliefs ni dessanglé sa taille. Seul son visage a changé : un regard plus affirmé, qui pour les mauvaises langues trahit la perfidie et pour les bonnes est signe d'une plus grande maturité. Gardienne des clés, elle ouvre la porte de la grande maison, pousse les volets sur des pièces mortes. Absalon, le luthier, a tout effacé de sa présence, remisé l'établi, emporté ses outils. Même les broches où pendaient ses instruments ont été arasées. Un départ pour ne plus revenir, une plage lissée par la marée. Subsistent de l'activité de Marie quelques paniers laissés là en offrande. À chaque battant que pousse la Muchette, la lumière intensifie l'absence. Il en est tout autrement dans la partie de maison réservée à Sylvain, qui attend son hôte comme dans une coquette auberge. Occupant un mur de l'ancienne chambre de Simon, un meuble intrus, une sorte de haut buffet sombre avec une avancée oblique qui pourrait ressembler à une écritoire. Sylvain subtilise la clé à l'insu de sa belle. Ce n'est pas l'heure de déflorer le chef-d'œuvre d'Absalon. Il passe sa main sur le noyer finement raclé, retrouve derrière la douceur du bois la présence amie du marrane.

Mathilde apprivoise la maison : les gens l'entourent de leur sympathie, les enfants lui ravissent son petiot. Les visages et les voix se parent d'un prénom. Explorant une pièce puis l'autre, elle prend ses marques, embrasse l'espace, détermine l'emplacement du grand lit, de la table, du berceau.

— C'est vaste ! s'exclame-t-elle.

Elle a le tournis. Le verre de vin blanc qui lui est offert accentue sa griserie. Elle attend que le monde se retire pour se trouver seule avec Sylvain. Elle voudrait qu'il lui fasse l'amour pour prendre chair dans cet antre de sagard qui a été l'enfance de son homme.

Mathilde chevauche avec Sylvain du côté de Bussang et des sources de la Moselle. Elle monte en amazone le genet d'Espagne que Florian a réhabitué, avec force jurons, à marcher à l'amble. Fine cavalière, elle fait honneur à ce présent royal. Elle est heureuse. Après la scierie, elle a conquis le village sur un simple sourire. Repassant par la Noiregoutte, Sylvain cherche âme qui vive dans l'espoir d'obtenir quelque nouvelle de ses amis. Quelle n'est pas sa surprise de voir Marie apparaître sur le seuil. La mère de Blaise les reçoit gentiment. Toujours la même timidité dans le regard, la même douceur. Toutefois, des cernes témoignent d'un chagrin qui ne tarit pas.

— Quel dommage que vous ne soyez pas revenu plus tôt, dit-elle soudain au charpentier.

Sylvain voudrait comprendre et l'interroge.

— Qu'est-ce qui s'est passé?

Marie hésite puis se noie dans son récit. Elle raconte vite et mal, comme une petite fille, avec des blancs, des sanglots. Elle est touchante. C'est la première fois qu'elle épanche son histoire, qu'elle parle des foires où ils retrouvaient les mêmes marchands, de ville en ville. Le marrane ne plaisait pas à ce monde de camelots et de vendeurs des quatre-saisons. Trop différent, trop austère, un peu fier pour quelqu'un qui n'était pas chez lui.

Au début, il est la cible de railleries. Les quolibets le poursuivent, de marché en marché. C'est agaçant. Encore heureux que le luthier ait assez d'intelligence pour ne pas prêter le flanc à ces brocards de minables. Il a de la hauteur, l'Espagnol, de la dignité à revendre. Avec ses airs d'hidalgo, il oppose la cuirasse de son mépris à la hargne des gens. Un jour à la foire de Metz, la piquette tourne au vinaigre. Le prétexte est futile, un accrochage de chariots. Les injures font place à des bourrades et les instruments du luthier sont éparpillés sur la place et piétinés. Ivre de rage, Absalon tire sa dague. Il laisse deux hommes sur le pavé entre la vie et la mort. C'était il y a sept mois...

— Nous avons réussi à nous enfuir et à revenir jusque chez nous. J'avais si peur qu'on le pende. C'est moi qui ai voulu partir. Ils nous ont retrouvés à Compiègne, chez mes cousins...

Le récit s'ensable dans un sanglot. Les larmes racontent mieux que les mots le désarroi de Marie.

Sylvain et Mathilde regagnent la scierie le cœur alourdi. Ce soir-là, le charpentier s'approche du meuble que lui a abandonné Absalon, ce cadeau sacré qu'il vénère comme un tabernacle, cet objet précieux qu'il caresse du regard et de la main depuis son retour sans se résoudre à l'ouvrir.

— C'est son chef-d'œuvre de lutherie, confie-t-il à Mathilde en introduisant la clé dans la serrure.

Croyant qu'il préfère rester seul, la jeune femme veut se retirer mais il la retient :

— Reste, découvre avec moi !

Il enlève le couvercle, met à nu le clavier de buis et d'ébène, dévoile en écartant des panneaux un enchevêtrement de flûtes de sapin, retrouve sur le bas la mécanique de soufflets qu'il a construite pour ventiler l'instrument par la force des pieds. Sylvain suit du bout de l'index les circonvolutions de l'air jusqu'au seuil de la note. Ses yeux brillent puis se brouillent quand il découvre sur le sommier son paraphe enfermé dans la signature circulaire d'Absalon d'Aguiera.

— Joue pour lui, Mathilde, joue pour mon ami.

Et la jeune femme étrenne les orgues. Son chant est poignant et la dépasse. Il a la ferveur des prières d'enfant. Il rejoint Sylvain dans ses sphères d'absolu et de tendresse. Il pleure avec lui du même chagrin que Marie.

Après les moissons, le compagnon quitte Visentine pour se rendre à Dijon, rechercher les anciennes orgues de la sainte chapelle qui sont remisées chez Aubry. Il monte avec deux chariots, attelés chacun à quatre grisans. Blaise, le fils de Marie, l'accompagne. Le solide garçon n'a plus grand-chose à voir avec l'enfant fluet de jadis mais il a gardé la même admiration pour Sylvain. C'est un gaillard taciturne, jamais avare de sa peine dans le travail.

Une fois rendu, le charpentier reçoit un accueil chaleureux de son ancien patron.

— François des Oliviers installe un nouvel orgue à Saint-Étienne. Va voir ce qu'il fait, lui conseille Aubry. Ça en vaut la peine.

Merveille que cette tribune où de bons artisans mettent une dernière main à un superbe instrument. Le charpentier trouve l'organier peaufinant sur un clavier le son de petites flûtes d'étain. Assis, comme un alchimiste devant ses fioles, face à un caisson percé de trous sur lequel sont positionnées les tuyères, il déguste chaque note que lui lance un soufflet. Si le gamin qui ventile paraît décrépit d'ennui, François des Oliviers est béat. L'harmonisation est le moment qu'il préfère.

— Écoutez mes rossignols mouvant et battant des ailes, dit-il avant même de saluer son visiteur.

Surpris par la venue de Sylvain et flatté de l'intérêt

166

que le compagnon porte à son travail, le constructeur part dans le descriptif des jeux de son orgue. À côté des noms d'instruments auxquels chaque famille de sonorité fait référence, flûte, hautbois, trompette, cornet..., ce poète de la musique a imaginé de délicieuses métaphores pour décrire des timbres plus subtils. Arrachant ses hommes à leurs nobles occupations pour les faire galérer sur les bancs des souffleurs, François des Oliviers visite son clavier.

— Oyez mes bordes chantant comme pèlerins qui vont à Saint-Jacques avec la voix tremblante, s'exclame-t-il les paupières closes, le nez pincé, les oreilles chiffonnées de bonheur ! Et mes fifres d'Allemands qui partent en guerre, avez-vous jamais rien entendu de plus entraînant ? Et ceci, ne dirait-on pas un fausset qui chante en serrant les fesses pour avoir mangé trop d'airelles ?

Le vieux facteur d'orgues saoule son visiteur de sons de cymbales, de doucines, de musettes sonnant «comme un berger étant aux champs»... C'est un tableau aux mille paysages qu'il fait défiler devant le compagnon subjugué.

Sylvain déguste chaque sonorité, il est fasciné par la variété et le nombre des tuyères. Qu'elles soient à bouche ou à anche, il y en a de toutes les tailles et pour tous les goûts. Des longilignes, des enflées, des évasées, des étranglées, des perforées...

— Ce sont mes pièges à musique, s'exclame François des Oliviers en ouvrant les bras sur cette forêt creuse qui occupe la tribune. Ils vont du murmure à la tempête.

Sylvain retrouve le grand-père avec ses appeaux. Il se revoit portant la boîte avec vénération : les chants des oiseaux dans ses mains d'enfant. Aujourd'hui il s'émerveille devant ce leurre sans mesure qui peut reproduire l'impalpable mélodie du monde. Il sort de l'église avec des vents captifs qui voyagent dans sa tête, des croquis et des notes plein sa besace.

Revenu à l'entrepôt d'Aubry, il charge avec Blaise le vieil instrument. Il a hâte de rentrer à Visentine pour remettre l'axe de la roue à aubes sur son logement. Il a l'idée de se servir de la force de l'eau pour ébranler la soufflerie d'un poumon géant qui mettrait à portée des doigts de Mathilde un chant qui charmerait la terre.

De retour au domaine, il décharge les chariots sous le hangar qui abrite l'ancienne scie.

— Ces orgues sont pour Visentine, dit-il à sa belle. Si Lionel est d'accord, tu en seras la titulaire.

Mathilde est amusée. Elle promène sur ce chargement misérable un œil dubitatif. Elle est loin de l'euphorie de Sylvain qui porte en lui les vents qui décoiffent, les souffles rieurs qui font frétiller les feuilles, bruissent dans les hautes herbes, fripent les étangs. Le voyant emporter avec Blaise et Florian les bombardes énormes de l'instrument, elle laisse échapper :

— Jamais elles ne trouveront place dans l'église !

— Sans doute devrai-je sacrifier quelques tuyaux de basses, mais à part ça, tout rentre au pouce près.

— Sans ces basses, dit-elle en le taquinant, tu me feras un orgue sans tempête.

Le compagnon ne se laisse pas démonter.

— Pourquoi pas ! répond-il. Je suis bien un homme sans colère.

L'extravagant projet de Sylvain commence par la conversion du hangar de sciage en atelier. Le compagnon ferme le bâtiment avec des dosses, y aménage des ouvertures pour y amener de la lumière. Après quoi, il entame dans la foulée la restauration du bâti des grandes orgues. Il n'ira pas bien loin. La nécessité de gagner son pain le ramène à son premier métier : la charpente. Œuvrant dans la vallée, il fait alliance avec des artisans de sa corporation, en cherchant autant que possible des travaux où la sculpture est à l'honneur. Artisan apprécié par les notables de sa région, sa plus grande fierté n'en reste pas moins d'avoir acquis la confiance de la gent forestière, cette race de bois brut au cœur d'amadou. Sur la Moselle, les sagards lui réservent leurs meilleurs bois.

Sylvain prend Blaise sous son aile, en fait son associé. Ce geste s'offre à l'ombre porteuse de pain tiède de jadis autant qu'à la douce Marie émiettée comme quignon sec par le départ d'Absalon. Entre les commandes, la roue à aubes est restaurée et reprend sa giration dans le ruisseau de l'Agne. N'entraînant plus comme avant le va-et-vient de la lame dentelée, la lourde bielle attend de lever et de rabattre des soufflets qui ventileront les tuyères des orgues que restaure le compagnon.

Pris dans le tourbillon de la vie, Sylvain met des années avant de trouver un moment pour la réfection de son cher instrument.

— Les grands arbres mettent le temps, dit-il pour s'excuser de son retard.

Savourant avec ses proches cette période de bonheur simple où les joies se montrent plus fortes que les peines, l'artisan enroule quantité de copeaux d'or sur ses gouges. Avec ses outils tranchants, il raconte au bois, sans contrarier le fil, sa belle histoire d'amour. Mathilde est toutes les femmes de sa vie, Brieuc, tous les enfants de son imaginaire tendre, les grisans, les héros de son bestiaire. Sans malice ni violence en ce siècle de folies meurtrières, le candide compagnon sculpte des anges. Visiteurs d'un autre monde, ils portent dans leurs ailes de bois les invisibles rubans de ces vents jouettes qui poussent les nuages.

CHAPITRE XIII

Si le compagnon construit son monde à force de lent sciage, de coups de ciseaux et d'ajustages fins, Mathilde mettra longtemps avant de trouver ses assises dans ce pays rude, qui n'a rien de commun avec Saint-Omer, la ville exubérante de sa jeunesse. Ici, les saisons succèdent aux saisons avec une prédilection pour l'hiver, la sauvagerie de la nature capte l'énergie des hommes et les tient sous son emprise. Difficile pour cette jolie citadine de faire son deuil de sa métropole des Flandres, qui lui offrait à chaque promenade des regards éblouis et des compliments. Ne trouvant pas sa plénitude dans le cadre austère de sa nouvelle vie, Mathilde sort de sa retraite pour approcher les chanoinesses de Remiremont et mettre ses talents de musicienne à leur service. Cette fonction l'amène à peaufiner son jeu sur l'orgue positif d'Absalon et à se mettre en chasse de partitions pour étoffer son répertoire.

En 1565, l'épouse du compagnon donne le jour à un second fils, Zéphyr. Le couple est préservé et heureux ! Un repli douillet à une époque où le moindre écart du chemin balisé par les catholiques peut être fatal. Sans s'impliquer directement dans les différends d'Église qui saignent son époque, Sylvain n'en pose pas moins des actes qui en disent long sur ce qu'il pense de ces conflits d'idées. C'est ainsi que, au risque de passer pour hérétique, il accepte, en 1568, de sculpter une chaire pour un temple protestant de Genève. Mathilde devient malade d'anxiété quand elle apprend que son époux œuvre pour la Réforme. Elle met Lionel dans le secret en espérant que l'abbé fasse entendre raison à son frère. Balayant toutes les mises en garde de sa quiétude souriante, le compagnon sort son plus beau chêne pour exécuter cette tribune vouée à l'hérésie. Montée sur la tête d'un titan de l'Ancien Testament, ce marchepied du blasphème détaille sur sa face des scènes bibliques admirablement façonnées.

De crainte que le village n'apprenne la destination de l'œuvre impie, Lionel propose à Sylvain de remplacer à lui tout seul les habituels aidants du sculpteur pour l'installation de ce promontoire anti-papiste. Voilà les deux frères sur les routes, partageant la même banquette derrière les grisans.

— Tu finiras sur un bûcher, se lamente le curé qui, passé le Rhin, a troqué sa soutane contre une tenue de forestier.

Un bonnet en forme de cloche lui mange la moitié du visage alors qu'un début de barbe lui en camoufle l'autre partie. Sylvain ne peut s'empêcher de rire chaque fois que Lionel, au passage d'un voyageur, s'affale comme une caillebotte. Repérable entre mille à sa haute stature, l'abbé Vernay voyage dans l'angoisse d'être identifié par l'une ou l'autre connaissance qui pourrait circuler sur la route et l'embarrasser de questions.

Une fois à Genève, Sylvain enracine avec son frère cette chaire de contrevérité monumentale où Théodore de Bèze soi-même est attendu pour prêcher. Complimenté par des hérétiques ne tarissant pas d'éloges sur l'élan mystique et la pertinence théologique de l'œuvre, il s'excommunie pour un jour aux yeux du prêtre atterré.

— Ne refais plus jamais cela, explose le géant au sortir de Genève.

Il ne se contrôle plus et le poursuit de sa voix terrible.

— Tu mets tout le monde en danger avec tes bravades : Mathilde, tes enfants, les gens d'en haut, et même moi... De plus, tu t'es fait rouler par ces grippe-sous ! Mais qu'est-ce que tu cherches en te plaçant sous la foudre ? Finir sur un bûcher comme Simon ?

— C'est pour lui que j'ai sculpté cette chaire, pour sa mémoire !

— Il est mort, Simon ! Laisse sa mémoire en paix et reste en dehors de ces querelles d'Église, tu perdrais tout.

Pour dissuader Sylvain de récidiver, Lionel lui parle des Flandres, où l'Inquisition fait des milliers de victimes. Il en vient à évoquer le début de son ministère et raconte comment quelques propos véhéments qu'il avait tenus contre le cardinal de Lorraine lui valurent d'être expédié à Bar-sur-Aube, parmi les pestiférés.

— Quel que soit le côté où tu te trouves, l'Église peut te réduire en cendres, ne l'oublie jamais.

— Si ce que tu dis est vrai, qu'est-ce que tu fais dans cette boutique ? interroge Sylvain.

— J'intercède, répond laconiquement le géant.

Après cette équipée, Sylvain revient aux grandes orgues, comme un refrain dans une chanson. Se donnant le temps et les moyens de mener à terme son entreprise, il commence par construire dans l'église de Visentine une solide tribune qui s'appuie sur les chapelles érigées de part et d'autre du porche d'entrée. La première est réservée à la soufflerie, la seconde à l'escalier donnant accès à l'étage. Quand il a une bonne idée des volumes, Sylvain se réfugie dans le hangar de sciage pour s'attaquer à la reconstruction de l'instrument. Il commence par les bois. C'est sa partie. Avec le concours de Blaise, il remet sur pied l'imposante carcasse en remplaçant par du chêne neuf tout ce qu'il retire de vermoulu ou de défectueux. Il travaille ensuite sur les cuirs et les soufflets, passe de longues semaines à expérimenter un système qui lui permette d'utiliser la force de sa roue à aubes pour envoyer de l'air dans un réservoir et, de là, ventiler les tuyères. En décembre 1570, il annonce à Mathilde la mise à vent de ses orgues pour Pâques.

— Je t'aurai fait attendre sept ans, s'excuse-t-il. Ne mets pas sept ans à me pardonner.

Elle rit de sa plaisanterie.

Peu avant Noël, un coche tiré par deux chevaux remonte l'Agne. Deux jésuites cherchent Mathilde. Ils arrivent de Strasbourg.

— Je suis Corentin d'Armentières, dit un des voyageurs à un Florian de plus en plus rébarbatif. Je voudrais voir ma sœur.

Les deux ombres noires suivent la tête rousse jusqu'à la maison du haut où ils trouvent la jeune femme avec ses deux fils. Surprise par cette visite pour le moins inattendue, Mathilde fait asseoir ses visiteurs en même temps qu'elle envoie Brieuc chercher son père. Si Corentin a gardé le charme presque féminin de jadis, ses cheveux se raréfient, dégageant un front sans aspérités. Le jésuite qui voyage avec lui est jeune et troublant. Il s'appelle Cosme de Merville. Sans attendre le retour de Sylvain, Corentin expose la raison de sa venue.

— J'ai reçu un courrier de Saint-Omer. Notre mère est au plus mal. Elle souhaite nous revoir avant de mourir.

Revenu de son atelier, Sylvain trouve son épouse en pleine agitation. Malgré l'arrivée du froid, elle souhaite partir avec son frère sans attendre. Les bagages sont bouclés dans l'heure, les enfants confiés à la garde de la Muchette. Mathilde embrasse tendrement Sylvain et ses petits, salue ses gens, recommande à Brieuc de veiller sur Zéphyr, avant de monter avec les deux jésuites dans la voiture. Des bras qui s'agitent, et le chemin emporte le chagrin de Mathilde vers la ville de sa jeunesse.

La brutalité de ce départ laisse Sylvain avec un étrange sentiment d'abandon. Il erre pendant quelque temps avant de se remettre à l'ouvrage et combattre par le travail cette absence qui n'est pourtant qu'éloignement. Il vit une fin d'année solitaire. Sevré de tendresse, il se montre plus proche de ses fils, plus attentif. Il materne.

La Muchette prend à cœur la responsabilité qui lui est confiée de veiller sur la progéniture du charpentier. D'une nature ardente, elle profite de l'aubaine pour tenter de rabattre dans ses bras ce mâle compagnon qui manque à son tableau de chasse. Experte dans le déduit, elle n'a pas sa pareille pour appâter l'espèce. La taille que l'on cambre avec langueur, le déhanchement lascif, le corsage flottant qui laisse toujours craindre ou espérer un débordement mamelu hors du cruchon. La parade est alléchante et met l'artisan de plus en plus mal à l'aise. Déconcertée par cette résistance inhabituelle à ses charmes, la belle risque une nuit le tout pour le tout en venant se glisser dans la couche de Sylvain. Étant à la fois la pomme à croquer et la femme à satisfaire, notre Ève nourrit de bons espoirs de gagner son Éden. Cette version améliorée de la Genèse ne donnera pas de meilleurs résultats que la précédente. Renvoyée chez elle, la Muchette retombe sur terre. Son paradis perdu échoit à la chaste Marie que Sylvain fait venir de la Noiregoutte pour s'occuper de sa maison en lieu et place de l'ingénue. Cette éviction vaudra au charpentier une rancune tenace.

En janvier, les premières notes traversent les parois du hangar. Les anciennes tuyères dépoussiérées et débosselées subissent l'épreuve du vent.

— Je vais m'associer un bon chaudronnier pour multiplier les jeux, dit Sylvain à Lionel. Je manque de couleurs.

— Tu en connais un?

— Oui, j'en ai croisé un excellent à Châtillon.

— Tu penses le convaincre de venir ici?

— Qu'est-ce que tu crois? lance Sylvain avec le sourire.

Alcide Marquoul arrive au domaine trois semaines plus tard. Malgré les apparences, le vieil homme ne manque pas de ressort. Il se fait construire une longue table de pierre, légèrement inclinée, pour couler l'alliage d'étain. Il confie à Sylvain le soin de fabriquer le râble, cette boîte sans fond qui se pose sur le plan de travail et dont une paroi laisse filtrer sur le bas et sur toute sa largeur un mince jour par lequel s'écoulera le métal en fusion. Chargé de son chaud et lourd liquide, le râble voyage d'un bout à l'autre de la table, laissant à sa traîne une nappe grise et fumante auréolée de brillance. L'épaisseur de la plaque dépend de la vitesse à laquelle est menée l'opération. Après rabotage et mise en forme, Marquoul soude les tuyères préalablement enduites de gomme arabique et d'un pigment. Le petit Brieuc est fasciné par les coulées. Il aime aussi voir Lionel et son père racler les feuilles d'étain avec une énorme varlope à quatre mains. Il attend ces moments bénis où les tuyaux deviennent notes.

Fin janvier, un courrier apporte des nouvelles de Mathilde. Elle annonce son retour pour le début du printemps :

... Tu ne peux savoir combien tu me manques ainsi que les enfants. J'ai froid sans toi, sans l'aile de ton rire où j'ai pris l'habitude de me réfugier... Après avoir craint pour notre mère, nous sommes rassurés aujourd'hui de la voir surmonter sa maladie. Quoique faible encore, elle nous semble reprendre vigueur. Saint-Omer a changé. Les hérétiques et les papistes se font la guerre, la cathédrale a été vandalisée. Quant au gibet de la place du marché, je ne te raconte pas les fruits de misère qu'il porte. Tu as le bonjour de nos amis. Dois-je t'écrire que la Miette est morte ? Pauvre Miette, pauvre Gaucher ! Ils s'aimaient tant et m'inclinent à te serrer davantage contre mon cœur. Embrasse pour moi nos chers petits ! Ta Mathilde.

Pendant qu'il fabrique la roue à aubes qu'il doit accoler à l'église de Visentine, Sylvain met Blaise et quelques terrassiers au creusement d'un bief qui prendra en amont les eaux de l'Agne pour les canaliser le long du lieu saint. Recouvert de grandes dalles de pierre acheminées des carrières de Beulotte-Saint-Laurent, le chenal rattrapera plus bas le ruisseau.

— Tu transformes mon église en moulin, plaisante Lionel.

— En moulin à air et, qui sait, en moulin à prières, rétorque Sylvain. Ça ne peut pas déplaire au Bon Dieu !

La roue est emmanchée sur un énorme vilebrequin au début du mois de mars. L'échéance se rapproche. Le compagnon travaille de la première à la dernière heure du jour. Il veut être prêt pour le retour de Mathilde afin de la mettre au clavier le jour de Pâques. Passant de l'accordage des tuyères, que lui fabrique Marquoul, à la construction des soufflets et du réservoir à air qui doivent prendre place dans la chapelle, il n'arrête plus. Dehors, son rouan est sellé en permanence. À la Saint-Joseph, l'atelier se vide et les grisans ont vite fait d'amener la soufflerie puis la carcasse de l'orgue à Visentine. Suivront les tuyères qui, à l'exception d'une douzaine de basses de bombardes et autant de grands bourdons, prendront place dans la tribune.

Mathilde rentre de voyage en compagnie de Cosme de Merville. Le délicat Corentin a préféré s'éviter le détour par les rudes Vosges et a confié à son ami le soin d'escorter sa sœur jusqu'à ces contrées rébarbatives. En passant devant l'église, la jeune femme entend sonner le clairon des orgues, comme un olifant qui cornerait son arrivée. Pénétrant dans l'édifice, elle trouve Brieuc avec son père, dans la tribune. C'est au petit homme que revient l'insigne honneur d'enfoncer chaque note du clavier de manière que l'artisan puisse en rectifier l'accord. C'est lui que Mathilde embrasse en premier, avant de se tourner vers son époux, barbu, amaigri, négligé mais qui efface d'un rire les mois de travail ininterrompu où l'a conduit son projet démesuré.

— Il me reste encore à faire, mais elles seront prêtes, dit-il à sa belle.

Mathilde est en admiration devant les claviers, le buffet sculpté d'anges musiciens, les tuyères d'étain s'envolant vers les voûtes. Sylvain n'a d'yeux que pour Mathilde, si blonde, si belle, si désirable. Ils remontent à pied vers la scierie avec Brieuc, qui court autour d'eux. Il fait beau : une de ces chaudes journées de printemps qui réveillent d'un seul coup le vert tendre des feuilles. Derrière eux, dans le coche, le jésuite suit le couple. Dans la soirée, Lionel les rejoint. Il offrirait bien à Cosme l'hospitalité de sa cure si Sylvain n'avait proposé au voyageur la chambre de Simon.

Lors de leurs retrouvailles, Mathilde pleure. Ce sont quatre mois d'angoisse qui s'épanchent d'un seul coup.

— D'ici quelques jours, il n'y paraîtra plus, lui dit son mari avant qu'elle ne s'endorme à ses côtés.

Au réveil, Brieuc et Zéphyr sont dans le lit de leur mère. Ils ont une foule d'histoires à raconter, de la tendresse à reprendre. Sylvain est parti sans bruit pour Visentine. Dans quelques jours, les Rameaux, et s'il veut avoir fini l'instrument pour la Semaine sainte, il doit mettre les bouchées doubles. Il ne verra Mathilde que les soirs. Tendue, parfois même mordante, elle semble perturbée.

— Elle a vécu des mois difficiles, dit Cosme. Elle subit le contrecoup.

Le jésuite s'incruste. Il ne semble pas pressé de repartir. Prétextant de sa belle voix, il propose à Lionel de chanter à l'office de Pâques. Il interprétera la Messe pascale pour orgue et voix de Jean Mouton, qu'il se targue de connaître à merveille. Le prêtre est ravi de l'idée. Le compagnon invite le jésuite à répéter chez lui avec Mathilde sur le positif d'Absalon.

Aidé de Marquoul et de Blaise, Sylvain proportionne la puissance des orgues au vaisseau de l'église. L'instrument sonne trop fort. Il envoie chercher Mathilde. Il a besoin de l'avis de sa musicienne.

Après avoir donné son conseil, la jeune femme, au lieu de remonter chez elle, se rend à la cure. Elle souhaite que Lionel l'entende en confession.

— Cosme me trouble! avoue-t-elle. J'ai peur de moi! J'ai peur de faillir, de tromper mon mari.

Le géant met un temps infini avant de réagir, comme si, d'avoir trop de chemin à faire dans sa grande carcasse, son sang n'irriguait plus sa tête.

— Allez trouver Sylvain, commande-t-il. Il est encore temps. Il vous écoutera.

— Je n'ose pas. Il est fatigué et tout à son projet.

Et elle ajoute :

— J'ai peur de lui faire de la peine...

— Dites à Cosme de partir.

— ...

— M'autorisez-vous à parler à mon frère?

La réponse est brutale :

— Je suis venue pour me confesser. Je vous demande l'absolution et rien d'autre.

Après le départ de Mathilde, le bon prêtre se sent mal et il prie longuement pour que Dieu l'inspire. Il rappellerait bien la femme. Il s'est montré trop compréhensif. Prenant son pluvial, il monte jusqu'à l'église. Sylvain travaille avec ses aidants. Les traits tirés, les oreilles bourdonnantes, il s'acharne dans un corps à corps de plus en plus serré avec l'instrument. Ému par cet artisan qui s'épuise pour l'envolée éphémère d'un chant d'amour, l'abbé est à deux doigts de trahir le secret de la confession.

— Sylvain ! appelle-t-il.

— Tu me demandes ? répond le compagnon.

Les scrupules du curé reprennent le dessus. Il soupire.

— Tu seras prêt pour Pâques ?

— Je devrai y passer mes nuits, mais j'y arriverai.

Lionel arpente à grandes enjambées le sentier qui mène à la scierie. Il s'en veut. C'était si simple de dire : «Mathilde est tombée en amour, elle a besoin de toi.» Au lieu de cela, il court à perdre haleine.

— Vous êtes pressé, monsieur l'Abbé, fait la voix mélodieuse de Cosme qui éperonne sa monture pour le rattraper.

Cette fois, Lionel n'y va pas par quatre chemins :

— Partez d'ici ! Partez sur-le-champ ! Libérez Mathilde de votre possession.

Le jeune homme pousse les hauts cris. Son indignation éclate comme une salve à la figure du géant :

— Vous me croyez assez volage pour entacher l'habit que je porte. Sachez, monsieur l'Abbé, que si j'avais voulu cette femme il y a des mois que je l'aurais prise.

Démonté par la sortie de Cosme, Lionel se confond en excuses, se réconcilie avec lui sur la messe chantée du dimanche, puis redescend au village. Pour lui, la sincérité du jésuite ne fait aucun doute. Il peut dormir tranquille.

Cette nuit-là, tandis que Sylvain continue ses peaufinages à la lueur de quarante chandelles, l'ami de Corentin, enhardi par la révélation de Lionel, entre dans la chambre de Mathilde qui s'abandonne à lui. Le compagnon ne rentre qu'au petit jour, et pour ne réveiller personne préfère dormir quelques heures dans l'annexe où couchait Marie. Il redescend au village avec la même discrétion. Jusqu'au Vendredi saint, l'artisan consacre ses jours et ses nuits à ses grandes orgues. Cosme met à profit les absences de Sylvain pour lui voler sa femme. À la scierie de l'Agne, le monde tourne au mensonge. La Muchette, à qui rien n'échappe, a percé le manège des amants. Depuis que Sylvain l'a repoussée, elle a la langue mauvaise. Elle jette la nouvelle comme eau sale dans un ruisseau. Quand le potin revient à Lionel, il est trop tard. Le prêtre est en chasuble blanche et les cloches sonnent la Pâque. Dans l'église bondée, le compagnon exténué mais ravi serre dans ses mains rugueuses les menottes de ses enfants quand les grandes orgues de la sainte chapelle de Dijon se réveillent d'un demi-siècle de sommeil sous la caresse ensorcelante de Mathilde. Une splendide voix de ténor lance un magnificat émouvant. Tout est prière de lumière, de notes et de mots. «... *et ne nos inducas in tentationem,* ne nous laissez pas succomber à la tentation», récite le célébrant de sept pieds. Blaise et Marquoul sont au fond de l'église. Leur chapeau dans les mains, ils ont l'âme légère des bons artisans qui ont bien fait leur ouvrage. Dans les regards portés sur Sylvain, une étrange lueur que le noble compagnon ne voit pas, tout occupé qu'il est à écouter chaque jeu de tuyères ajusté par ses soins avec l'amour le plus minutieux pour que Mathilde offre au vent un chant gonflé de tendresse et d'éternité.

Pendant la semaine qui suit, le chantier se range et Cosme continue à trahir l'hospitalité de cet époux qui a toujours eu dans les gens comme dans Mathilde une confiance aveugle. Un jour, Brieuc surprend les amants dans leurs ébats du côté de l'étang. L'ami de Corentin estime qu'il est grand temps pour lui de s'en aller. Il part comme un malfaiteur, abandonnant sa maîtresse à son sort.

Homme sans colère, Sylvain serre toutefois son poing senestre et tremble quand Mathilde lui avoue son aventure.

— Tu m'offres des fêtes tristes, lui dit-il sur un ton plus proche du constat que du grief.

Il ne fera pas d'autre réflexion.

Pour digérer son amertume, le compagnon passe une partie du printemps avec les mineurs de Bussang à creuser la montagne pour en extraire le cuivre, l'argent et le plomb. Il boise des galeries. Il a besoin d'être avalé par l'obscurité et par cette chape de roche dure pour repartir. Il lui faut ce masque de poussière pour oublier son visage, et ces éclats de pierre pour que son regard rougi ne trahisse plus sa peine. Après une éclipse de deux mois, il réapparaît à la scierie de l'Agne et reprend place enfin dans le lit de Mathilde. Le partage recommence petitement. En cette période de confiance ébranlée, Sylvain se tourne vers les enfants, espérant retrouver à leur contact ce rire qui ne le rejoint plus. Répondant à un souhait de son aîné, il le met au clavier du nymphaïon et lui apprend de petites mélodies qu'il composa d'oreille quand il séjournait à Dijon. Le petit bonhomme a du talent et il ne se passera pas une saison qu'il ne joue ce répertoire en entier. Ce beau moment de passation de père à fils connaît son point d'orgue sur le vaste clavier de l'instrument de l'église du village. Surélevé sur des coussins, l'enfant éveille, de ses petites mains, flûtes, trompettes et bourdons devant un auditoire attendri. Lionel est dans l'église. Son regard verse du côté de son frère. Sylvain a pris ses distances depuis le départ de Cosme et ce déni de fraternité désespère le géant.

— Je suis désolé pour ce qui s'est passé... J'ai été maladroit... J'ai besoin de ton pardon, de compter sur ton amitié, dit-il quand il est seul avec le compagnon.

L'irruption de Brieuc et de Zéphyr auprès de leur père le prive d'une réponse, mais il se voit gratifié d'un sourire clément. Sylvain se rapproche alors du géant comme pour l'embrasser. Au lieu de cela, il lui glisse quelques mots à l'oreille, puis se laisse entraîner par ses enfants.

Le prêtre devient livide. Revenant chez lui, il referme sur sa solitude la porte de la cure et sort d'une cache un épais carnet relié de cuir, le confident muet de ses réflexions et de ses doutes. Il relit machinalement la mise en garde qu'il a inscrite en lettres grasses sur la couverture de ce «pénitencier», la plus innocente des suppliques :

Ces notes n'intéressent que ma conscience. Je compte les faire disparaître avant ma mort. J'implore toute personne qui, par un malencontreux hasard, entrerait en leur possession, de les détruire sans en prendre connaissance. Pour la paix de mon âme et la sauvegarde des secrets de la confession dont je suis détenteur confidentiel devant Dieu!

Trempant sa plume dans l'encrier, il se ramasse sur l'ouvrage et dans une calligraphie d'insecte écrit :

Fête de la Saint-Laurent. Tu viens de m'apprendre que Mathilde est enceinte depuis Pâques et ton visage n'a pas trahi, petit frère, de quelle bordée est l'enfant qui doit naître.

CHAPITRE XIV

La fin de l'été est grise, maussade, tempétueuse. On enfonce jusqu'aux chevilles dans de la terre grasse, les chariots bourbeux creusent des ornières dans les chemins. Florian est en forêt avec les grisans. Il débarde pour la scierie du Manchot : dix hêtres de cinq toises à redescendre. Les sagards sont en force pour hisser les fûts sur le « bouc », cette sorte de traîneau à hautes cornes auquel on attelle les chevaux. C'est pitié d'arracher les arbres terreux à cet enfer de boue. Armés de perches, les hommes font des pesées. Lors d'une manœuvre, un trait se rompt. Un tronc dévale une pente, fauchant le palefrenier et lui brisant la jambe.

Sylvain est averti de justesse alors qu'il se met en route pour Nancy où il s'en va livrer un christ-aux-liens qu'il a taillé dans le chêne. Il aide à ramener Florian dans sa maison et, tandis que le rebouteux remet les os de l'accidenté en place, il taille dans deux morceaux de tilleul des attelles qu'il peaufine pour qu'elles épousent le plus étroitement possible le membre fracturé. L'homme lutte contre ce coup du sort en jurant et en engueulant son monde. Il est contrarié dans ses projets et s'inquiète davantage de

Garance, une jument qui doit pouliner, que de son propre état. Sylvain se propose de passer la nuit à l'écurie et de veiller l'animal.

— Je ne suis plus à une heure près, dit le compagnon. Je partirai quand elle aura mis bas.

Le charpentier remplit une cuvelle d'eau. Il se fait une couche en disposant du foin sur une claie. Il attend. Il aime la compagnie des chevaux et ce lieu qui regorge de puissance. Le poulain se présente vers minuit. Mal orienté, il a bien besoin d'une assistance humaine pour voir le jour. Sylvain frictionne avec du foin cette vie hésitante et convulsive. Il aide le nouveau venu à se hisser sur ses hautes pattes. Après avoir éprouvé la raideur de ses aplombs, le petit cherche instinctivement le pis de sa mère. Garance ronronne de contentement. Sylvain savoure cette victoire sur la nature. À ses yeux, il n'en est pas de plus belle, de plus glorieuse. Posant sa lampe près de la cuvelle, il se lave les mains et les avant-bras. Il est content. Soudain, un remous gagne les rangs des grisans et son bien-être reste en suspens. Il y a de l'insolite dans l'air. Le compagnon met son lumignon à l'ombre. On entend dehors le pas étouffé d'un cheval. Un homme pousse la porte de l'écurie, s'aventure dans le noir en tirant sa monture. Il semble connaître le lieu. Le cœur allégé par l'événement heureux de la nuit, Sylvain se tient à l'affût d'un miracle.

— Absalon ! hasarde-t-il.

Il est sûr que c'est lui, l'ami dont on est sans nouvelles depuis sept ans et dont, avec Marie, il espère aveuglément le retour. Il tire la lumière de son réduit pour sortir de la pénombre ce revenant qui ne lui répond pas et reconnaît Cosme, l'amant de

Mathilde. Il y a surprise de part et d'autre mais Sylvain accuse davantage le coup. Un écœurement terrible lui tenaille le ventre et contracte ses traits. Quand cessera-t-on de se jouer de lui, de miner sa tendresse et les élans de son amour ? Quel complot se trame derrière ce retour qui survient au moment où il est censé être en route ? Pourquoi ce sel jeté sur sa plaie ?

— Qu'est-ce que tu cherches ? Que viens-tu faire ici ? balbutie-t-il.

Cosme le toise de son mépris. Au fond, qu'a-t-il à craindre de cet être doux, de cet innocent des Vosges dont le visage est davantage tourmenté par la peine que par la colère ? Le front haut, le verbe altier, il lui distille cinq syllabes, l'éclabousse de cinq giclées d'acide.

— Je viens voir ta femme ! chantonne-t-il.

Les mots brûlent trop fort. Ils consumeraient un arbre jusqu'aux racines. Les mains de Sylvain posent la lumière en tremblant pour se réunir ensuite en un seul poing, un poing énorme qui part vers la figure de l'homme comme la foudre. Un seul coup, un seul éclair suffit à l'abattre, à le fracasser contre la cloison. Dextre et senestre se dénouent sur cet orage d'un instant. Cosme ne bouge plus. Alors, les doigts s'affolent, cherchent à tâtons le pouls de la victime. Non ! Ce n'est pas possible ! De si bonnes mains ! Ce n'est pas elles qui ont frappé ! Il ne peut pas le croire. Elles se sont toujours tenues à l'écart des querelles, ont toujours pactisé avec la vie. Elles se sont formées sur des manches d'outils. Elles se sont nouées aux gens d'accolades, et aux enfants d'affectueuses étreintes. Ouvrant ses paumes, il en recouvre son visage et elles en suivent les aspérités de leur caresse rêche. Consolatrices, elles effacent des larmes. Sylvain se dirige vers son rouan comme un automate, il le selle, le charge de son bagage et de sa statue de bois. S'enfermant dans sa pèlerine, il fuit le domaine en tenant son cheval par la bride. Le vent souffle en rafales. Une pluie pointue le gifle. Le chemin lui mordille les semelles. L'Agne gronde à ses côtés et le village à traverser est un molosse endormi dont il faut tromper la vigilance. Il passe devant la cure et puis, après une hésitation, revient sur ses pas pour frapper des poings sur la porte. Il les briserait de dépit sur les épaisses planches de chêne.

Lionel émerge d'un mauvais sommeil. Que lui veut-on à cette heure morte de la nuit ? Avec ses mains grosses comme des bréviaires gonflés d'images pieuses, il bat le briquet pour allumer une chandelle. Après quoi, il passe sa soutane en bâillant, hésite entre ses brodequins mouillés et ses sabots avant d'opter pour les derniers. La flamme grimace quand les chaussures sonores du curé torturent une à une les marches de l'escalier de bois.

— Qu'est-ce qui se passe ? demande l'abbé alors qu'une ombre se glisse dans l'entrée pour s'affaler aussitôt sur le banc des pauvres.

Tête basse, cheveux ruisselants, le compagnon noue et dénoue ses mains, cherchant les mots derrière le cuir de ses paumes, les cals de ses doigts.

— Il est revenu ! Je l'ai tué !

Lionel s'effondre près de son frère. Entre les deux hommes, la bougie suffoque pendant que Sylvain raconte sa nuit. Le colosse est effrayant. La nuque ramassée sur ses épaules comme un billot d'enclume, il suit le récit les bras croisés, les yeux clos et la mâchoire serrée. Sous ses paupières, le spectre de la prison et de la potence qui attendent le meurtrier de Cosme.

— Je suis un imbécile! marmonne-t-il de sa voix d'outre-tombe.

Le prêtre tourne et retourne ce désastre, qu'il était si facile de désamorcer en temps voulu. Il jure, vilipende Dieu comme un mécréant: «Tu as ta part dans ce jeu de dupe», semble-t-il dire au Souverain Juge.

Ne comptant plus que sur lui-même, Lionel cherche une issue à cette épouvantable impasse. Il songe un moment à faire disparaître le corps. Il connaît un ravin où personne ne pensera à le chercher. Il jettera son cheval sur lui... Non! Pareille manœuvre n'offre qu'un sursis et s'éventera tôt ou tard. Le jésuite n'est pas n'importe qui et il suffira aux enquêteurs d'interroger le premier villageois venu pour être sur la piste du criminel...

Dans le vestibule glacial de la cure, la lumerotte est vacillante. Elle est fragile comme la destinée de Sylvain qui se trouve aujourd'hui à la merci d'un souffle. Sur ce banc de bois, c'est toute sa vie qui resurgit. Les belles années qui vont et viennent. L'enfance, l'attente et puis le Grand Amour qui s'allume à Saint-Omer avec l'arrivée de Mathilde, la merveilleuse Mathilde. Elle est incendiaire, Mathilde. Elle donne les flammes tout en gardant les braises pour ses chemins à elle. Elle embrase une passion mêlée de tendresses et d'écartèlements. Elle fait feu d'un charpentier et le consume jusque dans les meurtrissures et les regrets qui l'attisent. Les années tourbillonnent avec ces copeaux détachés à coups d'herminette, qui éblouissent l'âtre d'une intense lumière blonde. Merveilleuse Mathilde. Elle avive la flambée par des vents de musique, par des souffles d'enfants, par des rires. Elle est partout, Mathilde : dans les crinières des grisans, derrière les grandes fermes que dresse le compagnon sur les murs frais des maçons, dans les bouquets qui coiffent les charpentes, à chaque tortillon de bois d'or qui s'enroule autour des doigts du sculpteur, dans chaque note qui s'échappe des tuyères des grandes orgues. Les souvenirs se cognent, se mélangent, se disloquent. Une course folle après l'ombre noire d'un clerc, une cascade de baisers sous le cerisier, de grandes promesses sur la falaise...

Lionel sort Sylvain de son reploiement. Il tient une idée, une parade quelque peu retorse pour contrecarrer le cours satanique du destin.

— Tu ne bouges pas d'ici et tu attends mon retour, commande-t-il à son frère.

Le temps de revêtir son pluvial, l'abbé Vernay disparaît. Cette fois-ci, rien n'arrête plus le géant : ni Dieu, ni les préceptes chrétiens, ni sa condition de prêtre. En quatre enjambées, il est dans sa remise. C'est là que sont rangés ses outils : râteaux, cognées, fourches, tous ces instruments qu'il juge souvent plus secourables aux hommes que la brise des paroles, des conseils et des prières. Il attrape sa lourde masse de hêtre et, avisant le fer à cheval de grisan qui lui sert d'enclumette pour rebattre sa faux, il le cloue sur la tête du maillet comme le ferait un maréchal-ferrant sur la corne d'un sabot. Armé de son engin, il s'enfonce ensuite dans l'encre de la nuit. Il marche à l'aveuglette, le front bas comme un bélier qui part à l'assaut d'une forteresse. Sa décision est sans appel. Rien ni personne n'arrêtera plus son élan. C'est d'une revanche qu'il rêve : piéger le sort, les juges et les gens, tromper ce monde de mensonges et de duperies qui a eu raison de lui et de son frère. La lumière de la lampe flachotte toujours dans l'écurie, laissant filtrer de vagues lueurs. Sur le qui-vive, l'abbé s'approche sur la pointe de ses sabots, pousse la porte. Dans cette semi-pénombre, il ne voit pas les chevaux, ni ce poulain léché par sa mère, ni, sait-on jamais, quelqu'un qui se dissimulerait dans l'ombre. Il n'aperçoit qu'un homme inerte, étendu sur le dos. Il se hâte, de peur que sa raison ne prenne le pas sur sa folle résolution. Il tire par les pieds le cadavre vers la lumière, à proximité des pattes des chevaux, s'affourche au-dessus du corps, ajuste sa masse comme pour enfoncer un pieu ou tuer un porc et l'abat côté fer sur le crâne immobile. Ce qui se passe alors est incroyable. Les yeux de Cosme s'ouvrent l'espace d'une seconde et l'homme que Lionel croyait mort expire un râle effrayant. Atterré, l'abbé Vernay éteint la lumière pour effacer l'éclat de ce regard, mais il n'efface rien. Il se percerait les tympans pour ne plus entendre ce soupir qui se prolonge dans sa tête et qui le poursuit dans sa fuite. D'une dérive, il passe à une autre dérive. Le destin peut rire. Il s'est bien moqué du grand nigaud de prêtre.

Allongeant un pas de somnambule vers le village, le géant semble sonné comme si le coup de maillet qu'il avait assené lui était revenu en pleine figure. Longeant l'Agne, il laisse traîner la tête ensanglantée de la masse dans le torrent. De retour à la cure, il passe par la remise, dissocie le fer à cheval du bois et remet l'outil à sa place. Après quoi, il s'assied un moment sur une souche dans son jardin. Il se sent las, accablé d'une profonde fatigue. Il s'étonne soudain d'être trempé jusqu'aux os, d'une pluie qu'il n'a pas sentie de toute sa course. Il n'a plus de jambes, plus de bras. Il resterait là toute la nuit sous la tempête s'il n'avait à rejoindre Sylvain pour lui raconter le cauchemar qu'il vient de vivre. Quand il pousse la porte du vestibule, quelle n'est pas sa stupéfaction de trouver sur le banc à côté de la chandelle un beau christ enchaîné, sculpté dans le chêne compact du pays, mais point de Sylvain. Le compagnon a disparu. Lionel s'approche de la statue. Avec la pointe de son couteau, le sculpteur a gravé dans le bois : « Je reviendrai quand j'aurai obtenu mon rachat. » Lionel empoigne ce christ lacéré d'une nouvelle blessure et entre dans la grande pièce, le visage décomposé. Ayant réveillé la braise qui dormait sous la cendre, il fait un bûcher au milieu duquel il pose l'œuvre de son frère. De ses yeux noyés de larmes, le colosse la regarde se consumer jusqu'au petit jour.

Une roue me broie, écrit-il dans son carnet en poussant sa calligraphie de fourmi d'une ligne à l'autre. *Quel lait d'innocence avons-nous tété étant petits pour rester des enfants démunis devant le mensonge ? Quel est ce péché que l'on paie, petit frère ? Avons-nous été trop heureux ou est-ce notre pureté que combat le monde ? Mon cœur est vidé de toute sa sève. Ce matin, je me sens comme un arbre désécorcé envahi d'insectes. Les silences s'amoncellent sur ma vie et ton départ si misérable alourdit ma peine et renforce ma solitude. Du haut de mes sept pieds, je hais le monde des hommes. Il est la plus médiocre invention de Dieu.*

Dans quelques instants, on viendra frapper à ma porte pour m'annoncer : « Il y a eu du malheur en haut. Cosme *de Merville a été tué d'une ruade de grisan dans l'écurie des Chantournelle. »* Que trahira mon visage qui ne sait pas feindre ? Que dira ma bouche qui n'est pas formée à l'esquive ? J'appréhende ce chemin inverse que je dois refaire sous ma pèlerine humide, encore imprégnée du meurtre de cette nuit. Pardon pour les grisans, Sylvain ! Pardon de les salir, eux qui sont mes frères par la taille et dont j'envie l'insouciante robustesse...*

Lionel souffle sur l'encre fraîche. On a frappé ! Il replace hâtivement son carnet dans sa cache avant de descendre. À sa porte, un quarteron de villageois lui fait un récit enchevêtré de l'accident. Mathilde a envoyé Blaise avec une dépêche pour le grand prévôt du chapitre qui siège à Remiremont. Elle demande à Lionel de monter pour recommander l'âme du défunt à la miséricorde divine. L'abbé Vernay accompagne les curieux jusqu'au domaine. L'écurie est animée. En attendant la venue du sénéchal, chacun y va de sa version pour expliquer le drame.

— Je ne comprends toujours pas comment il a pu se faire sauter la tête en rentrant son cheval, dit un sagard, dont l'élocution interminable tire chaque syllabe comme scie à deux mains.

— Il aura trébuché dans le noir et sera tombé dans les pattes des grisans, avance un autre.

Lionel traîne une oreille du côté des hommes avant de passer son aube puis son étole et de s'age-nouiller devant sa victime. À son tour de marmonner quelques prières latines et de gratifier le mort de sa bénédiction. Quelle mascarade ! Sa main tremble et il bénit le ciel en même temps que le cadavre pour cette pénombre providentielle qui occulte son trouble. Quand il se relève de son oraison, le curé est pris sous le feu croisé de deux regards : celui, inquiet, de Mathilde dont il n'avait pas remarqué la présence et celui, arrogant, de la Muchette qui le scrute avec curiosité. Pour couper court à cet examen, l'abbé Vernay fait deux pas en direction de la femme de son frère et lui assène à voix mesurée, pour que les gens présents perçoivent son propos :

— Je vous entendrai en confession !

Il regagne ensuite le village. Il a mal. Il s'en veut de s'être servi de Mathilde pour garder contenance. Il aspire à retrouver sans délai la solitude de sa cure et la compagnie apaisante de son carnet.

J'ai vu tant de frayeur et de désarroi dans les yeux de Mathilde. Pauvre créature ! Où trouvera-t-elle du courage pour donner le jour à l'enfant qu'elle porte dans son ventre ? De nous trois, c'est peut-être elle qui souffre le plus aujourd'hui. Elle subodore notre subterfuge. Oui ! Je doute qu'elle soit naïve assez pour croire que le destin n'a pas été forcé. Je veux me rendre ! Un peu plus tard, je me mets à hésiter en pensant à toi. Sylvain, reviens-moi ! J'ai besoin de parler ! Je ne serai pas rassuré tant que je ne t'aurai dit cette vérité qui me ronge. Je veux que tu saches l'immense détresse où je m'abîme depuis nos derniers rêves d'enfants. C'est terrible d'avoir reçu l'apparence d'un roc. On ne console pas les rocs. On les veut solides et sans faille, imperméables surtout. Oh ! Sylvain, je souffre de la dernière image que j'ai gardée de toi. Je suis inquiet pour ton rire si franc, si large, si lumineux qu'il est capable à lui seul d'alléger le joug de ma vie. Je redoute pour les vents de tendresse que tu donnes au monde et qui s'entrelacent au sommet de tes grandes orgues. Je te préfère à Dieu qui joue les fantômes au-dessus des bûchers, des massacres, des misères de ce siècle que j'exècre.

Avec mes deux têtes de plus que les autres et mon visage sillonné de larmes, quel petit géant je fais!

Le lendemain, une voiture tirée par quatre chevaux amène de Remiremont le sénéchal et son équipage sur les lieux du meurtre. Houspillant tantôt ses gens d'armes, tantôt son cocher, tantôt son commis, il combat l'âcreté de sa bile en sirotant un breuvage liquoreux qui, n'améliorant pas son état, affecte son humeur.

— La peste soit du prévôt et de ses scrupules, bougonne-t-il alors qu'on l'aide à descendre du coche.

Le voyage a été pénible et le mauvais état des chemins lui a dénoué par trois fois les boyaux. Il pose à terre un pied circonspect, en prenant soin que la boue ne macule ni ses brodequins de chevreau ni ses bas de soie.

— Dans quelle bauge m'avez-vous amené! dit-il à son commis-greffier, comme si le subalterne en pouvait quelque chose.

L'arrivée de Mathilde d'Armentières lui rend, pour la suite du constat, un vernis d'amabilité. C'est vrai que la dame est charmante et que sa beauté mérite un détour. Le procès-verbal est dicté à la va-vite : le front défoncé du mort et son visage noirci de sang caillé semblent moins incommoder le sénéchal que l'odeur du crottin. Après avoir entendu les témoins, il regagne sa banquette pour y endurer le voyage inverse. Là encore, le scribe est souffre-douleur de l'officier de la prévôté.

— Me faire déplacer pour une ruade! explose-t-il.

... Comme si le malheureux fonctionnaire avait quelque responsabilité dans cette banale affaire!

L'enfant que portait Mathilde naît trois semaines après le passage du sénéchal : une fille. Appelé au chevet de la mère, Lionel monte à la scierie de l'Agne. Il n'a plus vu la femme de son frère depuis les événements.

— J'ai peur, confie-t-elle à l'abbé. Il fait froid autour de moi. Je sens que Sylvain ne reviendra plus.

Cela fait déjà près d'un mois que son mari n'a plus donné signe de vie et, si le village lie la disparition du compagnon aux frasques de son épouse, Mathilde ne peut s'empêcher de mettre cette absence prolongée en relation avec la mort de Cosme.

— On ne devait plus se revoir, dit la femme en parlant du défunt.

— *Abyssus abyssum invocat,* le mal engendre le mal ! assène l'abbé dans une réflexion qui vaut autant pour lui que pour elle.

Un soupir de lassitude répond à la sortie du prêtre.

Se tournant vers le berceau, elle dit :

— Je cherche un prénom pour ma fille. J'ai pensé « Colombe ».

Mathilde a les yeux approfondis et les traits creusés de fatigue. Un sanglot la submerge.

— J'ai tout perdu en voulant trop prendre.

Lionel se sent proche d'elle. Pour peu, il la serrerait dans ses bras comme une enfant chagrine.

— Je m'en vais demain pour Dijon, dit-il. Peut-être, là-bas, quelqu'un sait-il où il se trouve.

Pendant les mois qui suivent, l'abbé Vernay passe la région au peigne fin. Il charge chaque villageois qui part en voyage d'un message pour son frère.

— Il reviendra ? demande Mathilde.

Lionel hoche la tête.

— Si je retrouve Sylvain, il reviendra.

CHAPITRE XV

Antoine d'Argillières habite à Paris, rue des Cinq-Diamants, sur la paroisse Saint-Jacques-de-la-Boucherie. Il est l'aîné d'une véritable dynastie de « faiseurs d'orgues ». Avec ses quatre frères, Gabriel, Jean, Paul et Raoul, il règne en maître sur le métier, de la capitale jusqu'à Rouen. Pour ajouter à son panache, il est organiste du roi.

En ce matin pluvieux de décembre de l'année 1571, Antoine d'Argillières revient du palais où il a accompagné une messe à laquelle assistaient Charles IX et sa mère, Catherine de Médicis. Cet homme dans la quarantaine a davantage le physique d'un chef de guerre que celui d'un musicien. La charpente robuste, l'œil sévère, le timbre rugueux, il se bat avec ses hautes bottes qui se sont mises à deux pour lui emprisonner les pieds.

— Marie-Ange ! Nom d'une cornette ! Envoyez quelqu'un pour m'aider à retirer mes cuissardes.

Un visage épanoui sur une carcasse monumentale : c'est l'épouse elle-même qui accourt au petit trot. Le mari fait la grimace en voyant arriver à la rescousse sa vigoureuse compagne qui, dans cette opération délicate, pourrait bien l'estropier à vie. Quand madame d'Argillières a libéré les talons captifs de son homme au prix de maints efforts et de mains... boueuses, elle s'exclame :

— À propos, Antoine, il y a quelqu'un qui vous attend depuis ce matin sous le porche de l'atelier. Il se recommande de François des Oliviers.

Ayant passé ses brodequins, l'organier part à la rencontre de son visiteur.

— Je m'appelle Sylvain Bonnier, dit l'artisan qui, pour mieux garder l'anonymat, se présente sous le nom de sa mère. Je connais bien le bois et un peu les orgues et la musique. J'aime les vents qui chantent. Pourriez-vous m'embaucher ?

Un courant passe entre les deux hommes, une accointance de regards.

— Je vous prends à l'essai. Huit sols par jour avec une chambrette au-dessus de l'atelier. Ça vous va ?

Sylvain trouve dans cet atelier de la rue des Cinq-Diamants un peu d'air pour combattre son remords et dissiper les nuages qui ont obscurci sa vie. Il apprivoise Paris, cette ville où s'agitent trois cent mille âmes et qu'assaille jour après jour un flot continu de chariots et de coches. Logé au cœur de la cité, c'est la Seine et Notre-Dame qu'il courtise le plus lors de ses trop rares sorties. Il ne désespère pas de repartir pour Visentine quand il aura trouvé le moyen de racheter son méfait. N'est-il pas dans les prérogatives d'un roi d'accorder sa grâce ? Il espère secrètement un miracle du côté d'Antoine d'Argillières qui a l'oreille du monarque.

En attendant d'être assez familier du facteur d'orgues pour lui confier sa requête, l'artisan reconstruit discrètement sa vie à l'ombre des tuyères et des soufflets. Apprécié par son patron autant que par les ouvriers qui travaillent avec lui sur les instruments, Sylvain fait montre d'un talent trop confirmé pour ne pas éveiller la suspicion de son entourage.

— Cet homme cache quelque chose, confie Antoine à son épouse lors d'un repas en famille avec ses trois enfants. Il connaît le bois comme personne, sculpte admirablement, regorge d'astuces quand il s'agit d'articuler des soufflets ou de multiplier des jeux...

— Quand cela ne va pas, vous bougonnez, et quand tout va bien, vous bougonnez encore, constate son épouse.

— En plus, il est instruit !

— Il sait lire et écrire ?

— J'ai vu Sylvain avec un livre, dit Roch, qui du haut de ses douze ans se mêle à la conversation des adultes.

— Autre chose encore, dit le facteur en s'essuyant la bouche.

— ...

— Il a l'oreille gauche percée d'un trou. Il a dû porter en son temps le joint des compagnons.

— Mon Dieu ! Vous pensez que c'est un de ces huguenots qui s'infiltrent dans Paris ?

— Même si beaucoup de compagnons ont souscrit à la Réforme, tous ne sont pas des hérétiques, clôt l'organiste du roi.

Le lendemain de cette conversation, l'artisan est appelé par Antoine d'Argillières dans sa chambre de musique.

— Sylvain, on vous soupçonne d'être huguenot. Avec les passions qui s'attisent en ce moment autour du mariage tout proche de Marguerite de Valois avec Henri de Navarre, ma femme craint que vous ne soyez un danger pour ma famille et pour mes gens. J'aimerais savoir ce que vous nous cachez.

Après un moment de surprise, Sylvain se jette à l'eau. Il n'esquive rien, raconte son histoire avec sa franchise habituelle, sans quémander ni clémence ni pitié.

— Je ne me suis jamais demandé si le Dieu de miséricorde que je prie était protestant ou papiste, ajoute-t-il pour apaiser les craintes de son interlocuteur.

Antoine d'Argillières écoute avec mansuétude la confession du compagnon et c'est lui-même qui, au terme de l'entretien, dit à Sylvain :

— Je vais tenter d'obtenir votre grâce auprès du Roi. Sous des dehors rustauds, c'est quelqu'un de sensible. Je lui parlerai de vous dès que les festivités seront passées.

Le mariage imminent de la sœur de Charles IX avec Henri de Navarre amène dans la métropole une nuée de protestants. L'attentat manqué contre l'amiral Gaspard de Coligny, leur chef de file, déchaîne chez les catholiques une peur qui dégénère deux jours plus tard en ivresse meurtrière. Les noces sont noyées dans le sang huguenot. C'est hallucinant, incompréhensible ! Des massacres partent du palais pour gagner la rue puis la ville tout entière. Partout, on arquebuse, on estoque, on défenestre, on noie, on pend tout ce qui ressemble de près ou de loin à l'hérétique. Au nom de Dieu, du roi, du prêtre ou du quartenier, on occit dans la foulée ses ennemis, ses rivaux, ses concurrents. Paris fête la Saint-Barthélemy en s'ouvrant les veines. Mutilés et nus, des milliers de cadavres exsangues, indistinctement, hommes, femmes, enfants ou nourrissons jonchent venelles, places et quais. Tout fait grappe au pressoir dans cette vendange carnassière.

Dès le début de la tuerie, le clan d'Argillières s'est barricadé dans sa maison. Pas question de sortir. Du côté de l'atelier, la porte cochère est bâclée. Les ouvriers se terrent dans leur mansarde. Après une première nuit déchirée de cris, de bruits de course et d'arquebusades, Sylvain passe par la tabatière de sa mansarde et grimpe sur les toits. Le massacre n'en finit pas. L'horreur est à ses pieds, monte jusqu'à ses oreilles. Il voit des criminels à leur besogne. Lui qui est profondément atteint du meurtre de Cosme, il ne comprend plus rien. Il n'attend qu'une chose : fuir, quitter ce cauchemar au galop.

Le troisième jour du sacrifice, Marie-Ange d'Argillières vient frapper à sa porte. Elle est affolée.

— Le roi a envoyé hier soir une escorte pour qu'Antoine se rende au palais. Pour une messe, rendez-vous compte ! Comme si c'était le moment ! Mon mari n'est pas rentré. J'ai peur qu'il ne lui soit arrivé malheur !

Sylvain sort avec Gabriel et Jean d'Argillières à la recherche du facteur d'orgues. Partout des maisons que l'on pille, des gens qu'on assassine. Quand ils voient les rives ensanglantées de la Seine, le courant emportant des cadavres, les deux frères rebroussent chemin. Le compagnon continue seul. Il a plus peur de l'indifférence qui le gagne que de perdre la vie. Il glisse comme un chat de ruelle en ruelle. Il va de coin sombre en coin sombre, se couche au milieu des

morts au passage d'une bande. Il a du sang sur lui.
On le bouscule. Quelqu'un le frappe avant de s'enfuir.
Il continue son chemin, retourne des corps. Quand il
arrive à hauteur de Saint-Germain l'Auxerrois, dont
il vient de restaurer l'instrument avec Antoine, il se
sent attiré dans l'église. La porte de la tribune est
entrouverte, l'escalier qui monte jusqu'aux grandes
orgues est émaillé de taches rouges. Derrière l'instrument, un râle. Derrière ce râle, l'organiste d'un roi
assassin. Lâchement poignardé dans le dos alors
qu'il rentrait chez lui, sans escorte cette fois, Antoine
d'Argillières se vide de son sang. Sylvain retire sa
chemise, la découpe avec son couteau. Il met la plaie
du musicien à nu, la nettoie, bande le blessé pour
arrêter l'hémorragie.

— Pars ! Ils sont fous, ils vont te tuer, murmure le
moribond.

Le compagnon redescend. Il y a de l'eau dans les
fonts baptismaux, un vase de fleurs devant la Vierge.
Il écope et remonte en prenant soin de bloquer la
porte de la tribune derrière lui. Il abreuve l'infortuné. Il attend la nuit pour ressortir de sa cachette
avec l'homme sur ses épaules et le porte jusqu'à la
rue des Cinq-Diamants. Les frères et leurs familles
sont là, aux côtés de l'épouse et des enfants de
l'organier. Le compagnon dépose le mourant dans la
maison puis monte vider sa mansarde et repasse à
l'atelier pour reprendre ses outils. Tirant son rouan
par la bride, il quitte Paris au milieu d'une cohue de
pauvres gens.

Durant les mois qui suivent, la tache de sang se
répand comme lave sur toute la France. Elle est
immense. Elle se propage du côté de La Charité,

surgit à Orléans, à Meaux, à Bourges, à Saumur, s'étend du côté d'Angers, de Lyon, de Troyes, de Rouen, de Toulouse et de Gaillac. Elle rattrape Sylvain le 30 octobre à Bordeaux.

Le compagnon ne sait plus où aller pour échapper à cette barbarie qui le talonne. Repoussé contre l'océan, comme un félin captif longeant les barreaux de sa cage, il retrouve le vent du sud qui le poussait dix ans plus tôt vers La Rochelle. Il se laisse emporter par ce souffle jusqu'au chantier où Abel de Noirmont construisait ses bateaux. Parvenu à la pointe de Correille, Sylvain replace son joint d'or à son lobe d'oreille et aborde le premier ouvrier venu pour qu'il le mène auprès de l'armateur ou de son frère.

— Mon brave monsieur, vous revenez de loin, dit un contremaître débonnaire. Cela fait une paye que Flavien de Noirmont est mort. Quant au patron, il lui a pris l'idée de descendre chez les sauvages d'Afrique et ça fait cinq ans qu'on ne l'a plus revu.

Balayé par ce nouveau ressac, le charpentier se laisse choir sur un rondin de bois. Il est au bout de son courage et n'en peut plus de ces amarres qui se brisent et le rejettent continuellement dans l'errance. Saint-Omer, Visentine, Paris et, dernièrement, Bordeaux, l'ont chassé sur les routes comme un malpropre. Il ne sait plus où aller et regarde la mer.

À la tombée du jour, le contremaître envoie un de ses hommes pour voir si le voyageur qui demandait les frères Noirmont est toujours là.

— Il n'a pas bougé d'un pouce, dit l'ouvrier.

— Avec le vent qu'il fait, il ne tiendra pas la nuit dehors ! Va le chercher !

Sylvain entre dans la cahute. Il est frigorifié. Bon

homme, le placide contremaître invite le voyageur à dormir chez lui et à partager sa pitance.

— À part rester planté dans le froid, qu'es-tu capable de faire ? demande le gaillard en tirant sur sa pipe.

Le charpentier regarde son interlocuteur de ses yeux fatigués.

— Je suis capable de sculpter des proues de navire, dit-il.

— Et où as-tu appris ce métier ?

— Sur le chemin de France où j'ai fait la route des compagnons.

L'homme considère un long moment le voyageur. Sous un front accidenté, des sourcils en broussaille transparaît un regard trempé d'humanité. Le contre-maître a la mâchoire carrée, camouflée par une barbe courte dégrossie aux ciseaux. Sa chevelure battue par les vents est impénétrable.

— Je vais voir si je peux faire quelque chose pour toi, finit-il par dire.

C'est ainsi que Sylvain reprend mailloche et gouges pour décorer l'avant des navires de sirènes, de dieux marins, d'animaux mythologiques et autres féeries de son imaginaire. Il sculpte du matin au soir. S'enfermant dans son ouvrage pour ne plus s'en échapper, il dégrossit un monde à sa mesure, un univers où la violence est créatrice. Dans ce refuge qu'il se façonne, le rire et la tendresse retrouvent leur place, l'insouciance et la candeur redeviennent des vertus. Grisé qu'il est par l'ampleur de son rêve, le froid, la bruine ou le vent ne l'atteignent plus. L'œuvre a l'envergure des bateaux. Elle est tita-nesque. Il faut être au sommet de l'échafaudage pour s'apercevoir que les yeux sortis du bois par le compagnon ont la taille de pommes.

Sylvain acquiert la sympathie des artisans qui travaillent sur le chantier en même temps qu'il amadoue les mouettes de l'endroit. Il aime les oiseaux de mer. Il a toujours, à côté de ses outils, un seau où il garde les déchets de poissons que lui donnent les pêcheurs. C'est dans cet environnement de cris narquois, de démarches empesées, d'approches dodelinantes qu'il décroche des copeaux, c'est dans cette chorégraphie d'ailes blanches qu'il ébauche le mouvement de ses proues, c'est dans les courants d'altitude qui glissent au-dessus de sa tête qu'il puise le souffle de ses œuvres. Sylvain est sensible au vent comme l'est un appeau, ou une flûte. Il peut deviner si un vent est vieux ou fatigué, si un vent a ramassé de l'amour ou de la détresse sur les chemins du monde. Il entend dans le silence quand un vent transporte quelques notes de musique. Il espère une brise qui viendrait des terres avec un chant de miséricorde. Il attend qu'Éole lui signale le moyen de racheter sa faute.

Le printemps revenu, Sylvain sculpte Mathilde en proue de navire. Il retrouve dans le bois ses seins, son visage, ses épaules. Il coiffe ses cheveux pour une course d'un siècle à travers l'océan. Elle s'offre à l'écume, aux lames que gonflent les tempêtes. Elle est provocante et dans sa nudité de chêne désécorcé, sensuelle, elle se donne à l'amour, au voyage et au vent.

— Vous ne m'avez toujours pas dit qui il est et d'où il vient ! reproche Flora de Noirmont à Misaël Radenec, son contremaître.

— Il se nomme Sylvain Bonnier, vient des Vosges et est compagnon charpentier! répond lapidairement l'interpellé.

La femme de l'armateur suit avec curiosité le travail de l'artisan. D'abord attirée par l'imaginaire qu'il fait surgir du bois, elle en vient à s'intéresser à cet homme déconcertant dont la joie communicative opère sur elle autant que le talent. Elle le trouve séduisant et, quand elle le voit en mouvement, elle ne peut s'empêcher de le rapprocher de ce jeune évadé qui, dix ans plus tôt, ramenait à La Rochelle Flavien de Noirmont qu'il avait sauvé des galères. Elle était distante alors, déracinée, en balance entre son enfance sicilienne et ses épousailles françaises avec Abel qui était un ami de son père. Elle avait seize ans et subissait dans l'impuissance ce mariage forcé avec un homme plus âgé qu'elle pour qui elle avait de l'estime mais pas d'amour. Aujourd'hui, elle est seule, peut-être veuve, et son corps en deuil de caresses réclame un nouvel hommage. La femme que taille le sculpteur lui ressemble. Cet impudeur la trouble. Est-ce elle que l'artisan dénude à l'avant du navire? Par moments, elle se reconnaît, retrouve sa chevelure, son port altier, son profil de statue. À chaque promenade dans le chantier, elle se rapproche du compagnon. Le jour où, comme Mathilde, elle entend le beau rire de Sylvain dégringoler du haut de l'échafaudage, elle tombe amoureuse.

— J'ai l'impression que des yeux noirs te dévorent, lui souffle Misaël, le contremaître fumeur de pipes, avec un sourire finaud.

Sylvain dresse la tête comme un albatros. Quand il est absorbé dans son ouvrage, le monde disparaît autour de lui. Cherchant dans les yeux de son compagnon la direction où il doit regarder, il aperçoit la Sicilienne et, malgré sa crinière obsidienne et son teint foncé, c'est Mathilde qu'il voit.

— Elle me revient chaque jour un peu plus, chuchote le compagnon à voix basse en pensant à sa femme. C'est bon signe.

Entre terre, ciel et mer, les retrouvailles semblent possibles. Le vent est un allié qui lui souffle : «Tiens-toi prêt à partir, le rachat est pour bientôt!»

La belle Flora de Noirmont rêve à la beauté noueuse et aux mains ligneuses du sculpteur. Elle voudrait recueillir sur sa chair assoiffée les caresses que l'artisan prodigue à ses proues. Elle aimerait glisser ses doigts fins dans sa toison allumée de boucles blondies par l'air marin et le soleil. Elle attend sur elle ce corps robuste comme une amarre de bateau géant. Elle est prête à l'offrande. Comment pourrait-il lui résister? Elle a dans ses coffres les atouts de la terre : la jeunesse, la vénusté et la fortune.

Un jour Flora tient un prétexte pour appeler Sylvain dans la fastueuse demeure d'Abel de Noirmont. Toujours de noir vêtue depuis qu'elle a perdu espoir de revoir en vie son mari, elle est d'une ensorcelante majesté.

— Vous êtes un cachottier, dit-elle sur un faux ton de reproche au charpentier. Sans l'indiscrétion d'un de mes contremaîtres, je ne vous remettais pas sous les traits du condamné aux galères qui a sauvé mon beau-frère, Flavien de Noirmont.

La voix de la femme est profonde, émaillée par une délicieuse pointe d'accent. Elle a les lèvres vermeilles et des dents calibrées et lumineuses comme des perles. Sylvain cherche une faille à ce piège suave dont il perçoit d'emblée le mécanisme constricteur.

— Vous avez autorisé Misaël à m'ouvrir la porte du chantier. Je n'en demandais pas davantage.

Ses yeux souriants trahissent un soupçon d'inquiétude. « Ne pas prendre les devants », pense-t-il. « Ne pas donner prise ! »

La dame le sort de son embarras.

— Je voudrais vous commander une Vierge portant dans ses bras une caravelle, une Vierge pour protéger l'endroit et veiller sur nous.

Le compagnon est séduit par l'idée. Il promet des esquisses. Il viendra les lui soumettre pour que l'œuvre soit conforme aux désirs de la dame. Il a trouvé pour cette fois-ci son esquive. Quand il se retire, il se sent comme un funambule descendant de son fil. Il se nettoie d'un vertige. Il craint les prochaines traversées fragiles, l'invisible souffle qui déséquilibre les cœurs et les pousse dans le vide. Il appelle Mathilde à son secours.

Flora referme sur elle la porte de sa chambre. Elle a renvoyé ses servantes pour être seule. Aurait-elle fait un pas de trop ? L'entrevue avec l'artisan a confirmé son sentiment. Elle est éprise ! C'est plus fort qu'elle, plus fort que cette fidélité de cendres froides qu'elle tisonne depuis des années pour un mari disparu de sa vie et qui doit être mort depuis longtemps. L'histoire d'amour qu'elle échafaude est des plus périlleuses. Si Sylvain avait de la fortune, était gentilhomme ou lieutenant, ce serait plus facile. S'il dessinait au moins des plans de navires ou s'occupait des finances au lieu de tailler ses proues au milieu des humbles, elle pourrait plus aisément rompre son deuil. Flora n'ose pas imaginer le courroux de son père s'il apprenait qu'elle trahissait ne fût-ce que la mémoire d'Abel de Noirmont, son ami. Elle se sent verrouillée de tous côtés dans sa cage dorée, condamnée à enfouir ses inclinations, à sacrifier sa jeunesse aux caprices d'un fantôme. «Si je ne peux le prendre comme mari, je le prendrai comme amant!» confie à son miroir la fougueuse Sicilienne. S'accrochant à son projet de Vierge au bateau, la dame fait revenir Sylvain avec ses esquisses.

— Vous savez écrire, s'étonne-t-elle, en trouvant des annotations au bas des dessins. Je m'explique de moins en moins votre présence dans ce chantier, ajoute-t-elle.

Pour lui répondre, un sourire allumé d'insouciance et de malice. Que peut comprendre cette dame à ses projets d'altitude, au bonheur qu'il y a à livrer aux vallonnements de la mer et à l'écume des sculptures portées par les flots? C'est pour lui plus belle richesse de donner des ailes au rêve que d'amasser des écus sonnants dans des coffres.

— Je caresse ici des milliers de voyages, dit-il à la Sicilienne.

La femme prend feu comme naphte à ces paroles. Elle entend le mot d'amour qu'elle attendait. Tout devient clair. Elle est l'océan. Elle est les milliers de voyages que projette Sylvain et les proues qu'il façonne sont autant de billets doux cosmiques et monumentaux qui lui sont adressés pour lui dire qu'il l'aime. Quand le compagnon repart à sa besogne, Flora est allumée d'une incandescence amoureuse qui remettrait l'Etna en activité. Il n'y a plus ni grillage, ni cage, ni veuvage qui tienne. Elle est prête à toutes les folies pour arriver à ses fins. Le risque qu'elle court est énorme. Ils sont quelques-uns qui, derrière elle, envient son statut et convoitent sa place. Avec le temps, l'étoile d'Abel de Noirmont a bien pâli. Si Aristide Granon, le premier lieutenant, reste fidèle au maître absent, son adjoint Tarquin de Valcourt attend ce genre de faux pas pour prendre la succession de l'armateur. C'est une personnalité redoutable ! Un remarquable concepteur de navire doublé d'une brute. Il se promène avec des chiens hargneux, dressés pour mordre.

Le trentième jour d'avril, dimanche de l'Ascension, à plus de cent lieues du chantier naval où Sylvain taille ses proues, le clergé et le peuple de Beauvais s'apprêtent à sortir en procession de la cathédrale Saint-Pierre, quand une voix venant du haut de l'édifice hurle :

— Sortez tous, la flèche est en train de tomber !

Les fidèles se précipitent vers le grand porche. Bousculés de toutes parts, les porteurs des trois châsses Saint-Germer, Saint-Evroult et Saint-Just tanguent avec leurs reliquaires jusqu'au portail : un miracle qu'ils ne dégringolent pas les marches du parvis. C'est alors que la pointe de la plus vertigineuse tour de France bascule. Elle transperce la voûte du chœur dans un fracas épouvantable, entraîne dans sa chute une avalanche de pierres et de gravats, balaye deux colonnes, en abîme une troisième avant de s'immobiliser sur le sol. Frappée de stupeur, l'assemblée attend que la poussière se dépose pour évaluer l'ampleur des dégâts. Des quatre colonnes portant la gigantesque flèche de Beauvais, une est par terre. Ébranlés à leur base, les trois étages endommagés de la lanterne menacent la cathédrale tout entière. C'est catastrophique ! Pour pallier le désastre, on cherche désespérément dans la ville et jusqu'à Paris une confrérie de bâtisseurs assez téméraires pour déblayer les lieux et démonter les vestiges de la tour. Que ce soit parmi les Enfants de Salomon, ceux de Soubise ou de Maître Jacques, personne n'est assez fou pour risquer sa vie sous ce château de cartes.

Une semaine plus tard, à La Rochelle, le chantier d'Abel de Noirmont est en pleine effervescence. Il prépare la mise à flot d'un galion somptueux. C'est durant cette opération que Sylvain apprend fortuitement que la flèche de Beauvais s'est effondrée. L'appel est irrésistible. Le compagnon quitte son poste, rassemble ses outils, prend Misaël à part pour lui annoncer son départ immédiat.

— J'ai à faire du côté des terres.

— Ça ne peut pas attendre ? demande le contre-maître, interloqué.

— C'est maintenant, se contente-t-il de répondre.

Il se met en route, et quand il est à sept lieues du chantier, une brise lui murmure : « Confiance, ta grâce t'attend à Beauvais. »

Au même moment, pointe de Correille, Flora cherche Sylvain dans l'assistance, hésite puis adresse un signe de tête à ses deux lieutenants. Le galion glisse lentement vers la rade dans un tournis d'oiseaux blancs. En proue, une femme à la chevelure sauvage attend ses gréements pour affronter les mers depuis La Rochelle jusqu'au cap de Bonne-Espérance. Elle porte son regard de bois sur l'autre versant du monde.

CHAPITRE XVI

Alors qu'il était parti pour faire la cour à Laetitia, la servante de sa patronne, Misaël Radenec est accroché par Flora de Noirmont. La femme est dans tous ses états : furieuse, échevelée, on dirait une gorgone.

— De quel droit avez-vous renvoyé le tailleur de proues ? hurle-t-elle.

Le contremaître n'est pour rien dans ce départ subit du sculpteur, et de voir la Sicilienne vociférer dans sa langue natale au milieu de vaisselle brisée ne l'impressionne pas.

— Il m'a juste dit qu'il avait à faire chez lui.

Pour couper court à cette engueulade et déraciner la colère qui s'abat sur lui, il trouve judicieux d'ajouter :

— C'est à regret qu'il est parti, Madame. Il compte reprendre sa place sans délai.

Sur cette assertion, Misaël laisse la femme à son dépit et regagne le chantier en haussant les épaules. En chemin, il croise Tarquin de Valcourt et ses molosses. L'homme fulmine contre son homologue qui n'a pas passé à temps une commande de bois. Avec sa muflerie habituelle, il tient contre lui des propos que d'aucuns prendraient pour homicides.

— Décidément, c'est mon jour, marmonne pour lui-même le placide contremaître en bourrant sa pipe d'un tabac moins âcre.

Sylvain pénètre dans les terres de France et c'est comme si le monde se refermait à nouveau sur lui. À peine entrepris, le voyage réveille dans ses souvenirs sa fuite hors de Paris et ce déferlement de violences et de meurtres qui le talonnait quelques mois plus tôt de ville en ville comme la fourche ensanglantée du diable. Arrivé au Mans, il se trouve une auberge avenante où passer la nuit. Partageant son repas avec un groupe de marchands en route pour Bordeaux, il écoute sans y prendre part une conversation animée qui a trait à l'effondrement de la tour de Beauvais.

— Ce serait moi, pérore le plus fort en gueule de la bande, j'empilerais des barils de poudre et je ferais tout sauter comme à Orléans.

— Qu'est-ce qui s'est passé à Orléans ? demande un voyageur.

— À Orléans, les huguenots ont mis la cathédrale par terre en moins de temps qu'il ne fallait pour dire ouf.

Dans son coin, le compagnon fait la grimace. Il a travaillé, quand il était apprenti, sur les charpentes de l'édifice. Tant de patience offerte à la pierre et au bois, stupidement anéantie pour des conflits d'idées. Il faut ne pas avoir vécu de lourdes journées d'artisans, ne pas s'être cassé le dos à monter des charges, ne pas avoir essuyé des intempéries en haut des échafaudages pour traiter un sujet aussi grave avec autant de légèreté. Les hommes de la construction confient leur mémoire à chaque mur, à chaque moellon, à chaque ouvrage d'art qu'ils érigent. Pour

Sylvain, il est criminel de toucher à cet élan. Détruire une cathédrale, c'est brûler une bibliothèque, anéantir la présence de milliers d'âmes.

Au cours de sa longue expérience du bâtiment, le compagnon a rencontré dans les hauteurs une infinité de vies et, devant du travail bien fait, s'est toujours senti proche de ces oubliés du bel ouvrage. Comme un philosophe thésaurise dans sa mémoire les paroles de certains auteurs dont il a aimé le propos, Sylvain a enrichi son savoir-faire de gestes retrouvés, d'astuces comprises, de tours de métier décryptés en repassant respectueusement dans les traces des anciens. Il aimerait sculpter ces ouvriers, morts depuis des siècles et dont le souvenir est enseveli dans la matière qu'ils ont maîtrisée. Des mains robustes, des yeux appliqués, des genoux fléchis, des échines ployées, n'est-ce pas là le plus beau combat des hommes, celui qui se gagne à coups d'outils ? Quand il était à Orléans et qu'il travaillait avec Josquin à la réfection des charpentes, combien de fois n'a-t-il pas cherché dans la poussière le marquage de l'artisan, cette entaille d'un vivant qui avait eu, comme lui, son lot de bonheurs et de peines ! Il se demande si, un jour, quand il reposera à son tour dans la solitude de ses os blanchis, il y aura un charpentier des siècles à venir pour se pencher avec émotion sur les assemblages qu'il a ajustés, les sculptures qu'il a taillées dans le bois avec ferveur. À moins que les guerres et la barbarie des hommes ne réduisent en cendres, comme à Orléans, les traces terrestres de son passage...

Le vent du nord-est qui vient de Beauvais souffle fort. Il porte les élans de piété et les mains meurtries de tout ce peuple de bâtisseurs anonymes qui ont usé leurs forces à construire la cathédrale. L'appel est irrésistible. Il corne aux oreilles de Sylvain comme une supplique. Le compagnon se hâte. On l'attend.

Un seul obstacle le dévie de sa route : Paris. Il contourne la ville comme une charogne et arrive à Beauvais à la mi-mai.

Avec la cathédrale Saint-Pierre, partie pour être la plus grande de toute la France, on aborde un univers de géants. C'est Babel ! Une envolée d'hommes qui part à la conquête du ciel dans une ascension dentelée de pierres. Du grandiose et du vaniteux à la fois, mais quel élan ! Sans la nef, qui attend d'être construite, on est déjà dans la démesure. Avec la flèche de la tour-lanterne qui vient de s'abattre, on devait narguer le monde des anges. Sylvain découvre le sinistre. La tour en ruine culmine encore à soixante toises, soit plus de trente toises au-dessus du faîtage. Ébranlée, hagarde, elle est arrêtée dans l'espace comme un guerrier exsangue. Un nuage la pousserait par terre. Le compagnon pénètre dans l'édifice par le portail du transept sud. La croisée n'est qu'un amas de pierres et de bois. Les dégâts sont éloquents : la partie culminante de la flèche de Beauvais a basculé de son assise pour piquer, pointe en tête, vers le sol. Elle a détruit le flanc oriental de la lanterne avant de traverser la toiture et les voûtes. Dans sa chute, elle a balayé des colonnes, dont une maîtresse, qui n'est autre qu'un des quatre supports de la tour. En équilibre sur trois pieds chancelants, la ruine menace de se coucher de tout son long sur le chœur. On est à un éternuement du désastre.

Le compagnon passe des heures au milieu des déblais, à prendre des notes, à dresser des plans, à imaginer une stratégie d'épaulements. Il faut de l'intrépidité pour venir à la rescousse de cette bâtisse suppliciée, qui n'est plus qu'une plaie gangrenée de lézardes et d'affaissements. Alors qu'il termine son étude, un homme qui, comme lui, fait l'inventaire du sinistre, semble intrigué par sa présence. Sylvain l'aborde en se présentant comme compagnon charpentier. L'homme s'appelle Jean Bauldry et est maçon à Mello.

— Le doyen et le chapitre me demandent devis pour la taille et le remplacement des piliers endommagés, dit-il.

— Vous comptez démonter la tour ?

Une chute de gravillons précède la réponse du maître d'œuvre.

— Je n'aurai pas un seul de mes hommes pour me suivre. C'est beaucoup trop dangereux. Autant dire que c'est du suicide.

— Il y a peut-être un moyen d'y arriver, risque le compagnon, avec une brillance dans l'œil.

Jean Bauldry est à l'écoute. S'asseyant avec Sylvain au milieu des gravats qu'explorent insolemment les jeux colorés des vitraux indemnes, il l'invite à partager son idée. L'exposé du charpentier est convaincant. Il se poursuit dans une taverne autour d'un pichet et de croquis. Il se répète au palais épiscopal en présence du cardinal de Bourbon, évêque-comte de Beauvais. Parmi l'auditoire il y a le doyen, les chanoines, les membres du chapitre, François Maréchal, maître maçon de Saint-Pierre et un quarteron d'artisans, les meilleurs du pays.

— Donnez-moi des hommes et du bois et je suis en mesure de démonter la tour sans autre dégât.

Les ecclésiastiques rient sous scapulaire, et les hommes de l'art regardent avec méfiance ce charpentier fanfaron qui se dit capable de mener à bonne fin une opération de sauvegarde que les plus illustres bâtisseurs de France jugent impossible autant que suicidaire.

— Et comment vous y prendrez-vous ? lui lance timidement Jean Vast, l'architecte infortuné de la tour.

Le compagnon expose son idée. Il sort ses dessins, explique sa manœuvre et l'astuce qu'il propose pour reprendre les voûtes et utiliser son échafaudage aux fins d'étayer l'édifice et descendre les ruines de la tour. Les plus avertis de l'assemblée tendent l'oreille. Pas à dire ! Cet artisan connaît son métier et la solution qu'il avance pour arrêter cette hémorragie de pierre est séduisante. Les hommes de l'art donnent leur avis.

— Ce projet est solide, dit l'un d'eux, mais reste périlleux. Même payé à prix d'or, aucun ouvrier n'acceptera de risquer sa vie dans ce chantier.

C'est alors que Sylvain sort un deuxième tour de son sac.

— Avec votre aide, je peux trouver des volontaires pour ce travail.

— Où irez-vous les chercher ? demande le cardinal.

— Dans les cachots, parmi les condamnés à mort ou les prisonniers à perpétuité.

— Vous ne tirerez rien de cette crapaudaille !

— Sauf si Beauvais obtient pour eux la grâce du roi.

Un remous envahit la grande salle de l'évêché. Des yeux se croisent, dubitatifs. Certains poussent les hauts cris.

— Des criminels dans un lieu saint, vous n'y pensez pas !

Le cardinal de Bourbon objecte :

— Une fois cette racaille remise en liberté, nous risquons de payer cher notre largesse.

Les corps de métier se montrent favorables au dessein du compagnon. On pèse, on débat, on interroge le trésorier sur les fonds disponibles. Après tout, hormis les montagnes d'étançons que nécessitera le chantier et la solde d'une garnison nécessaire pour empêcher les forçats de s'évader, le coût de l'opération ne semble pas extravagant. D'antichambres en hauts lieux, l'idée de l'artisan fait son chemin pour arriver jusqu'à Paris. La décision est à prendre sans délai, une tempête pouvant rendre caduc le dispositif imaginé par le charpentier. Le cardinal de Bourbon et le procureur Fernand de Foy se démènent pour obtenir de Charles IX sa signature sur l'ordonnance graciant les quarante condamnés que demande le compagnon pour sauver la cathédrale en péril.

— En relâchant cette vermine, vous allez infester mon royaume, dit le monarque.

— Encore faudrait-il qu'elle survive, Sire, répond le cardinal avec un demi-sourire.

Sylvain devra faire son choix dans les prisons du roi : une descente aux enfers qui n'est pas sans lui rappeler son séjour dans les cachots de Saint-Omer avec Flavien de Noirmont. Consultant les registres, écoutant les gardiens, parlementant avec les détenus, il conduit ce délicat travail de recrutement sans chercher à minimiser auprès des prisonniers le danger de son entreprise.

À Soissons, alors qu'il se renseigne, liste en main, sur les condamnés qu'on lui propose, il s'arrête sur

219

un nom, doit le relire une seconde fois pour s'assurer qu'il n'a pas la berlue. C'est incroyable! Son visage s'anime, sa respiration se fait courte.

— Je veux prendre avec moi l'homme qui porte le numéro 322! commande-t-il à l'officier.

— Il n'est plus assez vaillant pour votre affaire, lui envoie un grand diable de geôlier qui s'était tenu jusque-là dans un mutisme bougon.

— Ça n'a pas d'importance, je veux le voir.

L'homme empoigne ses clés avec humeur et, sans piper mot, précède Sylvain dans un dédale de couloirs jusqu'à la cellule du détenu 322. Enveloppée dans une couverture, une carcasse décharnée, qu'une abondante chevelure blanche rend plus famélique encore, tente de se lever. Sa barbe est si drue et si longue qu'elle ne laisse plus qu'aux yeux toute la charge du visage. Approchant sa torche, Sylvain, bouleversé, reconnaît, inoubliable entre mille, le regard noir d'Absalon.

Dans la bonne ville de Beauvais, tout juste apaisée d'une tempête hérétique, un ramassis invraisemblable de forçats, où se mêlent meurtriers, violeurs, huguenots, bandits de la pire espèce, est rassemblé dans la basse œuvre avant d'être employé à la sauvegarde de la cathédrale. Sous l'œil vigilant d'une cinquantaine d'arquebusiers, la mérule de la France investit le lieu saint.

— ... trente-sept, trente-huit, trente-neuf... Il m'en manque un pour faire le compte, s'étonne Fernand de Foy.

Le charpentier le gratifie du plus innocent des sourires.

— Je suis le quarantième! dit-il.

En homme que plus rien ne surprend, le procureur rajoute son nom au bas de la liste.

Sylvain prend le commandement de ce gratin des déviances humaines comme un séraphin à qui on aurait donné la direction de l'enfer. Étrangement, le danger est si enveloppant qu'il ne l'effraie plus.

— Suivez pas à pas la marche que je vais vous donner et nous sortirons vivants de l'entreprise, dit-il à sa main-d'œuvre.

— Si c'est pour repartir estropié, vaut mieux les galères ou la corde tout de suite et qu'on en finisse, lance une voix.

— Je ne force personne à me suivre et si l'un de vous veut changer d'avis, libre à lui.

Un silence embarrassé succède aux propos du compagnon. Personne ne bouge.

— Et qui nous prouve qu'on nous laissera partir? aboie une sorte de mâtin massif, manifestement soutenu par des membres de sa bande.

Pour lui clouer le bec, Fernand de Foy prend la parole au nom des autorités de la ville et donne lecture de l'ordonnance promulguée en faveur des condamnés.

— C'est des mots! éructe le meneur. Des promesses en l'air!

Montrant le parchemin, le procureur clame haut et fort son indignation.

— Le roi lui-même, messieurs, a ratifié cet accord.

— On ne sait pas lire! gueule la brute.

Un rire éclate du côté des prisonniers tandis que l'un d'entre eux demande à voir l'acte. Après examen, il lance à ses congénères:

— Ça m'a l'air en règle, je reconnais le sceau du roi !

Sylvain réemploie les longues poutres de la flèche comme attelles aux trois colonnes caduques. Il peut ainsi réduire les talus de moellons qui ont été montés à la va-vite par des manœuvres contre les piliers porteurs de la tour en danger d'effondrement. Les meilleures pierres sont acheminées hors de la cathédrale pour être retaillées par les hommes de Jean Bauldry. Les remblais sont chargés sur des chariots.

Indociles, les prisonniers n'en font souvent qu'à leur tête et prennent des risques inutiles. Au bout d'une semaine, un premier accident, qui aurait pu être mortel, amène le compagnon à renouveler ses exhortations.

— Dans ce travail, ne vous affranchissez jamais de votre première peur.

Absalon tâche de seconder son ami. Très affaibli par dix ans de captivité, il mettra un long moment avant de retrouver ses marques et de se rendre utile en posant sur les travaux un œil de contremaître.

Un jour, les forçats sortent des décombres le corps broyé d'un miséreux qui se trouvait dans la cathédrale au moment de la chute de la tour.

— Regardez ce qui nous attend, dit avec cynisme un prisonnier tandis qu'on emporte le cadavre.

Sourd aux critiques, le compagnon tient le chantier sous une autorité douce. Il canalise les émois et l'agressivité ambiante en affichant une détermination inébranlable. Cela dit, il n'évitera pas des bagarres ni des affrontements de bandes rivales, ni encore un règlement de compte à l'ombre des chapelles qui le privera d'un ouvrier. Soucieux du bien-être de son peloton de malfaiteurs, il se fait leur porte-parole pour obtenir des autorités de Beauvais une nourriture moins infecte et moins chiche.

Quand les premiers baliveaux de sapin s'élèvent dans l'édifice, Sylvain et Absalon commencent à compter leurs alliés. Le plus acquis d'entre eux est un petit personnage trapu, extraordinairement vigoureux, qui est natif des Pouilles et se nomme Giacomino. D'une voix aiguë qui pleurniche comme une vielle, il explique au compagnon qu'il devait être pendu pour le meurtre du gentilhomme qui avait déshonoré sa fille. Il lui a tranché la gorge après l'avoir suivi de Tarente jusque Compiègne. Il remercie Sylvain en lui baisotant les mains et en versant des larmes de reconnaissance chaque fois qu'il le croise. Du côté des fidèles, le charpentier compte aussi Pierre Fignolet, un apothicaire au passé trouble d'empoisonneur, et Bertrand Migneton, un solide éleveur ayant massacré un rival au cours d'une rixe. Ces deux hommes lui sont dévoués. Leur appui est bienvenu pour tenir les rênes du chantier.

À l'endroit des piliers manquants, les échafaudages partent à l'assaut des voûtes dans une vertigineuse ascension qui prendra sept longues semaines. À cette étape du travail, le danger devient double. Il pèse autant au-dessus de la tête des forçats qu'il rôde sous leurs pieds. Entre les pierres qui risquent de tomber sur eux et le faux pas qui peut les entraîner dans le vide, il ne reste de place que pour la peur, la révolte ou l'envie de fuir. Durant cette période, trois détenus tentent d'ailleurs de s'évader en passant par le bas d'une verrière qu'ils ont démontée. Les fuyards vont mourir sous le feu des arquebuses. Un vent de mutinerie plane au-dessus de l'ouvrage. Les prisonniers se sentent pris dans une souricière. La chute mortelle d'un malheureux ayant pris appui sur une poutrelle en porte à faux met les nerfs à vif. Sylvain se hâte d'étançonner les alentours de la béance. C'est là que l'édifice menace le plus. Au début du mois d'août, quand les deux transepts sont épaulés à leur tour et qu'il ne reste plus que le quatrième côté à soutenir, une tempête éclate et provoque un éboulement qui endommage le travail en cours. Fatigue, découragement, impatience minent le chantier. Des coups de gueule, des reproches, des menaces deviennent le lot quotidien de Sylvain.

— Tu prends trop de précautions, grogne une forte tête nommée Rapatout. Maintenant que trois côtés sont consolidés, il suffit de tirer les restes de la tour vers l'intérieur avec des cordes.

— Trop tôt! répond le compagnon. Avec les vibrations, la voûte de la lanterne peut s'effondrer!

— Pas si on la fait tomber par petits morceaux.

Sylvain a beau se battre, la majorité des forçats est contre lui!

À court d'arguments, il se fait conduire auprès des autorités de Beauvais.

— Mes hommes s'apprêtent à faire une folie, dit-il à Fernand de Foy. Aidez-moi à les raisonner.

Profitant de l'absence du compagnon, les prisonniers ont pris d'assaut le plus haut moignon de mur qui subsiste du troisième étage de la tour et, plaçant des grappins à son sommet, en détachent de lourdes pierres qui s'abattent par la plaie de l'édifice. La fièvre monte. Chaque fois qu'un bloc tombe, c'est le délire. Ce climat d'excitation gagne même les rangs de ceux qui se sont toujours tenus du côté du compagnon. Absalon supplie les gardiens.

— Empêchez-les ! Faites quelque chose !

Ils sont une vingtaine en dessous de la béance, à mettre en bas les ruines et à s'esquiver comme des mouches chaque fois que des pierres se décrochent. Alors que, sur le porche du transept, Absalon se démène toujours pour que les arquebusiers interviennent, la chute d'un massif énorme fait frémir la cathédrale. Le choc se répercute sur la voûte de la lanterne, qui s'abat en pluie de pierres sur les mutins. L'avalanche fait neuf morts, parmi lesquels Bertrand Migneton.

Dans des chariots, des moellons ensanglantés. Ailleurs, des tombereaux où sont hissés des corps piteux et démantelés. Les blessés sont emmenés Dieu sait où. Personne n'entendra plus parler d'eux. Sur le chantier, le travail reprend dans une atmosphère funèbre. Sylvain est scandalisé par l'inertie des autorités de Beauvais, qui n'ont pas jugé utile de contenir l'insurrection.

— Ils reprennent ce qu'ils nous ont donné, dit-il amèrement à son ami luthier. Je n'ai plus confiance en eux.

Le chœur est consolidé début septembre. Il bruine dans la cathédrale quand les quatre constructions de bois se réunissent à leur sommet pour s'élever dans les airs et permettre l'installation de treuils. Les prisonniers sont matés et le fort en gueule de Rapatout marche au pas. Il s'en est fallu de peu qu'il ne soit lynché par les survivants du sinistre. Les derniers pans de la tour sont démontés avec précaution et descendus comme ils avaient été acheminés.

Si la menace des pierres recule de jour en jour, elle fait place à un autre danger, plus sournois : d'après une confidence de Jean Bauldry, les dispensateurs de grâce voient d'un œil de plus en plus mauvais la libération des forçats.

Lorsque la cathédrale retrouve un équilibre sur ses béquilles de bois et que des bâtisseurs peuvent prendre le relais en toute sécurité pour refermer la béance, le compagnon s'estime libéré de son engagement et songe à rentrer à Visentine avec son ami Absalon. Épuisé par cet affrontement de quatre mois avec la violence et la mort, Sylvain ne goûte pas sa victoire. Les compliments des maîtres d'œuvre ne l'atteignent pas. De même, il ne parvient pas à se réjouir du parchemin que lui remet le bailli de Beauvais. Il a beau relire dix fois : « ... Sylvain Chantournelle... gracié par le roi de France, Charles le neuvième, pour les voies de fait qui ont causé la mort du gentilhomme Cosme de Merville », l'acte ne lui fait pas l'effet qu'il escomptait.

— Un criminel amnistié par un autre criminel. Elle est belle la justice des hommes, confie-t-il à son ami luthier.

— Au moins, ça nous vaut d'être libres !

— Pas tout à fait, tempère le compagnon. Demain, peut-être !

Massés dans la cathédrale, les graciés sont, comme Sylvain, plus inquiets qu'euphoriques.

— Un papier et de l'encre, ça fait pas une cuirasse bien solide, rouscaille la grande gueule de Rapatout.

Les anciens forçats sont sur leurs gardes. Ils passent dans la cathédrale une dernière nuit, tendue. Au matin, les hommes sont divisés en plusieurs groupes, suivant l'endroit où ils se rendent. De franches poignées de main, de fraternelles accolades et, pour Giacomino, le râblé des Pouilles, une effusion de baisers, ponctuent le départ. Les rescapés du chantier de Beauvais sont emmenés hors murs par de solides escortes. De leur côté cependant, Sylvain et Absalon piétinent dans la cathédrale désertée. Jean Bauldry a demandé un entretien avec le compagnon avant qu'il se mette en route et il est en retard. Profitant de ce moment d'attente, les deux amis poussent la porte de la tribune. Les grandes orgues sont couvertes de poussière blanche. Elles se sont tues depuis l'Ascension.

— Cela fait des mois qu'il me démangeait de les approcher, dit le charpentier.

Reconnaissant la facture de l'instrument, il retrouve dans une des trois statuettes qui ornent le dessus de l'orgue le visage épanoui de François des Oliviers, qu'il avait connu à Dijon et, derrière ce visage, d'autres visages surgissent, et des rires, et du bonheur, et Mathilde colorant les vents de musique, et Brieuc et Zéphyr, et Lionel et Séraphine, et Marie et Absalon, Absalon blanchi sous le harnais de la captivité, Absalon ressuscité d'entre les morts, qui le regarde de ses yeux fatigués, Absalon sur qui les bras de Sylvain se referment soudain pour fêter des retrouvailles et pleurer mil ans d'attente et d'expiation.

Au même moment, du côté de l'évêché, le chef des arquebusiers fait irruption dans la salle du chapitre en pleine séance.

— Mission accomplie ? demande le cardinal de Bourbon.

— C'est que...

Le soldat n'a pas le temps d'aller plus loin que le prélat explose.

227

— Combien de ces forçats ont échappé à vos hommes ?

— Une dizaine, Monseigneur. Quelqu'un les a prévenus. Ils nous ont faussé compagnie.

— Vous êtes un incapable, tonne l'évêque, écarlate.

Puis, se tournant vers l'assemblée, où se mêlent ecclésiastiques et bâtisseurs, il éructe :

— Qui d'entre vous a entendu parler de condamnés à mort qui auraient démonté la tour-lanterne de Saint-Pierre ?

Personne ne bronche. Ni les maîtres d'œuvre, ni les chanoines, encore moins le doyen.

— C'est bien ce que je pensais, distille le cardinal de Bourbon. Tout cela n'est qu'une légende, vous entendez ? Une légende !

Quant au papier et à l'encre, ils se consument le même soir dans la haute cheminée de la salle du conseil

« Des forçats graciés à Beauvais ? Vous fabulez mon cher ! Où avez-vous entendu pareille fadaise ? »

CHAPITRE XVII

Cinquième jour d'octobre, Saint-Placide.

Notre mère a été trouvée sans connaissance dans sa maison. Elle s'est réveillée la tête vide de mémoire. Même moi, qui prends tant d'espace, elle ne me reconnaît plus. Je note, je note, je te parle. Je comble le vide laissé par ton absence en t'adressant à travers ce journal une lettre sans fin. Ah Sylvain, comme j'aimerais que tu lises ces lignes, que tu m'apprennes à reblanchir les pages, moi qui suis juste capable de les noircir, jusque dans les marges, de mes lamentations et de ma révolte. Depuis deux ans que je te cherche, je n'ai rencontré dans mes démarches que des gens enrichis par ton passage. Que ce soit à Dijon, à Saint-Omer ou, plus tard, à Paris, j'ai eu droit à des regards qui s'allumaient chaque fois que je prononçais ton nom. Où es-tu, petit frère, où fais-tu tourner les moulins de tes rires ? Après avoir tout fait pour retrouver ta trace, j'en viens presque à espérer que tu t'es refait un nid ailleurs. Te connaissant, je redoute que tu réapparaisses un jour à l'improviste pour t'accuser du meurtre de Cosme. Je ne sais pas ce que j'ai ce soir. Quelque chose m'oppresse...

Et Lionel souffle sur l'encre humide, referme son cahier, le replace dans sa cachette en bâillant. Ses yeux sont fatigués. Se carrant devant sa fenêtre, il regarde un moment la lune pleine, que cerne un halo vaporeux. Il fait un silence de grand froid.

Sylvain et Absalon s'échappent de Beauvais cette même nuit, sous la même lune. Jean Bauldry et ses hommes les ont aidés à quitter la ville. Écœurés, les artisans leur ont raconté comment les rescapés ont été massacrés hors murs, comme des rats. L'œuvre pie de ces courageux forçats ne pouvait pas passer à la postérité, pas plus que la trahison des notables assassins. L'indignation cloue les lèvres glacées des deux amis. À quoi peut ressembler l'amour au bout de ce chemin triste ? Est-il permis d'espérer encore quand on sait ce qu'on sait sur les hommes ?

Assis sur le rebord d'un pont, peu avant Senlis, Giacomino aperçoit ses compagnons et marche à leur rencontre. Il est de ceux qui ont échappé au traquenard et n'a pas de mots pour raconter cette félonie. Il est bouffi et les yeux rouges d'avoir pleuré. Il tend le poing et injurie Beauvais qui a trahi, à coups de rapières et de mousquets, une parole donnée. D'autorité, il prend par la bride le cheval de Sylvain. Il veut reconduire son sauveur jusqu'à son domaine comme un écuyer ramène de croisade son maître aimé.

L'hiver est précoce cette année-là. Après des semaines, les sommets neigeux, où les vents viennent se désinfecter du monde, apparaissent aux trois voyageurs. La vie est de nouveau la plus forte. Elle ouvre le visage de Sylvain sur des dents blanches, réveille des braises dans le regard d'Absalon, met le râblé des Pouilles en état de chavirement lacrymal. Extraordinaire petit personnage que ce Giacomino :

une concentration de muscles, donnant l'impression qu'il porte une cuirasse sous ses vêtements, de courts poils gris plantés comme une forêt d'épingles sur une bouille mafflue, une voix de crincrin désaccordé qui miaule une émotivité à fleur de peau.

Les trois hommes arrivent à Visentine au début du mois de novembre. Ils coupent court pour éviter le village. Ils évoluent dans la neige comme des voleurs. Des mineurs remontent le sentier qui borde l'Agne. Dès qu'ils sont hors de vue, le trio s'inscrit dans leurs empreintes, comme par un vieux réflexe de bannis. Absalon laisse ses compagnons remonter jusqu'à la scierie et part seul vers la Noiregoutte. D'un côté comme de l'autre, le cœur bat la chamade. Quand le maître du domaine débouche sur l'esplanade avec Giacomino, il passe hâtivement devant les écuries pour se rendre à la grande maison dont la cheminée fume. Sylvain frappe timidement sur la porte comme s'il était un étranger de passage. Un bruit de pas arrive jusqu'à lui et son souffle reste en suspens. En un éclair, il se revoit à Saint-Omer le jour où il avait suivi Mathilde jusque chez ses parents : la fontaine, le judas qui s'entrouvre et puis l'apparition de sa belle. Ici, il est surpris de voir surgir sur le seuil une jeune femme potelée, affichant une mine mi-renfrognée, mi-hébétée :

— C'est pourquoi ? demande-t-elle.

— Je viens voir votre... maîtresse, balbutie le revenant.

— J'ai pas de maîtresse ! s'empresse de corriger la rondelette.

Une voix féminine que Sylvain reconnaît avec étonnement comme étant celle de Marie parvient jusqu'au charpentier.

— Mon Dieu ! Pervenche, fais entrer monsieur.

Le compagnon pénètre dans la pièce, suivi de Giacomino qui se colle à ses guêtres comme un chien fidèle. La mère de Blaise est bouleversée. Ses mains dénouent le tablier qui lui ceint la taille. Elles ne savent ensuite où se mettre, s'emmêlent, se joignent, glissent derrière son dos.

— On ne vous espérait plus, hasarde-t-elle.

Son œil a toujours la même timidité douce et sa coiffure, de plus en plus grise, a toujours sa mèche folle que des doigts vifs domestiquent d'un geste concis.

— Blaise débarde à Fresse avec Florian, ils seront heureux de vous revoir, expulse-t-elle dans un souffle.

— Va prévenir ta maman, lance-t-elle à une tête rousse qui pointe sa truffe dans la salle. Pervenche, descends au village chercher l'abbé Vernay.

Elle tremble.

— Calme-toi, Marie ! Viens t'asseoir près de moi.

Et montrant sa paume droite, Sylvain lui dit, tout sourire dehors :

— J'ai une grande nouvelle pour toi ! Je te ramène Absalon. Il est à la Noiregoutte.

— Absalon ? chuchote-t-elle, incrédule. À la Noire-goutte ?

— Comme je te dis !

D'abord hésitante, la femme du luthier se lève, prend son châle, enfile ses sabots, jette à la dérobée un regard aux deux hommes avant de rire avec eux. Empoignant son manteau de pluie, elle sort. Sur l'esplanade, elle marche à grands pas. Sur le chemin de Noiregoutte, il est des moments où elle court, d'autres où elle reprend haleine, d'autres enfin où elle pleure à ce retour providentiel qu'elle n'imaginait plus.

232

Croisant Pervenche, la Muchette pose le seau qu'elle portait, pour se signer.

— Par tous les saints du ciel! s'exclame-t-elle dans un élan de piété qui ne lui ressemble guère.

Elle commande alors à son fils Martin :

— Prends un cheval dans l'écurie et ramène ici l'abbé Vernay. Tout de suite!

Le garçon ne se fait pas prier. Il part au galop vers la cure sur une jument morelle qu'il n'a pas pris le temps de seller.

Laissé seul dans la maison avec Giacomino, Sylvain s'impatiente. Une ombre passe sur son visage. Ce chassé-croisé ne lui dit rien qui vaille. Où est Mathilde? Où sont ses enfants? Qu'attend la Muchette pour venir lui souhaiter la bienvenue? Elle n'a que la cour à traverser.

— Il se passe quelque chose d'anormal, confie-t-il à son compagnon. Attends-moi ici! Je descends chez les voisins.

La maison du bas est désertée elle aussi. Du côté des écuries, Sylvain croit entendre des voix. La Muchette et Pervenche sont en conciliabule avec Florian et Blaise, qui rentrent de forêt avec les grisans. Un silence gêné ponctue l'apparition soudaine du compagnon. L'accueil, qui se veut chaleureux, sonne faux comme une tuyère défoncée. Même Blaise est mal à l'aise. Cela se sent jusque dans la façon dont il présente Pervenche, sa jeune épouse, au maître du lieu, comme s'il lui annonçait la pire incongruité.

— Où sont les miens? demande Sylvain avec autorité.

Florian houspille la Muchette.

— C'est à toi de dire! lui souffle-t-il.

Elle résiste. Sa tête frémit une négation :

— Non! Attendons l'abbé Vernay. Je préfère!

Les visages se décontractent quand Martin arrive au galop, suivi de près par le géant qui laboure des talons les flancs de sa monture en ruminant pour lui-même : «Pourvu qu'on me laisse le temps.» Un mot de Sylvain peut ébranler ce mensonge fragile qui l'a innocenté du meurtre de Cosme. L'angoisse tenaille Lionel et l'accompagne jusqu'à la grande maison, où le compagnon l'attend.

— *Madonna!* s'exclame Giacomino devant le colosse qui débouche dans la pièce comme un troupeau d'aurochs.

Les deux frères tombent dans les bras l'un de l'autre. La tête du charpentier plafonne à hauteur de la poitrine du curé. Celle de l'Italien ne dépasserait pas sa taille.

— Retirons-nous quelque part! C'est seul à seul que je veux te parler, dit l'abbé.

— Où est Mathilde? Il s'est passé quelque chose, s'inquiète Sylvain.

Lionel entraîne le compagnon à l'écart, dans les anciens bâtiments de la scierie.

— Tu n'as rien dit? demande-t-il. Tu n'as pas parlé de... Cosme?

— Voilà que j'arrive de Beauvais.

Le prêtre s'éponge le front. Il est en nage.

— Alors, écoute-moi bien. Il faut que tu saches que Cosme est mort d'une ruade.

Sylvain reste cloué sur place.

— ... d'une ruade?

— Le sénéchal s'est rendu jusqu'ici. Il n'a retenu contre toi aucun chef d'accusation.

La voix de Lionel se mêle à la turbulence de l'Agne et au vacarme de la roue à aubes. Elle cogne dans la tête de Sylvain comme un battant de cloche. Se raccrochant à sa première idée, le compagnon revient avec sa question.

— Je voudrais savoir où est Mathilde. Pourquoi n'est-elle pas là-haut ?

— Mathilde n'est plus à Visentine depuis six mois. Elle réside non loin de Monthermé, chez les moniales.

— Chez les moniales ? Mais pourquoi ? Et qu'a-t-elle fait des enfants ?

— Brieuc est à Saint-Omer dans la famille des Armentières.

Il ne parle pas de Colombe.

— Et Zéphyr ? demande l'artisan en montrant ses deux paumes.

L'abbé Vernay soupire. Comme curé, il lui est arrivé maintes et maintes fois d'être porteur de mauvaises nouvelles, mais celle-ci lui coûte davantage que toutes les autres réunies.

— Il est en senestre, petit frère. Il s'est noyé dans l'étang cet été.

Sylvain laisse tomber ses mains et, détournant son visage, ne bouge plus, ne respire plus. Le temps s'arrête un long moment au chevet d'un immense chagrin immobile. D'un geste lent, le compagnon sort de son manteau de pluie un parchemin enroulé qu'il tend à Lionel.

— Garde ça, je n'en ai plus besoin, chuchote le charpentier dans un souffle.

La lecture de l'acte amnistiant le compagnon laisse le prêtre interdit.

Onzième jour de novembre, Saint-Martin.

... Que d'épreuves tu as endurées avant de retrouver grâce à tes propres yeux, petit frère. Comment puis-je

après cela te confesser mon crime ? Je ne me vois pas pour l'instant déprécier ces deux années de manque et d'exil volontaires en te départant de cette rémission acquise au prix de ton sang, de ta vie et de ton courage. Ce serait te jeter au visage l'inutilité de ton geste, te condamner pour l'abandon des tiens, réduire à une fugue ce qui était pour toi un chemin d'expiation. Encore une fois, tu as blanchi la page. J'ai vu Absalon hier dans la soirée. Il m'a tout raconté. Ce que tu as fait à Beauvais est admirable et le cadeau que tu as ramené à Marie te sera compté dans le ciel. Moi qui redoutais ton retour, tu m'apportes aujourd'hui une joie que je n'ai pas connue depuis longtemps. Sors ta charrette bâchée et pars chercher Mathilde. Elle t'attend. S'il me reste une certitude dans mon existence, c'est celle-là !

Sylvain passe sur la tombe de Zéphyr avant de partir pour Monthermé. Il essuie du plat de sa main la gelée blanche qui recouvre sur la croix le prénom du garçonnet. Ses empreintes contournent le petit monticule où repose le mort : un berceau d'enfant. Avant de se retirer, il dépose une poignée de copeaux blonds sur la sépulture, comme d'autres mettraient des fleurs ou de la terre.

Une fine neige tombe quand il quitte Visentine et sa Moselle pour les méandres de la Meuse. Assis à ses côtés sur la banquette de bois, Giacomino tient les rênes et houspille les chevaux dans la langue de Dante. Les deux hommes arrivent à Monthermé début décembre et cherchent dans les circonvolutions du fleuve le monastère de Notre-Dame-aux-Remparts où s'est retirée Mathilde. Construit sur les rives, en contrebas d'une paroi rocheuse, le bâtiment ressemble davantage à une place forte qu'à un lieu de recueillement. L'accueil réservé à Sylvain au grand portail de l'abbaye est aussi rébarbatif que l'enceinte. Il revêt le visage quadrillé de fer d'une vieille femme à côté de laquelle l'épaisse porte cloutée paraît aimable.

— Je voudrais voir Mathilde d'Armentières, mon épouse.

Pour toute réponse, un grognement. Le judas se clôt comme le ventail d'un heaume avant de se rouvrir peu après sur une autre figure, moins ridée mais tout aussi revêche.

— Mathilde d'Armentières ne tient pas à vous rencontrer !

— De grâce, ma sœur, laissez-moi entrer ou alors faites-la venir jusqu'à la grille pour que je lui parle.

— Elle refuse de quitter sa cellule et vous demande de passer votre chemin.

— Qu'elle m'écrive un mot, tente Sylvain alors que la porte redevient bois et pentures pour ne plus avoir à l'entendre.

Le compagnon revient à la charge et tambourine sur le battant sans que personne daigne lui répondre. Il fait alors le tour de la bâtisse et utilise les branches d'un hêtre pour escalader la fortification. En équilibre sur l'arête du haut mur, il crie :

— MATHILDE !

En bas, des moniales s'égaillent en poussant des cris aigus : une armée en déroute. Revenant à la charge avec leur supérieure pour fer de lance, elles font face à l'intrus avec, pour certaines, des instruments aratoires ou ménagers choisis parmi les plus belliqueux. Sylvain cherche le visage aimé parmi les voiles et les jupes. Il n'entend pas les menaces et évolue sur l'enceinte comme un insecte sur le bord

237

d'un gobelet. Soudain, au risque de se rompre les os, il saute côté clôture, et se relève aussitôt pour s'engouffrer dans les communs. Poursuivi par un bataillon de nonnettes, il pousse des portes, traverse des couloirs, grimpe des escaliers en hurlant le nom de Mathilde. Cerné de toutes parts, il prend des coups avant d'être finalement reconduit sous bonne escorte jusqu'au porche d'entrée. À peine est-il éjecté de la clôture que le portail se rouvre sur l'abbesse. Entourée de deux moniales dont l'une porte un objet informe enveloppé dans un drap, elle lance avec hauteur :

— Mathilde d'Armentières m'a chargée de vous remettre ceci !

Elle prend le fardeau des mains de sa suivante, défait le nœud et verse aux pieds de Sylvain les flûtes dépareillées du nymphaïon.

— J'espère que ce message est assez clair, dit-elle avant de se retirer avec ses consœurs.

Sylvain s'agenouille pour ramasser dans la neige les débris de l'instrument. Les notes éparpillées qu'il essaie d'étreindre tombent de ses bras. Le chant est cassé.

— Pourquoi as-tu fait cela, murmure-t-il.

Croyant qu'il l'appelle, Giacomino, qui attendait dans le froid le retour du compagnon, l'aide à ramasser ces étranges morceaux de bois. Il voudrait comprendre, consoler son héros qui pleure. De l'autre côté de la Meuse, la paroi rocheuse ressemble à Sylvain comme une âme jumelle. Elle non plus n'a pas peur du vide, malgré ses brèches. Comme lui, elle surplombe le fleuve boueux. Comme lui, elle offre au cours d'eau un torrent généreux et limpide, de source pure. Le compagnon remonte sur sa charrette bâchée, à côté du petit homme. Longtemps, il regarde cet à-pic de pierres grises. Ce n'est pas un hasard si Mathilde a choisi cet endroit pour se retirer. Les yeux de l'artisan escaladent le flanc rocheux, se promènent parmi les failles et les ruissellements.

— On rentre à Visentine, dit-il à Giacomino.

Atteint dans son mâle orgueil, le râblé empoisonne le voyage du retour de ses récriminations. Il est outré que son maître ait été refoulé par «un battaglione» de femmelettes.

Dès qu'il a regagné la scierie, Sylvain se replie dans son atelier où sont remisées les tuyères géantes des grandes orgues de la sainte chapelle : les basses de colère...

Sixième jour de janvier, Épiphanie de Notre Seigneur.
Je sais par Giacomino que Mathilde a refusé de te voir et j'apprends à l'instant par l'aîné de Muchette que tu passes tes jours et tes nuits à fabriquer d'énormes soufflets, capables de soulever des vents de tempête, et que tu construis une roue à augets. Qu'est-ce que tu mijotes encore, petit frère ? Que signifie ce nouveau débordement d'activité ? Quelle douleur étouffes-tu en t'accablant de travail ? Partant demain à l'aube pour Monthermé, je ne te verrai pas avant mon retour. Je compte bien convaincre Mathilde, te la rendre comme tu as ramené Absalon à Marie. Avec l'habit que je porte je vois mal comment l'abbesse me refuserait l'accès de la clôture...

Le voyage qu'entreprend Lionel tourne rapidement au cauchemar. Il n'est pas parti de vingt lieues que son cheval se casse une patte dans une congère. S'arrêtant dans un village, il abandonne sa monture au curé de l'endroit avant de reprendre sa route à pied. En chemin, il est attaqué par des loups. Armé de son seul bâton, il repousse plusieurs fois l'assaut de la meute. Souffrant de graves morsures, il est contraint de s'arrêter à Toul où il a d'anciennes connaissances qui peuvent le soigner et l'héberger le temps qu'il se rétablisse. Si son escapade a tourné court, la convalescence de l'abbé Vernay lui donne l'occasion de renouer avec certains ecclésiastiques qui s'étaient occupés avec lui de la fondation d'un séminaire dans la ville épiscopale. Au grand étonnement du géant, son étoile, qu'il croyait ternie depuis son attrapade avec le cardinal de Lorraine, brille dans le ciel des milieux catholiques comme une auréole d'apôtre. Le bruit court en effet que le curé a guéri à Bar-sur-Aube des pestiférés sur simple imposition des mains. Lionel est le premier surpris d'apprendre cette nouvelle. Indisposé par ces racontars, il se rend chez l'évêque, qui accueille le démenti du prêtre comme un acte d'humilité et l'en félicite.

— Nous avons besoin d'un exorciste pour le diocèse, se disent entre eux les prélats de Toul. Ce saint homme est tout indiqué.

De son côté, Sylvain repart à l'assaut de l'abbaye avec deux chariots remplis des tuyères, d'échelles, de soufflets et d'ingénieuses machineries que tirent les grisans. Il a pris avec lui une poignée de fidèles : Giacomino, Blaise et Pierrot. Après plusieurs semaines d'une avancée entravée par l'hiver, ils abordent l'abbaye de Notre-Dame-aux-Remparts par la paroi de pierre grise qui la surplombe. En bas, la Meuse traîne ses méandres. Sur la rive adverse, le couvent se resserre dans son mur d'enceinte et n'accorde qu'à quelques panaches de fumée le droit de s'échapper de sa clôture.

Avec ses aides, Sylvain descend son chargement sur une terrasse, située à mi-hauteur du flanc rocheux qui domine la vallée. Éclaboussant ce promontoire, un torrent fuit sa source à grands rebonds. C'est dans cette tourmente de pierre et d'eau que Sylvain enracine sa roue à augets sur deux solides supports en chêne. Il met en place ses soufflets, en fixe les parties mobiles sur le vilebrequin, installe le réservoir et les porte-vent qui doivent amener l'air jusqu'au sommier. Quand il a raccordé les leviers géants de son clavier de commande, il dresse une à une les bombardes de seize pieds, installe les bourdons de basses, en prenant soin de les arrimer au rocher pour qu'ils ne versent pas. Contrairement à ses compagnons, il refuse de s'encorder, risque effrontément sa vie, compte sur son extraordinaire agilité pour se rattraper quand il glisse sur la pierre humide. Il n'écoute pas les mises en garde. Il n'a qu'une idée : envahir la vallée de ses vents de tempête. Le jour déchoit quand il canalise le torrent dans une goulotte pour que l'eau remplisse les augets de la roue et la fasse tourner.

Les premières notes traversent la Meuse dans la soirée. Puissantes, vrombissantes, caverneuses, elles traînent un chant profond que multiplie l'écho. Quand les trois aidants du compagnon gagnent Monthermé pour y retrouver leur auberge, ils ne sont pas lâchés par cette psalmodie mélancolique et sourde. Connaissant Sylvain, ils savent que seule Mathilde a le pouvoir de faire taire l'instrument. Le compagnon frappe des poings sur les touches pendant toute la nuit et, au fur et à mesure que passent les heures, son chant est gagné par la tristesse. De temps à autre, il s'interrompt, espérant s'entendre appeler d'en bas par son prénom. Jurant ses grands vents que son amour lui répondra, Sylvain époumone ses orgues jusqu'au petit jour, jusqu'à ce qu'il ait les mains endolories par cet interminable martèlement, jusqu'à ce qu'il n'en puisse plus de ce sabbat et de ces sortilèges de musique par lesquels il espère reconquérir son amour. À l'aube, les notes finissent par s'espacer, ressemblant davantage à de longs brames. À l'aurore, le compagnon épuisé laisse tomber les bras. Debout face au néant, il titube. Le vide l'attire. Il est pris d'une tentation d'oiseau d'essayer ses ailes et doit raccrocher sa vie à l'échelle de corde qui lui permet de gagner le haut du rocher. Quand il est au sommet, il laisse sa tête en feu s'abreuver de silence. Savourant un plaisir de funambule en évoluant sur le rebord de la paroi grise, il regarde par moments dans l'enceinte du monastère l'attroupement qui ne le quitte pas des yeux. Des voix arrivent jusqu'à lui.

— MATHILDE ! hurle-t-il encore.

Dans une faille en contrebas, une fourrure grège et bouclée frémit sous la brise. Sylvain descend jusqu'à elle. Une brebis mourante gît parmi les pierres ! Ne sachant s'il doit rire ou pleurer, il choisit pourtant de rire son amertume et sa détresse, charge la bête sur ses épaules et redescend sur la plate-forme où il a construit ses orgues. Sortant son couteau, il égorge l'animal, le décapite ensuite et jette la tête hilare dans la Meuse comme on se débarrasse d'un sort. Quant au corps, il le dispose avec précaution sur le clavier pour tenir enfoncées les vingt-quatre touches de l'instrument. Les vingt-quatre embouchures cornent aux oreilles de Dieu un vent de colère ininterrompu. Le compagnon rejoint ensuite ses hommes et ses grisans et laisse la vallée tremblante du courroux de ses basses érigées vers le ciel, soutenant leurs notes... à perpétuité.

Une tempête de neige se lève alors pour calmer la fureur des tuyères indignées.

CHAPITRE XVIII

Treizième jour de mars, Saint-Zacharie.

Je n'ai pas entendu le grondement de tes orgues, petit frère, cette rumeur qui emplissait la vallée d'une supplique de sept lieues. Je n'ai pas vu non plus les tuyères juchées sur leur nid d'aigle. Quelle violence Mathilde a-t-elle dû se faire pour ne pas clamer ton prénom au-dessus de l'enceinte. Elle t'aime! J'en ai la certitude. Je ne comprends pas pourquoi elle s'est tue. Son silence est-il lié à la disparition de ton fils? Elle a si mal supporté cette mort qu'appesantissait ton absence. Pour expliquer sa réaction, je ne peux m'empêcher de penser à Cosme. Mathilde n'a jamais été dupe pour Cosme! Elle te soupçonne de l'avoir tué. Elle me suspecte d'avoir eu ma part dans le camouflage de ce meurtre. Si seulement j'avais eu le courage de lui dire la vérité. Oh, Sylvain, s'il n'y avait eu Beauvais et ta grâce, que ma confession serait simple.

Seizième jour de mars, Saint-Cyriaque.

Je m'attends à ce que tu te remettes en route un jour prochain. Tu n'as plus grand-chose à espérer ici. Le pays est trop mesquin, trop érodé. Je ne parle pas de nos vieux sentiers, de nos cimes rabattues, des galets polis de nos rivières mais des gens. Ils rient de tes extravagances. Pour eux, tu t'es encore fait rouler. À la réflexion, cela semble être une maladie chez toi, « te faire rouler ». D'aussi loin que je me souvienne, tu as toujours été de la revue. Je réfléchissais cette nuit à ces deux ans où j'ai recherché les artisans pour qui tu avais travaillé. Je me suis aperçu que tu t'es fait exploiter par François des Oliviers, que tu as quitté Paris sans te faire payer par le clan Argillières... Je me souviens aussi de cette chaire de vérité que nous avons installée ensemble à Genève, tu t'étais encore fait avoir ! Il suffit de regarder le domaine de l'Agne pour s'apercevoir que tu n'es même plus maître chez toi. Blaise occupe le haut, Florian le bas. Tu te contentes de l'annexe où vivait Simon. En tant que frère, je vais t'en toucher deux mots quand tu viendras me voir à la cure !

Dix-neuvième jour de mars, Saint-Joseph, patron des charpentiers.

Hier, j'ai entendu la Muchette en confession. Elle n'en est pas à sa première infidélité, la ribaude. J'irais même jusqu'à dire qu'elle n'est pas loin d'avoir épuisé tout ce qu'il y a de verdeur dans le village. Aujourd'hui, me voilà obligé d'ajouter sur la liste un étranger. Pour moi, c'est du pareil au même. Que l'homme soit de Visentine ou des Pouilles, un adultère est un adultère et la contrition d'un pécheur appelle l'absolution du prêtre. Quant à la pénitence, en bonne justice, elle est égalitaire. Seulement voilà, en brûlant le peu de vertu qu'il lui reste avec Giacomino, la Muchette ne trompe plus seulement Florian mais tout Visentine. C'est ainsi que quantité de villageois qui ont mouché leur chandelle sous les jupes de la frivole se succèdent derrière la grille de bois de mon confessionnal pour crier « au scandale » et lapider du verbe la pécheresse. Hypocrisie et petitesse que tout cela ! Je

préfère ta compagnie, petit frère, ou celle des arbres. Ils
ont au moins l'élégance du silence.

Une visite de toi me réconforterait.

Sylvain descend à la cure le jour qui suit. Il a
revêtu son habit de compagnon, porte sa canne et ses
couleurs. Il a ramassé ses cheveux dans une lourde
tresse. Il s'assied sur un tabouret à proximité du
géant.

— Je repars sur la route, annonce-t-il à Lionel. Tu
pourras me joindre au chantier d'Abel de Noirmont
à La Rochelle.

Le compagnon met son frère au courant des dispositions qu'il a prises avec Blaise et Florian. Le curé
lève les yeux au ciel.

— Tu ne tireras pas un sou vaillant de ces arran-
gements, se lamente-t-il.

Éludant la remarque, Sylvain poursuit :

— Je voudrais que tu veilles à ce que Mathilde et
mon fils ne manquent de rien. Vends mes biens s'il le
faut !

— Tu es passé voir notre mère ? coupe Lionel.

— Elle ne m'a pas reconnu, se contente de
répondre le compagnon.

Un silence s'installe entre les deux hommes. Pensif,
Sylvain fait rebondir sa canne sur le dallage tandis que
l'abbé tire à lui une fiole de gros rouge. Une simple
extension du bras lui suffit pour saisir deux gobelets sur
une étagère. Le compagnon cesse son martèlement
pour entendre le bruit de source que fait le goulot.

— Mathilde non plus ne m'a pas reconnu !

Lionel dépose son flacon.

— Elle ne s'est pas manifestée ! C'est différent,
rectifie-t-il.

— Tu trouves cela juste?

— Je trouve cela dur! dit l'abbé pour ne porter de jugement ni en faveur de l'un ni en faveur de l'autre.

Quand Sylvain quitte Visentine, le géant regrette d'avoir été si peu secourable à son frère. Dans son carnet, il évoque l'entrevue.

... Je n'ai pas envie d'accabler Mathilde. Je crois à un malentendu. Pardonne-moi, petit frère, de ne pas m'être rangé du côté de ton indignation et de ne pas avoir tenté l'impossible pour te retenir dans ce village qui rit sous cape de tes malheurs...

Le prêtre n'écrira rien d'autre ce jour-là ni les jours qui suivront. En cause, un courrier de l'évêque, qui lui enjoint de se rendre à Toul pour exorciser une fillette de dix ans sous l'emprise du Malin. À la fois rebuté et intrigué par cette mission, Lionel monte jusqu'à l'évêché. Il se fait remettre des reliques. Assisté dans ce premier affrontement par le père Adelson Borreux, un capucin roué à ce rituel depuis quatre décennies, il expulse le démon au bout de deux assauts. Il sort de cette rencontre la joue balafrée de zébrures profondes, mais l'adversaire lui a plu. Il est de taille! Rien à voir avec les susceptibilités de village, qu'il faut démêler avec des gants. Ici, il peut se battre. Excité par cette victoire, il ne rechigne plus quand ses supérieurs lui proposent de nouveaux corps à corps avec le diable. C'est ainsi qu'il est envoyé près d'Épinal et du côté de Neuf-château. Il ira même jusqu'à Strasbourg mener ses combats singuliers. Un jour, il est appelé à Nancy pour un cas de possession d'une violence extrême. Le pronotaire apostolique, le grand vicaire de l'évêque et d'autres ecclésiastiques sont sur place pour voir l'exorciste à l'œuvre. Bardé de sa croix, de ses reliques, d'eau bénite et d'un ciboire, Lionel pénètre dans cette antichambre de l'enfer en récitant de sa voix grave les prières rituelles. La possédée est une jeune femme blonde et gracile dont le corps se convulse plusieurs heures par jour, se tordant jusqu'à la limite de la rupture. Lors de ses crises, elle réduit ses vêtements en charpie, arrache ses ongles sur la pierre tandis que ses yeux se révulsent. D'étranges excroissances voyagent alors sous sa peau comme si elle était habitée par un fourmillement souterrain. Ce jour-là, les énormes mains de l'abbé se tendent vers la malade qui, l'écume aux lèvres, paraît s'abandonner à des orgasmes démentiels. Couvrant la prière, la possédée s'exclame d'une voix contrefaite :

— Prends ta masse et frappe-moi !

Lionel reconnaît Cosme et, derrière lui, la présence terrifiante du diable. L'empoignade entre le prêtre et le prince des ténèbres est d'une violence extrême. Le colosse part et repart à l'assaut du Malin dans une lutte à mort. Les témoins, terrorisés, quittent la place. Quand le calme revient et que l'exorciste sort de la pièce, il est en sueur et en sang. Des entailles sur son visage et ses mains se comptent par dizaines.

Lorsque Lionel regagne Visentine, un rire le poursuit dans l'ombre, crispant comme la poulie d'un puits sec, un rire de rapaces nocturnes se disputant un pendu. Au village, une vieille femme s'avance vers l'abbé Vernay pour lui annoncer que Séraphine est morte.

Vingt-huitième jour d'octobre, Saints-Simon-et-Jude.
J'aurai cherché comme toi, Sylvain, à libérer de l'emprise du malheur des âmes perdues pour me blanchir

de mon péché et me voilà dénoncé par elles. J'ai peur du
prochain affrontement! Où puises-tu ta force, petit frère,
comment parviens-tu à renaître constamment des cendres
de ta vie? Partout où j'avance, je perds pied. En provo-
quant le malin, je me suis piégé moi-même, d'autant que
mes supérieurs m'installent dans cette fonction d'exorciste,
m'obligeant à chasser les démons à un moment où c'est
Dieu qu'il me plairait d'approcher. Que ma solitude est
grande depuis ton départ et aussi depuis la mort de
maman, qui, ironie, est advenue le jour de la Saint-
Michel. Je n'ai plus personne! Au village, je sens bien
qu'on cherche à m'éviter. D'aucuns prétendent même
que mon regard a changé et que je fais peur aux gens.
Certains paroissiens montent jusqu'à Fresse pour se
confesser. Moi, qui depuis dix ans m'offre corps et âme à
l'allégement des cœurs, je vis, aujourd'hui, l'opprobre du
bourreau.

— Tu regardes bien souvent en arrière, lance
Sylvain à la tête déconfite qui l'accompagne.

Cela fait une semaine que les deux hommes ont
quitté Visentine pour se rendre à La Rochelle et le
râblé des Pouilles est affaissé sur sa monture comme
motte de beurre au soleil.

— *Muchetta mia!* invoque-t-il avec une dévotion
qui rendrait jalouse la Sainte Vierge.

La volage a réveillé le volcan et laisse le très catholique
Giacomino aux prises avec une conscience fustigée.

— Oh, *mamma!* Je suis un misérable! gémit-il.

Accablé par ce remords à retardement, le pécheur
cherche l'asile d'un confessionnal pour accueillir
son repentir, comme un voyageur affamé quiert
une auberge pour rassasier sa faim. Mentalement, il
passe sa faute en revue, compte et recompte ses

écarts : « Quatre fois sous les combles, contre trois dans le fenil, plus deux dans le lit conjugal. » Il reprend maintes fois l'inventaire afin de s'assurer une rémission complète.

— Et si tu lui as fait un enfant ? demande Sylvain le sourire aux lèvres.

Les petits bras du personnage se crucifient sur le ciel de son désespoir.

— *Madre mia ? Un bambino ?*

Là-dessus, il vide cul sec le flacon de rouge qui devait lui tenir compagnie jusqu'au surlendemain. Passant de la contrition à la somnolence, le pénitent glisse de sa selle et tombe dans un ruisselet. L'italienne bordée d'injures qui suit sa chute figurera en *post-scriptum* d'une interminable confession et lui vaudra trois *Ave* supplémentaires.

Si Giacomino évoque journellement sa femme en parlant de la *mamma* avec des larmes sous les cils, s'il attribue à son épouse toutes les qualités qu'on est en droit d'espérer du beau sexe, il ne semble pas pressé de la rejoindre. Son cœur le porte vers le compagnon qui l'a sauvé de la potence. Sa reconnaissance a la disproportion du personnage : elle use et abuse de *salvatore mio,* elle suit l'artisan à la trace comme une ombre courtaude sous un soleil vertical.

— Tu ne regrettes pas ton pays, tes enfants, ta famille ? lui demande un jour Sylvain, que tourmente l'embarras d'inféoder à sa personne un homme qui semble abandonner les siens pour le suivre et le servir.

Grimaces, vociférations et vitupérations amèneront le compagnon à ne plus aborder le sujet et à accepter, sans discuter davantage, ce cadeau pour le moins encombrant.

En ces premiers beaux jours de printemps 1574, la route est agréable, apaisante, hospitalière. La vie recommence au bourgeon et l'hiver sort des mémoires comme une mauvaise pensée. Le ciel se donne au bleu, la terre au vert tendre. L'heure est à l'amnésie. Sylvain chante, rit, taquine son compagnon. Il sera bientôt à La Rochelle et rêve des proues qu'il taillera à front de mer dans un environnement d'oiseaux blancs. De son côté, Giacomino a fait peau neuve depuis que l'Église l'a absout de ses luxures. Fort de cette virginité recouvrée, ce cancre du repentir n'est pas long à troubler les eaux éclaircies de sa conscience par un usage immodéré de propos salaces et de plaisanteries graveleuses dont la lointaine Muchette demeure l'inspiratrice en titre.

C'est dans cet état d'insouciance buissonnière et de bien-être printanier que les deux cavaliers s'enfoncent dans la forêt du Morvan. Ils ne sont pas dans les bois d'une lieue qu'ils tombent dans un guet-apens. En un clin d'œil, des malandrins sont sur eux et les ligotent à des arbrisseaux. Ils emportent ensuite montures, bourses, bagages et vin, pour ne laisser aux deux hommes que la vie sauve. Poursuivis d'injures par Giacomino, il s'en faut d'un cheveu que les brigands ne reviennent sur leur largesse et ne trucident le braillard. Quand ils sont hors de vue, le râblé des Pouilles dégonfle ses muscles et parvient sans trop de peine à se défaire de ses entraves, puis à libérer Sylvain. Il est vexé, se lance à la poursuite de ses voleurs comme s'il était un régiment à lui tout seul. Le compagnon ne peut que le suivre. À quelques centaines de toises du lieu de l'embuscade, ils retrouvent la mule, affublée de sa caisse à outils. La brave bourrique n'a pas apprécié d'être brusquée par des inconnus et, aggravant sa rétiveté de ses braiments, a découragé ses ravisseurs. Sylvain doit rire. C'est dans le double fond de ce coffre lourd comme plomb qu'est caché son or.

— On n'a pas tout perdu, dit-il. Partons !

Giacomino ne l'entend pas de cette oreille et, s'il part, c'est en sens inverse, sur les traces des malandrins. Dans la soirée, il rejoint le charpentier en tirant les chevaux par leur bride. Il a du sang sur les manches. À Sylvain qui lui demande, inquiet, s'il n'a tué personne, il se contente de répondre :

— *Un poco !*

Le petit homme est pressé de partir. Il craint des représailles et oblige son maître à chevaucher toute la nuit. Peine perdue. Ils sont rattrapés le lendemain matin par la bande au grand complet, sous la conduite, cette fois, de son capitaine. L'homme porte un chapeau à large bord qui lui masque en partie le visage. Sortant ses deux pistolets de ses fontes, il s'approche des fuyards. Giacomino fait ses prières, il n'est plus temps pour lui d'être entendu en confession pour avoir péché par excès d'humilité. Le râblé des Pouilles a eu la main lourde. Il n'a pas occis moins de quatre personnes. Une paire par cheval ! Des signes de croix se superposent et des *Pater* recouvrent des *Ave*. Un premier coup de feu part. Il est suivi d'un énorme éclat de rire.

— Rapatout ! s'exclament en même temps les deux hommes tandis que la grande gueule de Beauvais enlève son chapeau.

Les voyageurs repartent sains et saufs pour La Rochelle, Sylvain à cheval et Giacomino... à pied. Il y a un code chez les brigands, une justice parallèle qui vaut bien celle des honnêtes gens. En l'espèce, la haute cour des malandrins de la forêt du Morvan a décidé de confisquer l'étalon du remuant petit homme pour son quadruple meurtre. Cette mesure que n'importe quel condamné prendrait pour une remise de peine, est reçue par le râblé comme une vexation capitale, une humiliation à perpétuité. Il bougonne, crie à l'injustice, échauffe les oreilles de l'artisan en invoquant son bon droit. Sylvain essaie de le raisonner, puis le laisse dire. Il finit par prendre un peu d'avance pour ne plus l'entendre. Après quelques lieues, il s'étonne de ne plus percevoir les récriminations de son infernal compagnon de voyage. Il se retourne, se demandant s'il n'a pas semé le marcheur. Giacomino s'est évanoui dans la nature ! Le cavalier revient sur ses pas, l'appelle. Pas de réponse ! Après plusieurs heures de recherches infructueuses, il décide de continuer son chemin. Mais cette disparition le taraude. Elle lui fait rebrousser chemin au bout d'une journée de chevauchée vers La Rochelle. Avec le départ du petit homme, c'est le rejet de Mathilde qui refait surface. Durant cette période de piétinement, Sylvain souffre étrangement de l'éclatement de sa famille. Par sa présence fidèle, sa voix haut perchée et admirative, sa vitalité saoulante, Giacomino avait le pouvoir d'endormir la peine du compagnon et l'incitait à repartir du côté de ses passions. Ce sentiment de vide passe lorsque, au bout de trois jours, le fugitif réapparaît chevauchant sa monture.

— Je ne pouvais pas leur abandonner Campanello, lâche-t-il avec une indignation inchangée.

Quelque part dans la partie basse de son pourpoint, du sang bien rouge, onctueux. Le cavalier est grièvement blessé! Une décharge de pistolet dans le flanc gauche. Après avoir alité son compagnon dans une auberge, Sylvain monte jusqu'à Nevers. Il en revient avec un médecin frais émoulu de la faculté de Montpellier qui, bien content d'avoir un patient à se mettre sous la ventouse, profite de l'aubaine pour faire bonne chère et soulager au maximum la caisse à outils du compagnon du poids de son or. Après quelques jours de flottement, Giacomino jette l'ancre du côté de la vie. En homme de bonne constitution, il se rétablit promptement et le voyage peut se poursuivre comme si rien ne s'était passé, ou presque. Pendant la convalescence de son compagnon, Sylvain n'est pas resté inactif. Il a sculpté dans un morceau de poirier cette Vierge au bateau que lui avait commandée un an auparavant Flora de Noirmont, la femme de l'armateur. Connaissant la nature impulsive de la dame, il espère par ce moyen se faire pardonner son départ subit pour Beauvais. Il arrive à la pointe de Correille avec des projets de proues plein la tête. Il a hâte de caresser de nouveaux voyages imaginaires. Il rêve de chevaux marins. Quelque part s'installe aussi en lui l'envie de prendre le large, d'affronter lui-même les océans sur les chemins tracés par ses proues. Il a besoin d'espace, d'immensité, de hauteur, de vent, de vertige. Comme au jour de sa première venue, il aborde le chantier à la tombée de la nuit par la petite porte, rejoint Misaël Radenec dans sa cahute, avec quelques bons flacons de rouge. Il se sait fautif d'une longue fugue et craint d'être rejeté comme un esquif sans rame dans l'incertitude des flots. L'accueil du contremaître ne le rassure pas.

— Je ne sais pas si tu as bien fait de revenir, lui dit-il en bourrant sa pipe. La Sicilienne est en colère contre toi. Elle ne te pardonne pas d'avoir pris sa commande à la légère et d'avoir déserté son chantier comme un voleur.

La qualité du vin et la bonne mine des deux voyageurs pousse Misaël aux confidences.

— Laetitia et moi nous allons nous marier.

Sylvain accueille la nouvelle avec exubérance.

— Je gage qu'elle a meilleur caractère que sa maîtresse ! plaisante-t-il.

— C'est la douceur même, dit le paisible contre-maître entre deux bouffées de tabac.

L'air de ne pas y toucher, il ajoute :

— D'après Laetitia, Flora de Noirmont aurait eu des vues sur toi.

Cette réflexion fait recracher sa gorgée de vin au compagnon en même temps qu'elle réveille l'œil lubrique de Giacomino.

Pour couper court aux taquineries du petit homme, Sylvain aborde la question du travail.

— De ce côté, tu tombes moins mal. Guillaume de La Marck a vu une de tes œuvres à La Brielle. Il nous a commandé un galion et attend du tailleur de proues qu'il se surpasse.

Sylvain se remet à l'ouvrage sans tarder. Il étoffe l'avant de la coque d'énormes massifs de bois. Il veut de la matière pour sortir de leur gangue ses grisans de tempête : trois têtes enchevêtrées et écumantes tirant le navire au large.

Un jour qu'il dégrossit à l'herminette sa première ébauche, Misaël l'interrompt.

— La Sicilienne veut te voir !

— Tu lui a remis ma Vierge au bateau ? s'inquiète le compagnon.

— J'aurais préféré que tu fasses ta commission toi-même ! dit le contremaître, d'un ton qui en dit long sur l'humeur de sa maîtresse.

Sylvain est introduit dans la maison par cette douce Laetitia tant vantée par Misaël. Elle le conduit dans la somptueuse pièce où se tient Flora de Noirmont. Quand la porte se referme derrière lui et qu'il se trouve seul à seul avec la dame, elle fait quatre pas dans sa direction, se cabre devant lui, martiale, superbe, provocante, et avant qu'il ait le temps de comprendre ce qui lui arrive, elle lui envoie sans sommation une gifle sonnante. La femme se jette alors dans ses bras et éclate en sanglots.

CHAPITRE XIX

Sylvain sort étourdi de cette rencontre et, s'il est amené à évoquer devant ses compagnons hilares le soufflet qui se lit à livre ouvert sur sa joue, il se garde bien de leur parler de l'étreinte et de l'abandon de la femme dans ses bras. L'étendue de son trouble est immense. Il revient en pays de tendresse comme on touche terre après avoir dérivé sans gouvernail au large des côtes. Au soir, en marchant sur une plage, il interroge les étoiles et la mer. À force de se distancer de lui, Mathilde l'a laissé avec un trop-plein d'amour qui aujourd'hui déborde. Il est comme ces marées d'équinoxe qui rappellent au loin des vagues énormes pour reconquérir les rivages. Dans le bruissement nocturne de la houle, il rit comme il ne l'a plus fait depuis longtemps, il rit tout bêtement d'être aimé. Il rit avec ses notes claires, lumineuses. Il a vingt ans, cabriole, chatouille le finissement des vagues de ses pieds nus. Le bonheur est blanc de sel, de plumes blanches et d'écumes. Il s'écoute dans le ventre nacré des coquillages. Il scintille parmi les vaguelettes que moutonne une brise marine. Le vent d'ouest confie à Sylvain qu'une femme s'est languie de lui pendant un an, qu'il a dormi dans ses pensées comme une coque de caravelle sommeille dans les eaux d'un port, qu'il n'a pas quitté la dunette de son regard un seul jour, qu'il était dans son œil cette présence sableuse qui ensemence des larmes. Sylvain cueille de la mousse sur la crête des vagues. C'est cette blancheur-là que la vie n'a plus voulu lui redonner : le blanc des pôles et des cimes, le drap immaculé où il versait l'épousée au premier soir de leurs noces, la neige sur les Vosges. La girouette pivote d'est en ouest, elle transite par le nord ou le sud. Elle est imprévisible. Est-ce elle qui, dans son tournis, a fait passer l'aimée de dextre en senestre ? Sylvain interroge le sable avec un doigt. « Ô Mathilde ! À l'abri dans ton enclos de pierre, te reste-t-il assez de souffle pour croire en la brise ? Ton chant est un clavier mort qui claque des dents, un nymphaïon orphelin de ses flûtes. Joue pour moi, Mathilde. J'attends dans un vent d'est tes coursiers de musique ! Fais vite, mon amour, je n'entends plus ta voix. »

Le lendemain, à douze pieds de haut, le sculpteur taille sa proue en chantant. Le bois se déshabille laissant apparaître la chevelure blonde... d'un grisan.

De sa maison, Flora de Noirmont observe Sylvain, qu'environne la mouvance du chantier. Des carcasses de bois en pantenne, l'agitation d'hommes à l'ouvrage, un égaillement de mouettes forment une cible dont l'artisan est le centre.

— Les ordres de Madame me donnent la chair de poule, lui confesse sa servante sicilienne d'une voix frissonnante.

La brave femme a beau se prénommer « Laetitia »,

elle n'est pas réjouie pour un sou par les intentions de sa maîtresse.

— Tu feras ce que je t'ai commandé, lui lance Flora d'un ton cassant.

Après avoir été pendant sept longues années l'épouse fidèle d'un éternel absent, la Pénélope est en train de virer de bord.

— Tu me blâmes? demande-t-elle à sa dame de compagnie.

Sous des dehors autoritaires, Flora est angoissée. En rompant le pacte pour répondre aux élans de son cœur, elle met non seulement son âme en péril et son statut en jeu, mais elle fait porter la menace sur des gens qui lui ont toujours été dévoués.

— Je te demande pardon! dit-elle à Laetitia pour lui épargner l'embarras d'une réponse.

Sur son échafaudage, Sylvain rit avec Giacomino et l'amoureuse esseulée remercie le vent pour ce réconfort. Un peu plus tard, elle entend aboyer les chiens du redouté Tarquin de Valcourt, l'ancien bras droit d'Abel. Ayant repoussé les avances de cet homme en arguant du retour possible de son mari, elle serait mal prise si l'ambitieux lieutenant lui découvrait une idylle. Sûr qu'il en profiterait pour l'évincer. L'idée travaille Flora de rentrer au pays avec l'homme de son choix. Elle imposerait Sylvain à son père. Elle a assez de trempe pour cela.

Pour tenir tête à la bouillante Sicilienne il faut avoir de solides épaules ou être capable de ne pas donner prise à ses mouvements d'humeur. La brave Laetitia n'a aucune de ces deux qualités. Docile, elle attend avec terreur le moment où sa maîtresse la rendra complice d'une liaison clandestine, qui outrage sa très catholique éducation.

Une bribe de chanson arrive à présent du centre de la cible.

— Je veux que tu l'amènes dans ma chambre !

— Quand ? s'inquiète la servante.

— Cette nuit ! dit Flora du bout des lèvres.

Sylvain se glisse dans les traces de Laetitia. Comme elle, il étouffe son pas autant que son souffle. Toute silencieuse qu'elle soit, sa démarche de félin n'empêche pas la malheureuse émissaire d'avancer en se tenant l'index sur la bouche. Introduit dans la maison par la porte basse de la réserve, le compagnon est lâché par son guide et doit s'en remettre aux lueurs hésitantes de petites lampes à huile qui ont été savamment disposées pour lui baliser le chemin jusqu'à la chambre de Flora. Poussant une porte entrebâillée, il découvre une chambre tiède et parfumée, envoûtante d'effluves et d'un cocon mordoré de lumière. C'est dans un nid de tapis et d'étoffes, une litière feutrée de tentures et de voiles que se délie dans sa nudité la flexible Flora. Crinière folle, des yeux de panthère éventés de cils noirs, elle se cambre puis se glisse vers l'homme, la gorge haute, la hanche ondoyante. Elle insinue ses mains pour le dévêtir. Elle le désire sans oripeau, démuni, impudique et vibrant comme au premier amour. Elle s'enroule autour de lui en lui frisant à peine l'épaule... de son haleine. Elle dénoue avec lenteur la tresse du compagnon, reprend sa mouvance. Elle le pénètre du regard. Que de nœuds dans ce corps, alors que le visage recèle tant de douceur ! La parade est muette, un ballet d'effleurement. Qui sera la proie de l'autre ? Lequel des deux rompra l'affût ? Nouvelle torsion de la femme !

Passent des seins généreux médaillés d'aréoles sombres, des invites à la caresse. Qui des deux prendra l'autre ? La taille de Flora est fluide, le creux de ses reins rebondit comme vague sur une coque retournée. Les mains du sculpteur ont soif de cette vivante proue. Elles n'en peuvent plus de ces lointains attouchements de pupilles, de ce lent apprivoisement de parfums, de ce jeu d'approche et d'esquive. C'est elles qui, soudain, prennent, versent, tenaillent, pétrissent. Sous leur bâillonnement, une lionne se réveille. Dans ce combat de fauves, Flora sort ses griffes. Des deux, elle est la plus sauvage, la plus vorace, la plus bestiale. Elle fusionne, ébrèche la terre pour répandre le feu. Elle brûle des forêts d'attentes, offre sa passion aux vents qui l'attisent. Son plaisir monte dans les airs comme la flamme crachée d'un bateleur. C'est un bûcher de cent toises, un volcan qui rejaillit. Frappés par le même éclair, les deux amants retombent dans les bras l'un de l'autre dans un frémissement d'étincelles et de scintillements. Le vent du sud emporte leurs extases du côté de Saint-Omer. Le remords de Sylvain est du voyage.

— À quoi penses-tu ? demande Flora.

— J'ai une musique d'orgue qui me trotte dans la tête, répond Sylvain avec un sourire attristé.

Le sculpteur taille ses grisans dans l'étrave du galion. Ils sont déchaînés, se débattent dans la tempête.

— Sculpte-moi nue au milieu d'eux, exige Flora.

Le compagnon résiste. Il ne veut pas mélanger deux mondes, enlever à Mathilde son apanage.

— Tout le chantier verra que c'est toi, argumente-t-il auprès de la belle.

Au soir, la Sicilienne revient à son idée. Elle aime cette outrance. Elle y trouve prétexte pour arriver à d'autres fins.

— Regarde-moi bien, susurre-t-elle en se dénudant. Il faut que l'artiste apprenne son modèle.

Sylvain est entraîné dans ce vertige de chair et d'étreintes. Il se laisse immerger dans cette source chaude et bienfaisante. C'est un amour brut, violent, animal qui les traverse l'un comme l'autre, un amour qui ne se nourrit pas de paroles mais de secousses et de semence. Sans cesse, ils ont besoin de se prendre, de se combiner, comme les couleurs du peintre sur la palette, les métaux du fondeur dans le creuset. Ils s'abandonnent à leur instinct, s'accouplent plus qu'ils ne s'unissent. Ils superposent leurs dépits amoureux sous toutes les lunes, prenant les éléments à témoin de leur revanche. Une nuit, elle se donne dans la mer. Une autre fois, elle s'offre à lui en haut d'une falaise sous une pluie torrentielle, parmi les éclairs et l'orage.

La très pieuse Laetitia est épouvantée. L'attitude de sa maîtresse est suicidaire par rapport au chantier autant que coupable aux yeux de l'Église. Que ce soit sur terre ou dans le ciel, la femme de l'armateur court à sa perdition.

— Je tremble jour et nuit qu'on ne vous surprenne, confie-t-elle à la Sicilienne.

Flora ne veut rien entendre et la servante, sur le conseil de son fiancé, se tourne vers Sylvain.

— De grâce ! Insistez auprès de Madame pour qu'elle fasse remettre sa pinasse en état.

— Pourquoi ?

— Il faut quitter La Rochelle avant d'être chassé !

Pour alarmer le compagnon, Laetitia dresse le plus noir des tableaux de l'éviction qui se trame. D'après elle, tout le monde est au courant de la liaison de sa maîtresse, et Tarquin de Valcourt guette le moment propice pour destituer sa patronne et lui faire payer cher le parti qu'elle lui a refusé jadis.

— C'est de ma faute ! s'exclame l'artisan. Il vaut peut-être mieux que je m'en aille.

— Il est trop tard, clôt la servante. Le vin est tiré.

Décontenancé par cet entretien, Sylvain outre-passe la consigne et se rend chez la Sicilienne en plein jour. Il la trouve en discussion animée avec Aristide Granon, le premier lieutenant de l'armateur, et deux hommes qu'il n'a jamais vus. Toute de noir vêtue, Flora entraîne son visiteur à l'écart. Le compagnon croirait avoir affaire à quelqu'un d'autre tant la femme fait preuve de lucidité et de sang-froid.

— Je prends mes dispositions, dit-elle. Ne t'inquiète pas.

Et, comme si elle lisait dans son regard, elle ajoute :

— Ma pinasse est à quai dans le port de La Rochelle, prête à lever l'ancre. Installes-y Giaco-mino. Je t'aime !

Le râblé des Pouilles devient donc le gardien, sinon le capitaine, de ce navire à l'amarre. Profitant de cette montée en grade, il entreprend les pois-sonnières du port, pour autant que leurs hommes soient à la pêche. Une de ces sirènes tombe dans ses mailles. Elle le gratifiera d'une échappée mollas-sonne dans des draps empestant la caque et lui fera regretter la rose et ferme carnation de l'affriolante Muchette. Buvant à sa déconvenue dans un bar du port, l'Italien hâbleur évoque devant une petite garce, dont le galant travaille à la pointe de Correille, les amours tumultueuses de son maître avec Flora de Noirmont. Ébruité cette fois pour de bon, le secret n'a plus qu'à remonter jusqu'aux oreilles de Tarquin de Valcourt. Le scandale éclate aussitôt, obligeant la Sicilienne à engager les hostilités plus rapidement qu'elle ne l'escomptait. Laissant à Sylvain et à ses gens de confiance le soin d'embarquer ce qui lui appartient en propre, elle convoque dans sa maison les deux lieutenants de son mari, les chefs de chantier ainsi que des hommes de loi.

— Je ne vous ai pas conviés aujourd'hui pour justifier ma conduite et encore moins pour vous entretenir de mes états d'âme au bout des sept ans d'absence de mon mari. C'est à Dieu qu'il revient de me juger et à personne d'autre. Pour couper court aux critiques de certains, qui estiment que ma place n'est plus ici, je vous annonce publiquement que je quitte cette maison et que je confie à Aristide Granon la charge du chantier.

Un remous traverse l'assistance. Chacun choisit son camp. Valcourt devient blême. Il lance à la femme :

— Je ne vois pas pourquoi je me soumettrais à l'autorité d'une étrangère.

Le mot est lâché. La Sicilienne se cabre. La colère embrase son regard, creuse ses joues, torture son front. Ses poings se serrent dans les plis de sa robe.

— Vous apprendrez, monsieur de Valcourt, que ces dispositions sont celles d'Abel de Noirmont, dont je ne suis dans cette démarche que le porte-parole et non l'épouse.

L'homme reste cloué sur place. Il fulmine. Il aurait ses chiens qu'il les lâcherait sur la femme. Il repousse du revers de sa main gantée le parchemin que lui tend peureusement le tabellion.

— Soit! finit-il par dire en quittant le regard incandescent de Flora pour les yeux paisibles de Granon. Puisque telle est la volonté du disparu!

Claquant des doigts, il appelle à ses bottes ses fidèles et quitte le salon la mine sombre.

Quand Sylvain rejoint Flora, elle n'a plus rien d'une guerrière. Ses armes, ses cuirasses et ses boucliers ont disparu pour ne laisser sur le champ de bataille qu'un sanglot d'enfant égarée. Elle ne pleure ni sa dignité perdue, ni l'humiliation qu'elle a essuyée devant ses gens, elle pleure le gâchis de sa vie. Pour la première fois, elle quitte son enveloppe pour parler à cœur nu au sculpteur. Elle est autre, encore, dans sa fragilité hésitante, inexplorée. Elle marche à reculons sur les sentiers cailouteux de son adolescence et chaque pas lui entaille la chair: «Avance!» dit son père. «Tu verras mieux où tu poses les pieds.» Elle a quinze ans et un armateur de La Rochelle marchande ses yeux noirs et sa vénusté avec le clan Lorenzini. Il est ami de la famille et il se fait donner la jeune fille en mariage. Abel de Noirmont peut s'estimer heureux. Il est fortuné, réussit tout ce qu'il entreprend, obtient tout ce qu'il demande. Quand il approche sa noiraude, elle se montre rétive. L'homme supporte mal qu'on lui résiste. Il corrige l'ingrate et la force. Leur mariage sera pour lui son premier pari perdu et pour elle son dernier paradis perdu. Mauvais joueur, il pipe les dés de l'amour, compense avec des filles faciles la résistance de son épouse, tout en défendant une façade derrière laquelle les deux feux évitent de se fondre. Lui l'aime et ne l'obtient qu'en la violentant. Elle ne s'aime plus d'avoir été contrainte. Quand il décide de monter son expédition, tout entre eux est divergence : lui, converti à la Réforme par son frère, elle, plus attachée au pape que sa tiare et plus respectueuse des saints que leurs reliques. Flora verra partir un mari prématurément vieilli et malheureux. Elle regrettera des années cette stérilité de cœurs qui n'a pas permis à un enfant d'estomper leurs dissemblances.

Aujourd'hui, dans son abandon, elle devient belle de cet amour réprouvé qui lui fustige la conscience et dont elle n'arrive plus à se passer. « Je préfère l'enfer plutôt que de te perdre », lui dit-elle. Elle a besoin de lui, besoin qu'il l'aide à se décharger de tous ses interdits : leur péché, le sacrement bafoué, la peur du jugement, l'angoisse du retour de l'époux ou, pour son amant, de l'épouse, la crainte du rejet de sa famille pour trahison, la panique à l'idée d'attendre un enfant... Par ses caresses, le compagnon la sort quelques secondes du gouffre de ses peurs. Flora verse alors du côté des larmes.

La Rochelle, septembre 1574.
Cher Lionel,
Après avoir souhaité recevoir par ta plume des nouvelles de ma famille et de mes amis, j'en viens aujourd'hui à redouter que tu m'écrives ou, plutôt, que Mathilde me réclame à une heure où ma vie prend un nouveau cap. Ne crois pas que je renie Mathilde ! Elle m'a comblé d'un bonheur trop intense et m'interdit d'oublier que j'ai espéré franchir en sa compagnie les barrières du vent qui mène au

jardin des âmes. Mais voilà! Quand mes bombardes se
sont tues, c'est moi qui suis resté sans souffle, asphyxié par
mon cri, un instrument mort dans ma tête. J'ai pris le
large et quelqu'un m'attendait. Nous nous sommes décou-
vert le même désarroi, la même faille. Nous avons mêlé les
nœuds troubles de nos corps. Nous avons pleuré ensemble.
Il souffle sur notre passion des feux de forge. Mathilde ne
pourrait pas s'y reconnaître, elle qui ensemence le ciel de
vents de musique. Son chant me manque, gentil frère. Il
touchait des cimes que je n'atteins plus...

Sylvain cachette sa lettre et charge Giacomino de
trouver à La Rochelle un courrier qui prendrait dans
ses sacoches ce pli destiné au curé de Visentine. Que
son maître arrive à écrire des paroles avec de l'encre
et des signes émerveille cet être fruste et sensible, qui
a pour le compagnon une admiration sans bornes.
Faisant le tour des relais, le râblé s'offusque du prix
demandé pour acheminer ce petit bout de papier
jusqu'à son destinataire. Il crie au scandale et, en
valet économe, se met en chasse d'un voyageur en
partance vers l'Est qui, contre plus humble écot,
mènerait son message à bon port. Montant sur les
marchepieds des coches, interrogeant les aubergistes,
il cherche obstinément un émissaire.

— Demande à cet escogriffe, il arrive des Vosges,
lance une maritorne en désignant du menton un
échalas qui vérifie les sangles de son attelage.

L'homme est bilieux et montre peu d'empressement à se charger de la corvée. Il doit alors subir les
vocalises exaspérantes du petit étranger, qui s'accroche
à ses bottes comme un éperon.

— Qu'est-ce qui se passe, Joseph? fait une voix
féminine venant de l'intérieur du coche.

Giacomino saisit sa chance au bond et réitère sa demande auprès des deux jeunes dames qu'il découvre dans l'habitacle. L'une d'entre elles est ravissante et d'une blondeur à rendre jaloux les champs de blé.

— Donnez-moi votre pli. Je le remettrai à son destinataire, propose-t-elle.

Prenant le billet, elle le glisse dans son aumônière. Ses jolies mains tremblent. Dans un coin de ce coche délicieusement fréquenté, une paire de béquilles est la seule ombre au tableau.

Le râblé des Pouilles est aux anges. Il ne pouvait offrir plus belle compagnie au mot de son maître. De plus, l'économie qu'il lui a fait faire est substantielle et mérite d'être arrosée. Avisant une taverne du port, il se commande un pichet, se laisse tenter par un autre pour se consoler de la vacuité du premier et pleurer la liquéfaction de sa bourse. Il termine les libations aux heures creuses de la nuit, entreprend de regagner la pinasse pour y cuver son vin. La passerelle est mouvante. Même à quatre pattes, il n'atteindra pas le pont. S'agrippant au dernier brin de jugeote qui lui reste, le soiffard prend la route serpentine du chantier pour regagner sa cahute. Tout bringuebale dans la caboche de l'infernal petit personnage et le pieu sur lequel il soulage sa vessie parvient même à se soustraire à son jet.

— *Madonna!* J'ai des visions, bredouille-t-il pour lui-même. Je vois des formes qui se déplacent.

Giacomino se frotte les yeux avec ses poignets.

— *Mamma mia,* dites-moi que je rêve!

Se découpant sur la mer étale, des ombres halent une caravelle neuve hors du bief.

Sans trop savoir si le bruit de poulie mal lubrifiée qui lui sort de la gorge est bien sa voix, il s'époumone:

— Alerte ! Au voleur ! Au secours !

Le chantier se réveille en sursaut. De courts éclairs de pistolets et d'arquebuses déchirent l'opacité de la nuit. Les hommes sortent des cahutes avec des armes.

— Sus aux gueux ! hurle Tarquin de Valcourt en se jetant dans la mêlée avec ses chiens.

Un combat sanglant s'engage contre les intrus. Des détonations ponctuent des enchevêtrements d'acier et des cris. Se repliant dans leurs barques, les forbans lâchent leur proie et battent en retraite.

Parmi les blessés, on ramasse Aristide Granon. Frappé d'une balle dans le dos, il est amené dans la demeure de Flora de Noirmont dans un état critique. Rassemblant ses forces, il dit à la Sicilienne :

— N'attendez pas ma mort pour partir.

— Qui parle de mourir ? s'exclame-t-elle en lui serrant la main comme on ferme les paupières pour résister à la montée des larmes.

— Faites-moi ce dernier plaisir, Flora. Quittez cet endroit ! Tarquin de Valcourt est devenu fou.

La dame reste en prière un long moment puis donne ses ordres.

Misaël rassemble l'équipage. On charge les vivres sur la pinasse. On installe ce sac à vin de Giacomino parmi les tonneaux d'eau douce. Sylvain s'occupe des bagages et des chevaux...

— Faut que je tienne jusqu'au jour, murmure Aristide aux proches qui le veillent.

Un coche attend Laetitia et sa maîtresse à la porte du chantier.

Informé par un de ses sbires du départ de Flora de Noirmont, Tarquin de Valcourt, dont on soigne une blessure à la jambe, explose :

— Tout ce qui est ici m'appartient. Je veux qu'on me la ramène. Elle fait partie de mon lot.

Il est ivre de rage. Il ne laissera pas partir la Sicilienne sans la briser dans sa poigne de fer. Il hait cette femme qu'il n'a pas pu dominer. Dans sa folie, il jette un tabouret au visage du valet qui lui rapporte que Granon est toujours en vie.

— Achevez-le, ordonne-t-il.

Des regards s'interrogent.

— Nous ne sommes pas des criminels, dit une voix.

Tarquin de Valcourt tente de se lever puis retombe sur son siège.

— Le jour où je la retrouve, elle aura affaire à mes chiens.

À quelques pas de là, dans la maison de l'armateur, le mourant demande d'une voix sans timbre :

— Combien de temps jusqu'à l'aurore ?

— Moins d'une heure ! chuchote une servante.

— Nous tiendrons bien jusque-là !

La pinasse lève l'ancre quand le soleil émerge des terres. Lorsqu'elle arrive au large de la pointe de Correille, quelqu'un se tourne vers le moribond.

— Ils sont partis.

Le visage du vieux lieutenant se détend.

— À Dieu de les protéger maintenant !

Et il passe.

CHAPITRE XX

Tarquin de Valcourt aura doublement tort de se lancer avec ses hommes à la poursuite de cette pinasse rapide qui emporte la Sicilienne vers son pays. D'un côté, son galion reviendra bredouille de sa chasse et, de l'autre, les gueux qu'il avait repoussés quelques jours plus tôt profiteront de son absence pour revenir sur le chantier et s'emparer du trois-mâts qu'ils avaient dû abandonner. Ils ne s'enfuiront à bord du navire volé qu'après avoir lancé des torches parmi les cahutes, les tas de bois et les galéasses en construction.

— Qui a fait équiper la pinasse d'une voile à livarde et a imaginé de placer des dérives mobiles sur les flancs du voilier ? demande l'armateur à ses gens.

Personne ne prendra le risque de décupler la colère de Valcourt en accusant l'ingénieux Aristide Granon de cette estocade posthume. Dans sa tombe, le vieux contremaître peut se féliciter de ses améliorations.

Il est des voyages qui respirent l'éternité, des croisières de la vie qui ne laissent en surface que de l'écume blanche. Ainsi en sera-t-il de ce long

271

cabotage emmenant les amants vers le royaume de Sicile. Leur histoire devrait s'arrêter là, tant la passion qu'ils vivent est irréelle. L'un et l'autre savourent ce flottement. Le monde est suspendu sous leurs pieds et, quand ils quittent les bercements de la mer, c'est pour chalouper dans la grouillance des ports. Même la langue inconnue que parlent les gens est portée par la houle des gestes et des sourires. Elle est mélodieuse et invite à la légèreté. C'est dans cette ambiance que Sylvain retourne vers les vents qui enfantent la musique. Il rêve de fabriquer des orgues marines. Il les sort du flou en dessinant des plans. À chaque fois que la pinasse jette l'ancre, il part en chasse de matériaux : bois, métal, cuir, os, ivoire... Il commence une panoplie de notes qui, partant du sifflet de deux pouces, croîtront vers la tuyère de seize pieds. Il réinvente l'instrument qu'avait imaginé Absalon le luthier.

Pour traiter avec les marchands, Sylvain s'en remet au talent de Flora. Jouant de son charme, feignant l'indignation, faisant mine d'aller voir ailleurs, elle n'a pas sa pareille pour rabattre un prix. Le compagnon la laisse faire, même s'il se demande parfois si la pluie torrentielle d'arguments et de gesticulations qui accompagne chaque marchandage n'a pas quelque parenté avec ces coups de gourdin que les brigands assènent aux honnêtes gens pour les dévaliser.

— Tu lui as laissé un petit quelque chose ? demande-t-il, inquiet, lorsqu'un boutiquier affiche un dépit à fendre l'âme.

— Assez pour lui donner envie de récupérer chez quelqu'un d'autre ce qu'il a perdu avec moi, répond avec superbe la Sicilienne.

Flora a acquis de son passé et de ses luttes une

dureté d'inquisiteur et Sylvain n'a de cesse qu'elle ne s'assouplisse. Il la veut tendre pour l'enfant qu'elle attend, réconciliée avec elle-même, heureuse. Il aime qu'elle puise sa force dans la douceur du monde, qu'elle s'abandonne au soleil, qu'elle imprime ses empreintes torses dans le sable mouillé, qu'elle porte des fruits à ses lèvres ou brasse des bouquets. «Et moi, j'aime quand tu m'entraînes dans tes élans de proues, quand tu m'éloignes de la terre, quand tu me parcours à coups de rêches caresses comme un bois brut», pourrait dire Flora.

En novembre 1574, la pinasse est aux portes de la Méditerranée. Elle se faufile avec prudence dans le détroit de Gibraltar. Elle y croise des tartanes provençales, des galères turques, des galions sur pied de guerre. Elle est alerte, valeureuse sans être téméraire. Elle ne demande qu'à tracer son chemin de pinasse sans inquiéter ni les hommes ni les oiseaux. Elle effleure à peine les flots de son étrave, évite autant la haute mer que tout ce qui ressemble de près ou de loin à des vaisseaux pirates.

Malaga accueille les voyageurs en son port. Solidement amarré entre quais et môles, le bateau prend racine pour quelques mois dans ce refuge. La reconquête de La Goulette par les Maures est une des raisons qui amènent les amants à passer l'hiver à l'abri de cette tempête guerrière qui a décimé des dizaines de milliers de personnes trois mois plus tôt dans les environs de Tunis et qui s'éternise en représailles. Toujours la folie des hommes. Ici, la croix combat le croissant. L'autre raison qui pousse le couple à interrompre le voyage est la naissance attendue de l'enfant de Flora. Elle s'annonce une nuit de janvier. Grand branle-bas sur le pont de la pinasse! Laetitia court chercher la sage-femme tandis que Sylvain éponge le visage en sueur de la Sicilienne. Mélange d'eau et de sang, de souffrance et de larmes et, du côté de la vie, la venue au monde d'une petite fille : Clarance!

Avec l'arrivée de cet être démuni qui n'a même pas l'Église pour lui souhaiter la bienvenue sur terre, la jeune mère voit rejaillir ses incertitudes et ses craintes.

— Renvoie l'équipage! Nous restons ici, décrète-t-elle. Je ne suis pas assez forte pour repartir. Je ne me vois pas affronter mon père pour l'instant!

Se pliant à la requête de Flora, Sylvain paie ses marins et les fait embaucher sur un voilier normand qui ramène sur Rouen sa cargaison d'aluns. Il ne garde à ses côtés que Giacomino, Laetitia et Misaël.

— Combien de temps allons-nous lanterner dans cette ville? s'inquiète Misaël.

— Deux mois! Peut-être trois, évalue le compagnon.

— Ça nous donne le temps d'en fumer une, dit le contremaître en sortant sa pipe.

Et il ajoute :

— Et de nous marier!

La pinasse restera ancrée au port pendant trois ans, Flora reportant sans arrêt l'échéance de son retour en Sicile.

Port de multiples échanges et d'incessants trafics, Malaga n'a pas de peine à séduire Sylvain. Ses façades éclatantes sous le soleil, ses orangers, son marché aussi varié du côté des visages que des étals, sa foule de petits pêcheurs qui mettent le port en joie et sa ribambelle d'enfants rieurs innocentent cette ville des commerces souvent troubles qu'elle tolère.

Après avoir mal accepté les dérobades de sa belle Sicilienne, Sylvain finit par se féliciter de cette halte dans le voyage. Il profite de ce sursis pour suivre l'éveil de cette enfant qui ajoute sa gourmandise au monde. Clarance pose entre lui et Flora une fragilité de bourgeon à la merci d'un gel. Elle ressemble à Sylvain par le regard, les pommettes et le rire. Elle a son charme. Elle n'est pas sans rappeler au compagnon zéphyr, ce deuxième fils que lui avait donné Mathilde et qu'il a si peu regardé grandir tant, à l'époque, il se laissait accaparer par son travail. Il s'est longtemps reproché ce manquement. Aujourd'hui, il poursuit Clarance de sa tendresse. Il échafaude un monde à portée de l'enfant. Il insuffle douceur, gaieté et musique dans leur relation. Profitant de cette étape prolongée, il construit ses orgues marines en y incluant un positif indépendant qui n'a pas besoin de l'avancement du bateau pour fonctionner, mais bien de la vigueur musculaire de Giacomino pour actionner les soufflets. Il peut ainsi nourrir paternellement sa fille du petit-lait de ses chansons, ce dont elle se délecte.

— *Madonna,* vous allez la rendre sourde ! se lamente le petit homme quand il en a marre de pomper.

Les orgues marines dont Sylvain a affublé la pinasse sont une curiosité. Elles devront combiner la force du vent et celle de l'eau pour remplir d'air le réservoir de l'instrument. Le système imaginé par le compagnon est le suivant : deux roues à aubes fixées sur les flancs du navire mettent en branle les soufflets qui fournissent le vent des tuyères. Pour faire tourner ces roues, il faut, bien sûr, que le voilier soit poussé par une bonne brise.

— Tu vas transformer notre pinasse en limace!
maugrée Misaël.

Sylvain aspire à gagner le large pour juger de l'effi-
cacité de sa machinerie et faire sonner ses orgues en
pleine mer. Quelle serait sa déception si toute sa
panoplie de tuyères, ces mécaniques d'accouple-
ments de jeux, de démultiplication de registres s'avé-
raient muets. Il a mis le meilleur de lui-même dans
cet instrument, a travaillé chaque son en rapport
avec les couleurs : du pastel pour les flûtes, des tons
vifs pour les montres, des fauves pour le plein jeu, du
bleu outremer pour les bourdons, de l'or et du rouge
pour les bombardes. Il déploie les colorations du
vent. Il « mâte » sa pinasse d'une palette de mille tons.
Il harmonise nasard, quinte, tierce... à tire-larigot. Il
invite le bois, le cuir, le cuivre et l'étain à mêler leurs
tonalités à la fête. La pinasse gréée de ses multiples
mâtures de musique n'attend plus que Flora pour
prendre le large.

— Nous partirons cet hiver. Nous risquerons
moins de rencontrer des corsaires, décide Flora.

— Si le vent d'est nous tombe dessus, nous serons
envoyés par le fond! rétorque Misaël.

— Pas avec les dérives de Granon, objecte la
Sicilienne.

— Avec les orgues de Sylvain, c'est du tout cuit.

Confus d'avoir hypothéqué, par ses bricolages, la
bonne tenue de la pinasse, le compagnon s'aventure timidement dans cette conversation de spécia-
listes.

— Qui veux-tu qui s'intéresse à un voilier à
musique ? Il n'y a que du vent dans mes tuyaux, dit-
il à Flora.

— Il y a moi et la petite ! Qu'est-ce que tu en fais ?

— Je vous installe dans le réservoir. Il y a de la place pour vous deux et de l'air à revendre !

Elle rit.

Nantie d'un nouvel équipage, la pinasse lève l'ancre et quitte finalement Malaga en juillet 1577. À peine est-elle sortie du port que Sylvain étrenne l'instrument. Il l'essaie sous tous ses timbres, vérifie les accords, écoute ses harmonies, puis se met à jouer. C'est extraordinaire, ce son qui surnage, qui enjambe les vagues ! «Ah ! si seulement tu étais là, Mathilde ! Si tu prenais ma place à parcourir mes claviers de tes doigts agiles. Que ce serait beau ! Que ce serait grandiose ! Que ce serait exaltant ! Quel dommage qu'avec mes mains épaisses et pesantes comme des souches, je reste si piètre musicien. Douce Mathilde, pourquoi n'es-tu pas là ? Le ciel est à notre portée !»

Si Flora et la petite Clarance sont émerveillées par l'ampleur et la musicalité des orgues marines, Misaël maudit l'instrument qui mettrait, d'après lui, la pinasse et ses passagers en péril si une tempête venait à se lever. Le grain qu'il redoutait ne tarde pas à se manifester. Emporté vers la haute mer, le navire perd son cap. L'instrument est pris d'assaut par les vagues, les tuyères frappées par des lames comme digue. Au bout d'un mois de dérive, le bateau débraillé, vergues et tuyères en pantenne, aborde à Alger à la fin août 1577.

Comme tous les grands ports de Méditerranée, Alger est une fourmilière et il suffit de tourner la tête pour découvrir tout ce que le monde peut produire de bigarrures et de disparités. Ils sont turcs ou maures, honnêtes marchands ou forbans des mers, chrétiens captifs ou renégats nantis. Ils ont la peau claire ou le teint sombre, portent le fez ou le turban, se déplacent avec des fers aux pieds ou des bagues aux doigts. Surgissant au beau milieu de ce brassage anonyme de gens et de marchandises, l'arrivée à quai de l'extravagante pinasse passe totalement inaperçue... ou presque. Déambulant sur le môle en traînant ses chaînes, un prisonnier suit de son œil écarquillé les orgues hirsutes qui se déplacent sur l'eau.

— Je rêve ! marmonne-t-il en voyant passer l'instrument.

Ce soldat espagnol n'est pas pressé de regagner les thermes de la ville servant de cachot à des chrétiens qui, comme lui, attendent qu'une rançon soit versée à leur ravisseur pour pouvoir rentrer chez eux. S'asseyant sur un informe ballot de laine, il regarde indolemment le bâtiment qu'on amarre. Sur le pont, un homme joue avec une petite fille et rit. Que d'invites à l'évasion dans ce rire ! Que de libertés ! Quand apparaît, dans sa beauté fougueuse, la superbe passagère de la pinasse, le captif laisse éclater son émoi.

— En voilà un qui est né coiffé !

Le pauvre ne peut pas en dire autant. La guigne s'agrippe à sa destinée comme sangsue sur un dos fiévreux. Elle lui colle à la peau depuis la bataille de Lépante, où une maudite balle réduisit sa main gauche en bouillie. Charcuté par des bouchers plutôt que par des barbiers, son avant-bras est devenu un poids mort, aussi inutilisable que le membre amputé d'un manchot.

Ce jour-là, trouvant sans doute que le port grouillant de monde ne lui offre pas meilleure cible, une mouette rieuse balafre la figure du rêveur d'une fiente onctueuse.

— C'est bien ma veine, soupire ce maître en malchance, après avoir traité le volatile de tous les noms d'oiseaux.

Ça fait des lunes que son étoile l'a pris en grippe, au point qu'il se demande si elle n'est pas tout bonnement sortie du firmament. Déjà bien estropiée, sa bonne fortune l'a définitivement abandonné il y a deux ans quand, rentrant au pays après sept années de campagne contre les Ottomans, il fut capturé par les corsaires alors qu'il voguait paisiblement au large des Saintes-Maries-de-la-Mer. Il était à quelques heures de voile de chez lui. En le fouillant, les pirates découvrirent dans ses poches une lettre de recommandation de Don Juan d'Autriche, le demi-frère de Philippe II. Au lieu de le tirer d'affaire, ce mot du vice-roi de Sicile lui apporta une poisse sans nom. Donnant à penser que le prisonnier était nanti, il fut à l'origine d'une demande de rançon exorbitante. Pas de chance, les parents du valeureux combattant étaient fauchés comme blé. Ils n'auraient pas réuni la moitié de la somme en vendant tous leurs avoirs. Il ne restait donc plus au malheureux qu'à essayer par tous les moyens de se faire la belle. Hélas, là encore, le sort s'acharnait contre le captif, contrant systématiquement ses tentatives d'évasion en infiltrant chaque fois un traître parmi ses complices, pour le rattraper par la peau du cou dès qu'il réussissait à filer.

— Cette foutue guigne finira bien par me lâcher, rumine-t-il, après avoir essuyé un second assaut de la mouette.

Le prisonnier regarde la pinasse rehaussée de son

instrument avec un regret. Comme Jonas sauvé par la baleine, il se verrait bien quitter Alger, en musique, caché dans les énormes soufflets de ces orgues marines. Mais il a des scrupules à profiter de cette aubaine. Il orchestre en effet pour le moment sa prochaine escapade, avec pas moins de quatorze détenus, via un souterrain creusé à grand-peine dans le jardin du dey d'Alger, Hassan Pacha soi-même. Solidarité oblige : il ne va pas abandonner ses compagnons !

L'éblouissante jeune femme attend qu'un petit homme massif mette en place la passerelle pour lui permettre de descendre sur le quai. S'élançant vers elle dans un enchevêtrement de maillons, l'hidalgo présente sa main valide à la belle pour l'aider à franchir la dernière marche qui la ramène sur terre. Il reçoit un sourire en récompense de son empressement. Il emporte ce petit bonheur avec lui et en fait un sonnet.

Voilà notre homme amoureux ! Promenant son cœur en chamade dans les parages de la pinasse, il oublie, dans leur trou humide, ses quatorze complices affamés ainsi que son projet de fugue, pour suçoter rêveusement le bout d'une plume d'oie. Le suc qu'il en tire nourrit des rimes gourmandes et des images gloutonnes. Sa passion passe en revue, sous forme d'octosyllabes et d'alexandrins, la voix, le sourire, le profil, la toison, la cambrure, la démarche de la belle Sicilienne. Ses envolées lyriques rendraient jalouse la plus libérée de ses muses. En une semaine, l'Espagnol écrit, dans la frénésie, pas moins de sept poésies qu'il confie à la messagerie de Clarance. La petite remet à sa mère les derniers quatrains de ce prisonnier romanesque au moment où la pinasse reprend le large. La Sicilienne pique un léger fard en lisant les vers d'adieux enflammés et pathétiques du poète. Elle ne résiste cependant pas au plaisir de les déclamer à Sylvain.

— J'ai deux amoureux, lui dit-elle pour l'émoustiller. Le premier me taille des proues, le second me cisèle des rimes.

— Puis-je connaître le nom de mon rival ? lui demande le compagnon, un brin de sourire aux lèvres.

— Miguel de Cervantès, répond la taquine.

— Je tâcherai de m'en souvenir, dit l'élu en rattrapant sa belle d'un baiser.

La pinasse passe au large de Palerme. Elle profite d'un vent d'ouest pour atteindre d'une traite le chantier des Lorenzini, qui se trouve dans un renfoncement à quelques lieues de la métropole. Ce jour-là, les orgues marines se taisent. Flora rassemble son courage et se prépare à l'affrontement. Elle est gonflée par la randonnée. Elle s'est chargée dans la musique. Son amour pour Sylvain et sa tendresse débordante pour Clarance triompheront des réticences prévisibles de son clan. Combative, elle imposera sa loi et ses choix ! Orgueilleuse, elle partira sans se retourner si on la rejette.

La pinasse contourne l'angle rocheux qui cache le chantier naval. La vue d'une caravelle en rade arrache un cri à Flora. Toisant de son ancienneté les fringants brigantins qui sont au gréage, ce vaisseau aux flancs gangrenés de coquillages et d'algues vertes peut en dire long sur toutes les mers du globe. La voyant vaciller, Sylvain se précipite vers elle pour la soutenir et la ramène à l'intérieur du bateau.

— C'est le trois-mâts d'Abel, dit-elle dans une demi-conscience.

Le compagnon devient blême. Pas question de battre en retraite ! Des gens sortent de partout, des maisons, des cahutes, de coques en construction. Ils gagnent l'embarcadère de bois où cette pinasse irréelle va accoster. Certains reconnaissent le bâtiment qui emportait la toute jeune Sicilienne quinze ans auparavant. Prise de tremblements et de pleurs, Flora s'accroche à son amant.

— Il faut traverser la tempête, dit-il. Je t'aime !

Regagnée par un sursaut de courage, elle essuie ses larmes puis monte sur le pont en portant Clarance dans ses bras. Elle tient la petite fille devant elle comme un bouclier. Sylvain se place près d'elle, à la place protectrice.

S'aventurant sans hâte sur le promontoire, deux vieillards marchent à l'avant d'un sombre cortège. Le plus solide est Orlando Lorenzini, le patriarche. Une tête cuivrée, dégrossie dans la pierre sablonneuse d'Agrigente, des cheveux d'argent. Le second est creusé, malingre. Il a la démarche hésitante d'un homme malade. C'est Abel de Noirmont. La pinasse vient à peine de jeter l'ancre qu'une voix donne le ton :

— Va-t'en ! Tu n'as plus ta place ici !

L'invective vient du frère de Flora et a pour effet de sortir les griffes de la Sicilienne.

— Tu ne m'empêcheras pas de faire escale chez moi.

La barbe charbonneuse, une couronne de cheveux noirs noués derrière la tête, le fils Lorenzini se mesure du regard avec sa sœur. Ils sont de la même lave. Le patriarche n'intervient pas. Il n'a pas le cœur à rejeter à la mer cette enfant qui lui revient. S'il a des reproches à lui faire, n'a-t-elle pas de son côté des griefs contre lui ? Passant du visage fermé de Flora à celui de l'homme qui se tient derrière elle, il est impressionné par le sang-froid du personnage ou par sa douceur, il ne sait. Sylvain soulage sa compagne de son fardeau de petite fille pour la confier à Laetitia, dit quelques mots d'encouragement à son aimée, descend en souplesse de la pinasse puis s'aventure sans presse vers Abel de Noirmont. Humble artisan fautif de l'amour, il met genou en terre devant l'époux de Flora.

— Accordez-moi votre pardon, demande-t-il.

Il a en face de lui un homme fiévreux dont la lèvre tremble, un homme prématurément vieux qu'il reconnaît à peine. L'armateur de La Rochelle scrute de ses yeux rouges le repentant. Il a déjà eu affaire dans le passé à ce regard, à cette voix mais ne se rappelle plus ni où ni quand.

— Cette atteinte demande réparation, dit le mari offensé. L'un de nous doit mourir !

Orlando Lorenzini cache mal sa surprise. Noirmont n'a aucune chance de triompher de ce rival vigoureux, qui l'étendra au premier coup de pistolet. Flora s'avance sur le ponton pour rejoindre Sylvain. La terre tourne autour d'elle et elle a besoin de s'agripper à lui pour ne pas tomber. Abel de Noirmont reste sourd aux supplications de son épouse et repart en compagnie d'Orlando Lorenzini et de Matteo, son beau-frère, vers la demeure patriarcale.

Revenu à bord de la pinasse, le compagnon se montre étrangement calme par rapport à Flora, qui passe sans transition de l'angoisse à la belligérance.

— C'est moi qui t'ai voulu, dit-elle. C'est à moi de me battre.

Plus tard, quand retombe la colère, elle sanglote en disant :

— Je ne veux pas te perdre !

Sylvain ne fuit pas ce duel. Il s'y rend le cœur lourd, le visage si contracté qu'on pourrait croire qu'il a peur. Il a demandé à Giacomino et à Misaël d'être ses témoins. Le temps est beau. Il y a un temple en ruine tout près de l'endroit où il doit affronter Abel de Noirmont. Le père et le frère de Flora ont apporté les armes : trois pistolets pour chacun des duellistes. Ils sont posés sur deux tronçons de colonne situés à une dizaine de toises l'un de l'autre. Le vieux Lorenzini s'assied. De se trouver ainsi obligé d'assister à l'exécution de son ami lui scie les jambes. Que peut espérer ce malade tremblant de fièvre sinon la mort ? L'armateur paraît encore plus maigre dans sa chemise claire. Décoiffés par la tramontane, ses cheveux clairsemés laissent entrevoir le délabrement rosé de son crâne. Par contre, sa barbe, très serrée, est taillée en pointe et ses moustaches remontent avec autorité à chaque extrémité de ses lèvres. Avant de se prendre pour cible, les deux hommes se font un dernier salut.

— Monsieur, c'est aujourd'hui qu'on meurt, lance l'armateur de façon sibylline.

Le compagnon hésite un moment à faire resurgir le passé, rappeler le souvenir de Flavien de Noirmont, le frère, à qui il sauva la vie dans sa jeunesse. « Qu'est-ce que tu attends pour lui dire ! » semble lui murmurer la voix de Lionel. Derrière lui, tous les amours, tous les amis de sa vie insistent pour qu'il parle. Étrangement, il ne veut pas de cette échappatoire et, se pliant à la volonté de l'homme dont il a volé l'épouse, il gagne sa place. Abel de Noirmont saisit un pistolet et met son adversaire en joue. Le premier coup de feu retentit sur la falaise, égaillant quelques oiseaux. La balle passe si près de l'oreille du compagnon qu'il en a senti le souffle. Au tour de Sylvain de prendre son arme! C'est un bel objet, finement décoré, qui se loge dans sa main comme un bon outil. L'artisan vise l'homme maigre, puis, contre toute attente, lève le bras et tire vers le ciel. Giacomino et Misaël sont frappés de stupeur. Le râblé baragouine ses prières pendant que l'armateur tente une nouvelle fois sa chance. Gêné par un tremblement de plus en plus fort, Abel de Noirmont ajuste son tir avec difficulté. Le coup part trop bas et atteint la main gauche de l'artisan, lui sectionnant l'annulaire.

— Tue-le, crie malgré lui un des témoins du compagnon.

Serrant les mâchoires, Sylvain prend son rival dans sa mire. Son cœur bat à lui rompre la poitrine. Une fois encore il redresse son bras et décharge son arme en l'air. Les yeux fermés, il attend que l'armateur tire sa dernière balle. Il est en nage. Sa main saigne et commence à lui faire mal. Les protestations de ses deux complices perturbent sa prière. Le troisième coup part et Sylvain s'étonne d'être toujours en vie. Lorsqu'il sort du refuge de ses paupières, il voit Abel de Noirmont chanceler. Sans que personne ait pu l'en empêcher, l'armateur a retourné son pistolet contre son ventre. Oubliant sa douleur, son doigt perdu dans l'herbe, son sang qui s'échappe, le compagnon accourt auprès du mourant. Il le rattrape avant qu'il ne tombe. Il le tient debout tout contre lui. Il ne veut pas de cette mort. Ses témoins le déchargent de son macabre fardeau, lui garrottent la main avant de le ramener au chantier.

— Une si belle journée, déplore Sylvain, tandis qu'il voit au loin Clarance devancer Flora et courir à sa rencontre pour lui offrir la mer... dans un coquillage.

CHAPITRE XXI

Le courage de Sylvain a ému le patriarche et adouci les réticences de Matteo, le frère de Flora.

— Cet homme a du cran et de la grandeur d'âme, dit Orlando Lorenzini à Donna Marina, son épouse. Dans la mesure où notre fille en est éprise...

Il n'a pas le temps d'aller jusqu'au bout de sa pensée qu'il se fait traiter de mécréant.

— Comment osez-vous ! Flora est veuve ! Vous savez bien que, dans ma famille, personne ne s'est jamais remarié avant d'avoir porté le deuil pendant trois ans au moins.

— Ici, les circonstances sont particulières, tente le chef de tribu, en marchant sur des œufs. Ne pensez-vous pas qu'on pourrait reconsidérer le délai, quitte à bousculer un peu vos mânes ?

Donna Marina explose. Prenant sa maisonnée à témoin, elle pousse son mari dans ses derniers retranchements, lui rabat le caquet en le qualifiant de renégat et même de parjure.

— Que votre volonté soit faite, capitule le chef de la tribu en levant les yeux au ciel.

Voilà Flora contrainte de ressortir ses robes noires, de masquer son chagrin supposé sous une voilette, de jouer les inconsolables, tandis que de son côté Sylvain trépigne en attendant la permission de lui faire sa cour et de demander sa main dans le cadre étriqué des coutumes du pays.

— La serrure est fermée, plaisante Giacomino, qui trouve la farce désopilante.

Étroitement chaperonnée par les bigotes du clan Lorenzini, Flora n'est autorisée à quitter la demeure familiale que pour se rendre aux offices ou pour renouveler les fleurs sur la tombe de son défunt mari. La sulfureuse sicilienne se plie héroïquement à cette mascarade qui durera de longs mois. Reprenant leur histoire d'amour à la source, voilà les amants amenés à vivre d'interminables fiançailles, à rattraper cette étape éludée où l'on s'observe avec envie, où l'on s'approche sans oser s'atteindre, où l'on frémit d'un billet doux passé à la sauvette. Si le compagnon se plie à cette comédie destinée à le réintégrer avec Flora dans le giron de l'Église et à mettre Clarance sous le couvert du sacrement de mariage, il n'en reste pas moins mal à l'aise. Devant Dieu, il a toujours Mathilde pour épouse et il s'expose à un autre péché : celui de bigamie. Il appréhende ce moment où il trahira devant le prêtre l'engagement qu'il a pris à Saint-Omer, que Flora connaît et qu'elle fait mine d'ignorer. Du haut de ses trois ans, la petite fille transforme en jeu l'éloignement de ses parents. Elle devient l'intermédiaire de charme, la messagère d'amour. Elle fait la contrebande de la correspondance tendre que son père et sa mère s'échangent sans cesse. Elle est en mer avec lui, à terre avec elle. Elle est le sentier qui relie les deux mondes. Comme à La Rochelle, Sylvain ressort ses outils pour ornementer des bateaux. À ses temps perdus, il travaille à la remise en état de ses orgues. Assise devant la fenêtre, Flora le regarde. Elle a envoyé Clarance auprès de son père avec des oranges. Elle soupire. Orlando Lorenzini s'approche de sa fille.

— Tu l'aimes ! dit-il pudiquement.

La femme n'a pas besoin de lui répondre tant ses yeux parlent pour elle. La gamine entre dans la pièce. Elle a couru. Elle apporte à sa mère un billet de Sylvain, pose sa tête de côté sur les genoux de Flora et ne bouge plus tout le temps que dure la lecture :

Ma bien-aimée, je compte me rendre à Palerme pour y rencontrer l'apothicaire Amedeo da Gubbio, qui est expert dans la conservation des peaux. Comme tu le sais, les cuirs de mes orgues sont attaqués par l'eau de mer et l'air salin, et je cherche un moyen de les traiter. Je compte réparer bientôt l'instrument pour que Clarance puisse apprendre à en jouer. Je suis sûr que cette petite nous réserve des surprises. Pour ne pas me répéter, je te dirai une fois encore que tu me manques. J'ai demandé à notre jolie messagère de t'embrasser pour moi.

La pièce où se tient Flora est hantée par les trois doyennes du clan. Il y a Antonella et Franca, les sœurs du patriarche, et Marina, son épouse. Difficile d'être plus austère que ces trois grâces ancestrales qui rivalisent de bigoterie et utilisent autant d'eau bénite pour lubrifier des signes de croix que d'eau de pluie pour faire leurs ablutions.

Égayant de sa présence cette maison qui vit dans la mortification pour mériter une éternité de joie céleste et d'encanaillements posthumes, Clarance fait l'objet d'un culte parallèle. Les vieilles femmes l'adorent et se disputent ses faveurs. Charmante et charmeuse, riante et rieuse, la fillette est la note de gaieté dans la volière, le colibri au milieu des corneilles. Tour à tour câline, futée, audacieuse, elle a hérité du regard lumineux de son père, à qui elle ressemble beaucoup. D'une nature extraordinairement attentive, l'enfant surprend par l'intérêt constant qu'elle porte aux autres. Rien n'échappe à sa sagacité : une jambe qui traîne, un souci, un chagrin, il faut qu'elle s'en inquiète, qu'elle offre son réconfort de trois pommes à celui qui est affecté. Choyée par son grand-père, elle mène l'armateur en bateau, le tire par la main pour qu'il la prenne avec elle quand il visite le chantier, lui pose ses embarrassantes questions.

— Pourquoi maman est punie ?

Ou encore :

— Pourquoi tout le monde veut qu'elle soit triste ?

Mon aimée, je reviens de Palerme, où j'ai rencontré l'apothicaire Amedeo da Gubbio. J'ai été très impressionné par ma visite. J'ignorais qu'il embaumait des morts. Curieuse pratique de conserver les corps une fois l'âme envolée ! Il m'a donné très gentiment les renseignements que je cherchais et m'a remis un onguent pour régénérer les cuirs des boursettes de mes orgues marines. Quand il a su que j'étais sculpteur, il m'a demandé de restaurer avec lui le visage d'un gentilhomme qui a reçu dans la tête une décharge de mousquet. Il faut retailler dans de l'ivoire les parties manquantes de son crâne. Je suis mal pris pour lui refuser ce service. Pardonne-moi de t'importuner avec cette histoire macabre : comme si ton deuil ne suffisait pas. J'ai le temps long sans toi. Je t'aime.

En sympathie avec son maître, Giacomino commence lui aussi à se morfondre. Moins réservé que Sylvain, il assaille son monde du crincrin de ses jérémiades et de ses larmoiements.

— *Mamma mia!* invoque-t-il à longueur de journée en battant sa coulpe de son bras courtaud.

Après dix années d'ensevelissement, le spectre de la femme du petit homme ressort inexplicablement du placard de sa mémoire et il demande finalement à son maître la permission de rentrer chez lui.

— Fais comme bon te semble. Je ne te retiens pas, dit le compagnon pour le mettre à l'aise.

Le râblé des Pouilles lui baisote les mains de reconnaissance et lui rappelle qu'il lui doit la vie, qu'il a une dette éternelle vis-à-vis de lui, que sa place reste à ses côtés et qu'il essaiera de revenir. Puis, vidant le fond de son sac, voilà qu'il débagoule contre les femmes du chantier, ces bigotes qui repoussent ses avances. Il retourne chez la mamma qui, sainte et nitouche de surcroît, a surmonté cette double tare en lui donnant six filles, bonnes garces, voire ribaudes, mais qui l'aiment. Toutes les femmes sont des chancres, à l'exception de sa progéniture, de sa femme et... de Clarance, et puisque le beau sexe joue les fins becs en boudant ses charmes, il s'en remet céans au cannibalisme de son épouse. Ouf!

Muselé par ces arguments imparables, Sylvain sort son vin pour arroser le départ, fait ses adieux à son fidèle compagnon et le laisse regagner ses Pouilles.

Ma toute belle, j'ai porté notre petite Clarance sur mes épaules à travers les chemins côtiers. Nous avons vu des ruines, des chèvres sauvages, un aigle majestueux. Il ne manquait que toi pour que mon bonheur soit comblé.

Clarance est délicieuse. Elle a un rire de grelot que je fais sonner tant que je peux en lui racontant des histoires drôles. Je l'ai chargée de te glisser à l'oreille ce que tu sais et que je n'écrirai pas aujourd'hui au bas de mon billet...

Le deuil de Flora pèse comme une grand-messe. Du côté de la Sicilienne, les soupirs succèdent aux soupirs et les trois grâces resserrent leur vigilance pour éviter que l'impétueuse amante ne complote en douce une petite entorse à son veuvage et n'ulcère la mémoire encore vivace du défunt. Sylvain, quant à lui, sculpte des proues de plus en plus galbées, s'approprie des naïades dénudées à la barbe des dieux marins. Il travaille aussi à la sauvegarde de ses orgues, aidé par Amedeo, avec qui il s'est lié d'amitié. Bien qu'appartenant à des mondes différents, les deux hommes se découvrent un vaste terrain d'entente. Ils ont une même approche de l'existence, la même curiosité des choses, la même bonté.

— Ce ne sont pas les morts qui m'intéressent mais les vivants qui souffrent d'un départ, dit l'apothicaire.

On croirait entendre Sylvain !

Dégarni du bas des pommettes jusqu'à l'occipital, l'apothicaire a rassemblé sous le menton ce que d'aucuns portent sur leur chef. Sa barbe longue et roussâtre fait ressortir son teint rose. Ses yeux sont bienveillants. Il a des mains potelées et une monacale bedondaine. Rien de morbide n'émane de cet homme et son atelier est un endroit où l'on travaille dans la bonne humeur, un sanctuaire du bel ouvrage. Cherchant la clarté dans ce champ trouble où Mathilde et Flora partagent sa tendresse, Sylvain se confie à cet artisan particulier, qui tempère par ses onguents et ses parfums l'œuvre destructrice de la mort.

— Fais comme moi ! Laisse les hommes avec leurs préceptes et suis les élans de ton cœur, dit l'embaumeur au compagnon. Tu seras plus près de la Vérité.

Le soir de Noël 1579, le vieux Lorenzini aborde Sylvain après l'office. Il est d'humeur enjouée.

— Le deuil de Flora sera levé le jour de Pâques ! Si cela n'avait tenu qu'à moi, j'aurais mis fin à ce rituel inutile depuis longtemps. Que voulez-vous ! On n'est pas toujours maître chez soi et Marina a ses principes. Quant à mes sœurs, elles se sont mis en tête d'interroger l'épiscopat de Palerme pour s'assurer que rien ne s'oppose à votre mariage. Elles sont incorrigibles ! Vous seriez cardinal qu'elles vous inspecteraient la tonsure ! ajoute-t-il en riant. À propos, Sylvain, je suppose que vous êtes toujours disposé à épouser ma fille ?

— Pour autant qu'elle veuille encore de moi ! dit-il avec un sourire à moitié rassuré.

— Et comment si elle veut de vous ! Elle trépigne d'impatience et passe ses journées à vous épier. Par contre...

— ...

— ... elle n'aime pas votre commerce avec l'apothicaire. Est-il vrai qu'Amedeo da Gubbio vous emploie pour l'embaumement des morts ?

— Parfois ! Je l'assiste à l'occasion, quand il est débordé. Pour moi, ce travail n'est pas éloigné de ce que je fais au chantier. Je l'aide à refaçonner des visages, les rajeunir, leur redonner vie...

Sylvain cache mal son embarras. Depuis peu, l'embaumeur l'a ouvert à ses secrets et il est arrivé plus d'une fois au compagnon de s'occuper seul d'une momification.

Ma Flora, Clarance est arrivée en larmes près de moi. Elle m'a dit que tu t'es mise dans une colère terrible contre une de tes tantes et que ton père a dû te gifler pour te calmer. De quoi s'agit-il? Pourquoi cet éclat subit alors que nous sommes si près de la fin de l'hiver et de nos retrouvailles? Je t'en supplie, n'endommage pas cette attente d'autres tempêtes. Il ne faut pas que tout ce temps passé à nous épier l'un l'autre avec tendresse perde de sa force. C'est une grande chose que cette traversée amoureuse que nous avons faite à quelques centaines de toises l'un de l'autre. Je t'aime.

L'hiver s'est blanchi de pétales d'amandiers. Encore un peu de temps et les orangers en fleur enneigeront le printemps. Clarance fait la navette entre son père et sa mère, tramant le tissage de leur réunion prochaine. La petite messagère d'amour a cinq ans et elle commence à lire. Un dimanche, la fillette quitte la maison avec un billet doux écrit par Flora pour Sylvain, qui travaille avec Amedeo sur ses orgues. Elle n'est pas pressée, s'installe entre deux coques en carène dans un endroit où elle n'est pas trop visible, déplie le papier et entreprend d'en déchiffrer le contenu. Syllabe après syllabe, des mots prennent corps dans la bouche de l'enfant ravie. C'est joli ce qu'écrivent les gens qui s'aiment. Ça donne envie de rire, d'être heureux avec eux. Voilà l'apothicaire qui repart pour Palerme. L'enfant attend qu'il s'éloigne pour reprendre son étude. Elle ânonne, répète ce texte tendre qu'elle lira à son père. Il y a des mots difficiles qui lui font froncer les sourcils et qui ont besoin de petits coups de tête pour se mettre en place. Clarance redit le texte à haute voix. Il n'y a personne autour d'elle, juste un grand oiseau qui décrit des cercles dans le ciel et qui s'immobilise au-dessus de sa tête blonde. Il fait soleil et les lettres sont d'un beau noir sur le papier clair. Soudain, la petite voit passer une ombre sur son billet, relève la tête. Un aigle royal fond sur elle comme pierre, ses serres larges se plantent dans sa tête, ses griffes s'enfoncent dans ses orbites, un cri atroce de l'oiseau se mêle à celui de l'enfant, qui monte dans les airs. De son banc, Orlando Lorenzini a vu piquer le rapace sur la gamine et, vociférant à son tour, claudique vers le lieu du drame en brandissant sa canne. Sylvain a entendu les cris, jette ses outils, saute de la pinasse et court de toute la force de ses jambes au secours de sa fillette.

— CLARANCE! hurle-t-il.

L'enfant est trop lourde pour l'oiseau. Le rapace la soulève de deux toises, la ramène au sol, reprend son envol, monte à peine plus haut, redescend et doit lâcher prise quand le compagnon arrive sur lui. Abandonnant sa proie, l'aigle remonte ensuite vers les cimes, les serres ensanglantées. Dans les mains de Sylvain, le visage de Clarance n'est plus qu'une masse rouge.

— Qu'on rattrape Amedeo sur la route, supplie le père, qui emporte dans ses bras vers la maison une petite boule agitée de souffrance et de pleurs.

Flora vacille. La tête brimbalante, elle ne peut croire à ce cauchemar. C'est impossible! Le ciel ne peut tolérer cela. Somnambule, elle se laisse emmener à l'écart par des ombres noires avant de basculer dans son chagrin.

Échappée des griffes de l'oiseau, la gamine est maintenue sur la table par plusieurs mains. Sylvain tamponne la tache de sang avec les chiffons humides qu'on lui donne. Il éponge les blessures en espérant un miracle. Il découvre d'irréparables entailles dans les yeux de Clarance. Derrière le flou de ses larmes, ce n'est pas avec ses doigts tremblants que le compagnon pourrait enfiler une aiguille. Il est désemparé devant ce visage détruit qui grimace sous lui et sanglote.

— Papa, je vois tout noir !

Amedeo arrive à pied d'œuvre.

— Nous allons faire un pansement et l'amener à Palerme ! dit-il en aparté à Sylvain.

— À l'atelier ? s'inquiète le compagnon avec un serrement de cœur.

— Oui ! À l'atelier ! On ne peut pas faire ce travail d'orfèvre sans de bons outils et sans mes drogues.

L'artisan acquiesce d'un court signe de la tête. La proposition provoque une réaction de méfiance de la part des Lorenzini. Les deux hommes tiennent bon. Une demi-heure plus tard, Amedeo et Sylvain montent dans un coche avec Clarance et partent pour Palerme.

C'est dans un environnement de macchabées que les deux hommes s'appliquent à la restauration du visage de la petite fille. Endormie par un breuvage à base d'opium, elle offre ses plaies à son père pour qu'il les recouse de ses doigts d'artiste. Vingt années d'habileté et de rigueur se penchent sur l'enfant dans cette opération d'horloger. Quand la nuit tombe, ce sont les paupières de Clarance que suture l'artisan. Dehors, une brise se lève. Une fois sa besogne accomplie, Sylvain grimpe dans le coche avec la petite aveugle dans les bras. Amedeo reste à Palerme. Dans l'obscurité de l'habitacle, le compagnon est gagné par les larmes. À hauteur du chantier, le geignement de la fillette se mêle à la rumeur étouffée des orgues marines assaillies par le vent. Sylvain entre dans la maison des Lorenzini et monte Clarance dans son lit. Autour d'elle, les vieilles et le patriarche. Assise près du compagnon, Flora! Sa robe est déchirée, ses cheveux défaits. Cette nuit-là, elle se blottit contre son homme et attend l'aurore dans ses bras en pleurant ce deuil nouveau qui s'est enraciné à vie du côté des yeux morts de leur enfant.

Après n'avoir donné ni pris aucune nouvelle de son frère pendant sept ans, Sylvain s'épanche dans une longue lettre.

... Mes grandes joies tout comme mes grands chagrins me ramènent toujours à toi, Lionel, parce que tu as quelque chose du Bon Dieu dans ta façon de surplomber le monde. Du haut de tes sept pieds, tu me suis du regard, comme ces phares dont l'œil passe au-dessus des vagues...

... J'ai du mal à revenir en dextre pour l'instant, à basculer de la cécité vers la lumière. Oh! Si je pouvais donner mes yeux à Clarance pour qu'elle sorte de sa nuit...

... Existe-t-il un rire de source qui soit épargné dans son cheminement et arrive clair et sonore à l'autre bout de la rivière? Dis-moi que ce Chant-là existe! Dis-le-moi, grand frère, ou alors... ne me dis rien et laisse-moi avec cet espoir fou...

Le voyageur qui se présente à la cure de Visentine avec le courrier de Sylvain ne sait rien de la provenance de ce mot qui s'est perdu plus d'une année sur les routes.

— Je l'ai reçu d'un pèlerin qui le tenait d'un autre pèlerin qui était à Rome en même temps qu'un évêque qui revenait d'un voyage où il avait rencontré un capucin qui se l'est fait remettre en main propre par votre homme.

— En main propre ? dit Lionel en tirant à lui un pli crasseux, chiffonné, que la pluie, la boue, la sueur et d'innommables macules alimentaires ont rendu presque illisible.

Après avoir donné le pot et la pièce à son visiteur, l'abbé Vernay s'en débarrasse pour décrypter le mot de son frère. Il n'en extraira que quelques passages qu'il recopiera de son écriture minuscule et appliquée dans son carnet. Il prolonge la lettre par ses réflexions.

Je ne sais où tu te trouves, petit frère, sans quoi je te ferais suivre un courrier émouvant que Mathilde m'a envoyé de Saint-Omer où elle réside dans ta petite maison de la rue des Clouteries. Elle y parle bien sûr de ses enfants, Brieuc ton aîné, qui suit ses classes au collège Saint-Bertin, Colombe, la fillette qu'elle a eue de Cosme et qui est la coqueluche des Armentières. Elle m'écrit que tes tuyères géantes sont toujours dressées sur leur paroi de pierre près de Monthermé. Les moniales de Notre-Dame-aux-Remparts racontent qu'elles ont repris vie à plusieurs reprises, notamment le 30 mai 1574, quand Charles IX, le roi de la grande boucherie, est parti pour l'enfer dans un linceul de sang. Elle me remercie pour un envoi d'argent que je lui ai fait. Je veille en effet, comme tu me l'as demandé, à ce qu'elle ne manque de rien. Je m'étonne que tu n'aies pas parlé de Mathilde dans ta lettre. Il en va autrement pour elle... Si tu savais, Sylvain ! Si seulement tu avais su !

La plume à l'embout noirci reste suspendue et le regard du géant se perd dans le coin le plus sombre de la nuit. Appelés à affronter sans ciller les forces obscures qui défigurent le monde, les yeux de Lionel sont devenus terribles et redoutés. De Bussang à Remiremont, les gens ont peur de cet homme qui, d'un regard, vous traverse jusqu'à l'âme. Retranché dans sa solitude comme un bourreau à l'écart des villes, l'exorciste s'est banni. Dompteur des vents souterrains qui ravagent les êtres, il incarne la force, lui qui ne sait plus qui tient le fouet, lui, le surhomme qui s'échappe de sa cure pour hurler sa détresse à la lune comme un loup esseulé. Il n'en peut plus de passer des semaines sans l'aumône d'un mot amical, sans autre compagnie que ses carnets, son encrier, sa plume, sa voix rude qui se relit :

— ... Si tu savais, Sylvain ! Si seulement tu avais su !

Au même moment, en Sicile, les mains de Clarance parcourent le ventre rond de Flora. La petite aveugle mord avec la même gourmandise que jadis dans cette seconde vie qui lui est donnée. Elle est restée cette enfant enjouée et attentive, extraordinairement attentive. Elle sent la présence de ce nouvel être qui vibre sous la peau du tambour.

— C'est un garçon ! dit-elle à sa mère.

— Comment peux-tu le savoir ?

La gamine s'illumine d'un sourire et lui répond :

— Toi, tu ne le vois pas, mais moi, je le vois !

Clarance vient souvent se blottir, de nuit, entre Sylvain et Flora, toucher l'un de sa main, l'autre de son pied. Elle reste la passerelle entre les rives. Le temps estompe ses blessures, et si elle était encore perdue et pitoyable le jour des noces de ses parents, si elle n'a rien pu saisir des couleurs de cette fête merveilleuse qui était aussi la sienne, elle s'est bien rattrapée par la suite. Fraîche et enjouée, elle n'a rien enterré sous ses paupières closes, ne s'est départie ni de ses rires ni de son charme. Son visage s'est régénéré, touchant et paisible. C'est à peine si quelques marques subsistent de son accident.

Sylvain a restauré ses orgues marines et a mis le cœur de l'instrument à l'abri des intempéries pour que Clarance puisse y jouer même par mauvais temps. L'enfant se cherche en effet du côté de ce clavier qui l'ouvre sur une première palette de tons. Comme Brieuc dix années plus tôt, la fillette colore le ciel de ses notes, harmonise un chant, glisse ses doigts d'enfant dans les mélodies de son père. Il y a passation, adoubement, revanche du toucher et de l'ouïe sur le voir. La musique devient une trouée dans la nuit de l'aveugle, avec ses notes claires, ses camaïeux, ses accords et ses dégradés. Elle y trouve son espace. Avec l'apprentissage de l'orgue se réveille une voix. Clarance chante admirablement. Elle a un timbre rare, un filet vocal parfaitement limpide, un nuancier vertigineux. Les vents de l'instrument se brident. Devant ce prodige, ils ne sont plus que de patauds faussaires. Face à ce chant d'enfant sensible et vibrant, ils deviennent un peuple au service de sa reine. Retour en dextre : l'épreuve est nourricière. L'entourage de la fillette s'émerveille de la manière dont Clarance surmonte son infortune.

— Je vois tout ce que vous ne voyez pas, s'obstine-t-elle à dire.

Adulée autant par le clan que par les enfants du chantier, elle donne davantage que ce qu'elle pourrait recevoir. Elle est du même bois précieux que Sylvain, ce bois dont on fait les grands mâts ou les proues, les flûtes ou les appeaux. Elle ensemence les vents de ses rêves éparpillés de notes. Elle y mêle les grelots de son rire.

Flora l'incandescente s'affranchit de ses chaînes familiales et savoure avec Sylvain le bonheur retrouvé d'une existence sans selle ni harnais. Elle s'est fait bâtir maison en retrait du chantier, en front de mer pour voir les tempêtes. Isolée dans son écrin de roches herborées, entre les ruines du vieux temple et une anse de sable fin, elle peut contenter ses instincts de sirène. Sylvain est redevenu charpentier, le temps de mettre le bâtiment sous toiture. Il rêve d'y adjoindre une voûte en carène pour de nouvelles orgues qu'il alimenterait en air par une engrenure de moulin à vent. La demeure qu'il construit est spacieuse. Elle parie sur la vie, se veut terre fertile à l'enfantement. Le ventre de Flora est fécond et son corps ne redoute pas d'autres grossesses. La femme aime cette mouvance intérieure qui prélude à la vie.

Le nouvel enfant est sur le point de naître. Les contractions commencent un dimanche. Les femmes du domaine sont au chevet de Flora Parmi elles, l'accoucheuse, une solide matrone, aimable comme l'envers d'une pelle mais experte de mille naissances. Jugeant sa présence inutile dans cet essaim bourdonnant de femmes, Sylvain part avec Clarance en promenade sur la plage. Tout les incite à l'insouciance, la paresse de la houle, le vent somnolent et tiède, la timide caresse du soleil. L'enfant aveugle marche pieds nus, se laisse surprendre par le chatouillement des vagues taquines et se dérobe en riant. C'est un de ses jeux favoris. En fin d'après-midi, père et fille reviennent main dans la main de leur balade quand apparaissent à Sylvain sur les hauteurs environnantes de funestes formes noires. D'inquiétantes vieilles femmes s'avancent avec, à leur tête, la sage-femme ensanglantée jusqu'aux coudes.

— Flora ? interroge Sylvain du bout des lèvres.

Un geste d'impuissance pour lui répondre.

— Et l'enfant ?

Même mine désolée.

Et le compagnon passe son chemin tandis que Clarance lui demande :

— Tu parles tout seul ?

Un peu plus tard, la petite s'inquiète :

— Papa, tu pleures !

CHAPITRE XXII

La place vide laissée par Flora, ce creux déserté dans le lit, les robes décharnées, la caresse évanouie conduisent Sylvain et Clarance à refermer leur peine sur un clavier d'orgue. Père et fille jouent sans cesse sur l'instrument, pourchassent inlassablement d'un chant l'âme envolée, traquent l'absence par des effilochures de notes et des lambeaux de vents. Ils sont naufragés d'un même amour, partagent le plus retenu des chagrins, s'épaulent l'un l'autre dans cette traversée d'aveugles. Sylvain a ressorti les poèmes que le bagnard amoureux avait écrits pour Flora. Il les a mis en musique. Les mots du poète subliment l'absence.

Un jour qui n'offre pas un filet de brise pour faire avancer les heures, le compagnon prend conscience que ce n'est pas dans ce chantier qu'il surmontera l'étouffement de son deuil. Il veut partir avec Clarance, arracher l'enfant à ce clan de vieilles femmes superstitieuses qui, d'après Misaël, ne sont pas loin de rendre l'étranger responsable du malheur qui frappe leur maison. Orlando Lorenzini est seul contre toutes à lui garder sa confiance. Toutefois, quand Sylvain lui parle de quitter la Sicile, il ne le retient pas.

— Je te donne la pinasse de Flora et je veux que tu aies de quoi regagner ton pays.

Quand le compagnon parle d'emmener Clarance avec lui, il répond sèchement.

— Elle fait partie du clan ! Elle restera ici.

— Elle est mon sang, riposte Sylvain. Je la prends avec moi !

— Que feras-tu d'une aveugle sur les routes ?

Le compagnon élude la question. À quoi cela servirait-il de révéler ce qu'il complote avec sa fille ? Le vieil homme le traiterait de fou. Sylvain compte emmener l'enfant à la découverte du monde, il veut mettre ses talents et ses sens au service de l'aveugle pour qu'elle puisse engranger des images, des espaces, de la couleur. Il peut y parvenir. Ne sortent-ils pas l'un et l'autre du même creuset ? Ils sont faits de la même pureté, appelés par la même démesure, pétris dans la même joie de vivre avec, pour Clarance, l'exaltation de Flora en plus. Ils sont frère et sœur dans la musique, roi et reine dans l'empire des vents.

Sortant de chez l'armateur, Sylvain suce le bout de son index. Une brise fraîche vient du large, de derrière la mer bleue. Elle était quelques jours plus tôt à Visentine.

Le compagnon remet la pinasse en état. Il est aidé de Misaël et de quatre ouvriers du chantier. Il faut vérifier les gréements avant de s'aventurer en mer. L'artisan profite des dernières journées qui précèdent son départ pour réintégrer les petites orgues dans les grandes, réviser l'ensemble, mieux arrimer les tuyères, oindre les soufflets et le réservoir à air. Alors qu'il embarque les vivres et l'eau potable, il reconnaît, venant du chantier, la voix chantonnante autant que plaintive de Giacomino. Le râblé des Pouilles lui revient. Il n'a pas fallu deux ans pour qu'il se fasse rembarrer par ses filles et reconduire par son épouse à la porte de sa demeure à coups de bassinoire sur le crâne. Il maudit sa demi-douzaine de pisseuses et critique la *mamma* en disant qu'elle est à l'amour ce qu'une bouche édentée est au sourire. Quand il a suffisamment arquebusé de ses propos les femmes de sa tribu, il en vient à demander des nouvelles de ses chéries, Clarance et Flora. Misaël le tire par la manche. Quelques mots à l'oreille, et le petit homme barbote dans une flaque de larmes. Dans les jours qui suivent son retour, la seule vue de son maître ou de la fillette remet en branle la roue à augets de son chagrin : un immense chagrin à la dimension de son cœur.

La pinasse de Sylvain est prête à appareiller à la fin de l'été 1582. Elle a ses marins que Giacomino a débauchés à Palerme. Seul frein au départ du compagnon : le refus catégorique des Lorenzini de confier l'enfant aux soins de son père. Rien n'ébranle cette décision, ni les supplications de la fillette, ni les offensives de l'artisan. Clarance est l'otage des trois grâces du chantier. C'est à peine si elle est autorisée à voir son père dans la période qui précède l'embarquement. Il y a de la méfiance dans l'air et Matteo, le frère de Flora, est aux aguets.

— Tu ne partiras pas sans moi ? s'inquiète la gamine auprès de Sylvain.

— Je te le promets !

Pourtant, un beau jour, le signal est donné et, les adieux faits, le bateau lève l'ancre, emportant le compagnon et ses gens vers l'Italie. Abandonnée à son sort, l'aveugle est inconsolable. Elle cherche à tromper la vigilance du clan, tente à maintes reprises de s'enfuir de la maison.

Amedeo passe au chantier la semaine qui suit le départ de la pinasse.

— Si vous changez d'avis, dit-il à Orlando Lorenzini, je sais où joindre Sylvain.

Le vieil homme est miné! Il a le cœur brisé par le désarroi de la fillette.

— Revoyons-nous dans quelques jours, suggère-t-il.

À l'insu des siens, le patriarche profite d'une promenade sur la grève avec Clarance pour retrouver l'apothicaire et lui remettre l'enfant.

— Partez avant que je me ravise! émet le chef de clan après avoir étreint une dernière fois sa petite fille.

Sa voix trahit son émotion.

Amedeo ne se fait pas prier et part avec Clarance au trot de sa mule.

Une fois au large, la pinasse a viré de bord et est repartie vers l'ouest pour jeter l'ancre à Mondello. L'apothicaire regarde le ciel. Le temps se gâte. Les fugitifs traversent Palerme sous la pluie. Quand ils rejoignent le port, une tempête se prépare.

— Il fallait passer par là, s'excuse Sylvain en étreignant sa fillette toute frémissante de chagrin. Je ne serais jamais parti sans toi!

— Je veux qu'on s'en aille tout de suite!

— Ne crains rien! Nous ne leur laisserons pas le temps de changer d'avis.

S'approchant du compagnon, Misaël lui demande inquiet:

— Tu as l'intention d'appareiller maintenant?

— Tu as une autre solution?

Pour réponse, l'ancien contremaître ordonne à ses hommes de larguer les amarres. Sur le quai, Amedeo da Gubbio se signe avant de rentrer sur Palerme. Le jour est mal choisi et il en appelle à la clémence divine autant qu'à Neptune et à Éole pour veiller sur ses amis. Quand le voilier contourne le cap Gallo, le vent attend les navigateurs pour les emporter en haute mer au gré de sa fantaisie. La tempête s'amuse de la pinasse comme l'ébriété se joue de l'ivrogne. Elle n'abandonne la partie qu'au bout de sept jours. Perdu en pleine mer, étourdi de sa dérive, le bateau tente de regagner la côte la plus proche qui, de l'avis des marins, se situe quelque part au sud. Après deux semaines de pérégrinations, la vigie aperçoit un massif rocheux à l'horizon.

— Où sommes-nous? demande Sylvain.

— Personne n'en sait rien, dit Misaël. Il faut accoster.

La pinasse se rapproche de ce qui semble être une île. Elle débouche sur un port naturel, où mouille une flotte disparate de trafiquants et de corsaires. Après hésitation, l'équipage jette craintivement l'ancre dans ce repaire de forbans. Difficile de passer inaperçu quand on sillonne la Méditerranée avec des orgues marines à son bord.

— À qui appartient cette curiosité? lance un des badauds à Giacomino, qui est le premier à mettre pied à terre.

— À Sylvain Chantournelle.

— Tu as bien dit Chantournelle? fait une trogne surprise.

— *Il signor* Chantournelle! Il n'est pas seulement mon maître, il est aussi maître charpentier, maître tailleur de proues, maître constructeur d'orgues et maître de musique, envoie-t-il à la cantonade en terminant sa tirade par une révérence.

Des rires accueillent son numéro et le petit homme en profite pour demander où il peut boire le meilleur vin de l'île. Il s'y précipite comme s'il cherchait un coin pour soulager sa vessie.

— Il ne lui viendrait pas à l'idée de demander où nous sommes ! s'exclame Misaël en se rendant sur le quai de son pas tranquille et la pipe au bec.

Sylvain ne tarde pas à le rejoindre. Il franchit l'échelle de coupée avec Clarance dans ses bras.

— J'ai mon renseignement, dit le contremaître. Nous sommes sur l'île de Pantelleria, entre Tunis et la Sicile. Vaut mieux ne pas moisir ici. Je serais partisan de lever l'ancre demain aux petites heures.

Le lendemain à l'aube le compagnon part à la recherche de Giacomino, qui n'a plus donné signe de vie depuis son débarquement.

— Il a trouvé mon vin aigre et m'a traité d'empoisonneur, s'indigne un premier tavernier en tamponnant d'un chiffon humide un œil violacé.

— Je l'ai envoyé tartir. Il a déchiré la cotte d'une de mes servantes, grommelle un autre.

— Il cuve dans ma courette. Je vous le rendrai quand j'aurai touché mon pécule, bougonne un troisième.

Sylvain compte les pièces, pousse un soupir et remorque le pochard jusqu'à la pinasse. En bas de la passerelle, deux hommes attendent son retour en compagnie de Misaël.

— Notre commandant voudrait que vous lui fassiez l'amitié d'une visite, dit le plus vieux d'entre eux avec le plus pur accent français.

— Puis-je savoir de qui il s'agit? demande l'artisan avec méfiance.

— De votre frère !

Sylvain sent une main glacée lui parcourir l'échine. Il revient d'un seul coup vingt ans en arrière, le jour où il était libéré des galères avec Flavien de Noirmont. «À présent, nous sommes quittes!» avait dit Ambroise, alors marchand de bétail humain pour le compte des Génois...

— Qu'est-ce que nous attendons? fait-il à ses émissaires, alors que c'est lui qui hésite à leur emboîter le pas.

Il part à la suite des deux hommes. Il embarque avec eux dans une chaloupe. Pour la faire avancer, douze rameurs frappent l'eau au rythme de leur souffle. Douze visages porteurs comme lui d'une histoire. Il y en a des vieux, des moins vieux, des jeunes, des clairs, des foncés, des barbus, des glabres. Que pensent-ils de son frère? Est-il aimé, redouté, haï? Le galion d'Ambroise est ancré dans une crique avoisinante. Il est somptueux! Beaucoup de dorures, de motifs sculptés, de rambardes en bois tourné. Il est équipé de canons sur toutes ses faces. Sylvain gravit l'échelle de corde du magnifique vaisseau. Derrière cette coque qu'il escalade, il devine, à quelques pas de lui, ces fonds de cale obscurs où s'entassent, dans la puanteur et les déjections, un ramassis de prisonniers misérables. C'est comme s'il entendait les bruits de chaînes mêlés aux plaintes, aux invectives, aux cris. Il lui vient des haut-le-cœur rien qu'à se souvenir de cette période de sa vie. Pourtant, quand il aperçoit Ambroise sur le pont, avec ses hautes bottes, ses épaules larges, sa taille droite, quand il voit ce beau visage de marin buriné de soleil, de sel et d'aventure, le cheveu blanchi comme aile de mouette, il est fasciné. Il faudrait peu de chose pour qu'il se jette dans les bras de son frère, lui confie ses peines d'homme, recueille les siennes. Mais il y a toujours entre son aîné et lui la distance des yeux, cette luisance d'acier qui vous menace comme un poignard. Sylvain évite de s'empaler dans ce regard quand ils se font l'accolade. Ambroise est d'humeur enjouée. Il commande, il dispose de ses gens, il rit. Ces retrouvailles l'amusent. Il amène son hôte dans son palais, la dunette arrière de son galion où il trône en prince. La pièce est lambrissée et peinte avec un goût exquis. Meubles dorés à la feuille, sculptures bariolées côtoient de belles cartes du globe. Tout est raffinement dans cet endroit, tout est opulence. Par terre, des tapis d'Orient, des coussins. Tamisant la lumière, de petits vitraux frappés d'écussons rouge et or s'inscrivent dans les fenêtres.

— Que fais-tu en pleine mer avec des orgues d'église?

— De la musique! répond sobrement Sylvain.

Ambroise se tape sur les cuisses de plaisir. Cette rencontre incongrue avec son cadet le déride. Son hilarité serait presque communicative s'il n'y avait à quelques toises sous ses pieds sa cargaison enchaînée d'esclaves.

— Et pour qui joues-tu de la musique? Les sirènes?

— Pour enrichir le vent et apaiser les tempêtes.

Le trafiquant n'en peut plus. Il pleure de rire. Ses côtes lui font mal. Le compagnon pouffe à son tour.

— Et ça sert à quoi d'enrichir le vent? dit son aîné.

— Et ça sert à quoi d'alourdir sa bourse ? dit son cadet.

Ambroise trouve la réplique moins drôle. Il agite une sonnette et trois servantes timorées débouchent dans la pièce. Elles sont jeunes, choisies sans doute parmi les plus belles de la fournée. Elles sont foncées. Il en est même une noire. Le marchand les rudoie, les traite comme des chiennes. En disposant la table, l'une des esclaves brise un verre. Il s'en faut d'un rien qu'elle ne soit frappée. Dans cet environnement d'yeux apeurés, l'aventurier brise l'écorce de son existence. Il a envie de parler, de se raconter, de rappeler des souvenirs. Le vin aidant, il devient nostalgique, évoque le grand-père avec ses appeaux, Simon avec les grisans, les arbres qui tombent dans un majestueux froissement de branches. Il aimait ce temps où il était forestier en haute Moselle. Peut-être serait-il encore sagard s'il n'y avait eu cette cassure.

— Ne me juge pas ! dit-il à Sylvain. On est à la merci de si peu de chose, un geste malheureux, un coup de colère...

Le compagnon sait de quoi parle son frère et se garderait bien de lui faire la leçon. L'aîné des Chantournelle s'attendrit.

— Quand je te regarde, je retrouve notre mère !

Et il rappelle :

— Elle est morte à ta naissance !

Une des grandes différences entre les deux hommes réside là. Sylvain aura toujours été orphelin de cette présence maternelle.

— Oui, ma vie a effacé la sienne.

— Parle-moi d'elle, demande le compagnon.

Derrière les mots d'Ambroise, Sylvain cherche une

image. Ce n'est pas facile ! Aucun portrait de cette femme, aucun croquis n'est arrivé jusqu'à lui. Seulement une boucle de cheveux et de vagues détails recueillis de la bouche de l'un ou de l'autre. Avec ce peu, il reconstruit un visage, invente une expression, un sourire. Elle est douce. Elle est la Madone que recherche dans le bois ou la pierre un sculpteur amoureux. Sylvain observe Ambroise. Derrière le regard de métal froid se cache un de ces abîmes dont on ne peut pas revenir, une inacceptable blessure qui se soigne par d'inadmissibles violences.

— Je devine ce que tu penses de moi ! explose soudain le trafiquant. Je ne veux pas de tes blâmes ni de tes critiques. J'ai fait mes choix et c'est bien comme cela. J'ai pris ce qui restait. C'est tout !

Un peu plus tard, il laisse affleurer un autre visage.

— Tu ne me demandes pas si je suis malheureux, dit-il.

Les trois servantes passent et repassent dans un froissement de soie. Elles ont dressé la table et servent les deux frères. Elles sont jeunes et ne doivent ce régime de faveur qu'à leur beauté. Ambroise sent l'intérêt que porte Sylvain à une de ses acquisitions qui présente cette rareté d'être noire et d'avoir les yeux bleus.

— Ça t'intrigue, dirait-on !

La sagacité du marchand refait surface. Rien n'échappe à son attention. Le voilà qui se lève, happe sa captive, qu'il se met à détailler comme un maquignon. Serrant les joues de l'esclave dans l'étau de ses doigts, il bonimente :

— Quinze, seize ans ! Vois comme ses dents sont blanches et bien rangées.

Il empoigne ensuite sa chevelure.

— C'est du beau crin, bien fourni. Viens sentir. Ce n'est pas souvent que j'en ai du pareil...

— Arrête, Ambroise ! Laisse-la tranquille !

Mais l'homme continue :

— Elle vaut son pesant d'or, cette gamine ! Oh ! ne viens pas imaginer qu'on abuse de pareils joyaux ! On les bichonne ! Nous ne sommes pas des monstres mais d'honnêtes transporteurs. Le premier de mes hommes qui déprécie ma cargaison, il passe par-dessus bord !

— Laisse-la, Ambroise ! Tu vois bien qu'elle pleure !

Le trafiquant est ivre.

— Mais je ne lui ai rien fait à cette petite chose.

D'un geste brusque, il la dénude.

— Regarde ça ! Comme elle est luisante, en bonne santé ! Superbe ce corps ! Non ? J'en toucherai une fortune à Constantinople, d'autant qu'elle est vierge. Ça se paie cher les vierges dans ce coin-là !

— Ambroise ! Pour l'amour de Dieu, arrête ! dit Sylvain avec autorité.

Il veut que cesse ce ballet d'humiliations, que son frère se taise. Il a honte d'être témoin de ce cérémonial d'avilissement, souffre pour cette créature dénudée devant lui qui sera bientôt mise aux enchères sur l'étal du vice.

Ambroise daigne enfin se rasseoir, tandis que la captive ramasse son vêtement pour cacher son intimité outragée. Il vide son verre d'un trait.

— Je te dégoûte ! lance-t-il à son cadet en se resservant. Tu dois me détester !

— Je n'ai jamais détesté personne.

En disant cela, le compagnon songe à Cosme, à l'aigle refermant ses serres sur les yeux de Clarance, aux orgues sans colère. S'il a eu des éclats, il a toujours été terre impropre à l'enracinement de la haine.

— À chacun son alchimie! sourit le compagnon.

— Tu as bien un sentiment à mon égard?

— Oui! Tu me fais pitié!

Le trafiquant casse cette sortie par un rire. Il est saoul.

— Tu me plais, Sylvain! Ça fait du bien d'avoir un peu de franchise en face de soi. Ça me change de tous ces chiens qui me lèchent les bottes.

Au moment où ils se séparent, Ambroise s'exclame:

— Je te donne un cadeau! Demande-moi ce qui te ferait plaisir.

— Je n'ai envie de rien.

— Les yeux bleus! lui murmure le trafiquant en le prenant par le bras. J'ai vu tout à l'heure comment tu les contemplais. Emporte-les! Ils sont à toi. Tu en feras ce que tu voudras.

Devant l'indignation de son cadet, le frère de Sylvain redevient glacial.

— Tant pis pour toi! C'est une faveur que je te faisais et... une chance que je lui donnais.

Sylvain pèse le poids de son refus. Que valent ses principes face à la liberté, voire la vie de cette jeune fille? Au moment de redescendre dans la chaloupe, il se tourne vers Ambroise.

— Je prends tes yeux bleus! Ils éclaireront les pas d'une aveugle.

La pinasse lève l'ancre le lendemain à la première heure. Au clavier des orgues marines, Clarance force la bienveillance du vent. Ce sont les yeux bleus de

Djimma qui ont veillé à ce qu'elle ne trébuche pas dans les cordages. La jeune Africaine n'est pas encore rassurée sur son sort. Elle ne sait trop comment prendre cette liberté d'aller et venir qui lui est rendue. Elle n'a pas percé ce lien qui rattache son sauveur à l'être violent qui la tenait sous sa domination. Elle demeure cette gazelle effarouchée que Sylvain aborde sans brusquerie ni arrière-pensée et que Clarence apprivoise de sa fraîcheur enfantine et de son merveilleux talent de musicienne. Djimma voudrait passer l'obstacle de la langue pour saisir ce qu'on essaie de lui dire, pour exprimer ses peurs et peut-être aussi ses attentes. Au premier port où le bateau fait escale, elle craint que Sylvain ne cherche pour elle un moyen de rentrer dans son pays et bat les quais avec Laetitia et Clarence en quête de quelqu'un qui puisse lui servir d'interprète auprès du compagnon.

— Elle supplie vous de la garder à son bord, traduit un grand nègre qui roule des yeux langoureux et rit de bonheur d'être le porte-parole d'une aussi délicieuse créature.

Sylvain obtient quelques éclaircissements sur le pays d'origine de la jeune fille, la façon éhontée dont elle a été vendue par son père à des marchands d'esclaves.

— Si toi pas vouloir elle..., tente le nègre.

L'âme charitable sera quelque peu rabrouée et repartira la queue basse vers son brigantin.

Cabotant vers l'est puis vers le nord, la pinasse jette l'ancre à Syracuse. Djimma accompagne Sylvain et Clarence parmi les ruines d'un vieux théâtre taillé dans la roche et explore avec eux des parois de pierre criblées de cavités. La résonance de certains endroits est étonnante. Père et fille traquent un écho. Difficile pour la jeune Noire de comprendre ce qui se passe. De retour au bateau elle est mobilisée avec l'équipage pour acheminer le cœur de l'instrument jusqu'à une immense grotte qui se resserre dans sa partie haute, comme un conduit d'oreille. Affublée d'une tuyère puis plus tard de quelques notes, elle fait plusieurs fois le trajet du port jusqu'à cette fantomatique paroi de pierre percée d'alvéoles. Le chemin est balisé de blocs équarris ou de vestiges anciens. Djimma ne se lasse pas d'observer Sylvain et Clarance. Que de tendresse et de complicité entre eux. Quel enthousiasme les anime! Elle voudrait être de leurs secrets tant ils sont porteurs de gaieté. Que peuvent-ils bien se dire pour exulter de la sorte?

Dans cette faille de pierre où se remonte l'instrument, le son fait d'étonnantes cabrioles. Quand les soufflets sont à pied d'œuvre et que le dispositif d'alimentation en air est mis en place, les flûtes, les montres et les bourdons cherchent leurs marques, bredouillent quelques alliances de tons. Actionnant avec les marins les poumons des orgues, Djimma offre son souffle au dieu Musique. Intrigués, les enfants, puis à leur suite une foule de curieux, montent du port pour voir ce qui se passe dans la ville morte. Les esprits musicaux sont à l'œuvre. Ils promènent des notes dans tous les recoins de la colline. Ils ont des yeux, des oreilles et des mains pour caresser chaque vestige, chaque caillou, chaque brin d'herbe.

Au soir, des centaines de lumignons éclairent la grotte. Les orgues se retiennent pour laisser de l'espace à la voix de Clarance. Son chant escalade ce sanctuaire rocheux. Il effleure les parois, doucit les arêtes, avance en aveugle entre les pierres. Il titille les ancêtres qui s'éternisent dans leur nécropole toute proche, prend appui sur deux mille ans d'enracinement d'hommes et de femmes pour s'élever jusqu'au ciel. Ce n'est ni la tramontane, ni la montagnère, ni la largade, ni encore quelque autre vent puissant capable de déchirer les voiles des navires, mais un filet d'air de rien du tout qu'épaule une armée de tuyères recueillies. Il est porté par la voix de l'aveugle, coloré par son regard enfoui, qui harmonise en bleus, en rouges, en verts, en jaunes, en mauves, en bruns et en ors ce que les musiciens écrivent en noires et en blanches sur leurs portées.

CHAPITRE XXIII

Drôle de croisière que celle d'un homme qui ne songe qu'à laisser des panaches de musique derrière lui, qui fait croire à une aveugle qu'elle a le pouvoir de colorier les vents et d'apaiser des tempêtes.

— Certains de tes marins te prennent pour un fou, lui dit Misaël.

— Et toi? demande Sylvain.

— Si c'est folie de voir plus haut que les mâts et plus loin que l'horizon, ils n'ont pas tort.

Le compagnon sourit de cette prudence. Quelque part aussi, il sent l'inquiétude qui s'installe parmi ses fidèles. Un jour prochain, il n'aura plus les moyens d'explorer les côtes à la recherche de résonances. Comme toujours, il repousse obstinément ses limites. Offrir le plus longtemps possible à Clarance des encaissements rocheux qui répercutent l'écho, des grottes creusées par la mer, qui sonnent comme des cathédrales, tel reste son désir insensé.

— Comment pourrait-elle régner sur le vent si elle n'a pas une idée de l'immensité de son royaume, dit-il à l'ancien contremaître.

Sylvain veille à ce que Clarance grandisse dans sa cécité sans perdre la dimension du monde. Il lui donne des espaces vierges à envahir de musique. Il compte des victoires à chaque endroit conquis par ses orgues marines. Avec ses outils, a-t-il jamais entrepris autre chose que le siège du ciel? Artisan de l'errance et de l'éphémère, il poursuit une impalpable quête et quand on lui envoie: «Ta vie n'aura été que du vent!», il répond en demandant: «Un chant d'amour est-il autre chose que du vent?»

Lorsque le compagnon est aux prises avec ses doutes, quand ses pensées basculent du côté de ses souvenirs, de ses absentes, de l'avenir incertain de son enfant, Clarance devient fragile à ses côtés et le harponne de ses questions.

— Tu resteras toujours avec moi? s'inquiète-t-elle.

Ou encore:

— Tu sais où tu m'emmènes?

Sylvain apaise l'enfant comme on verse de l'eau sur une brûlure. Il n'a pas d'autre baume. De ses hésitations n'affleure qu'une certitude: il remonte irrésistiblement vers le nord.

La pinasse arrive à Ostie au début de l'automne 1583, après une année de cabotage musical. Période de grâce pour le compagnon et sa fille: un inoubliable moment de mutuelle attention et de bonheurs préservés. À bord du bateau, on couche les hautes tuyères pour l'hiver. À l'aide de toiles cirées, l'artisan protège la mécanique exposée des grandes orgues. Il ne garde opérantes que les petites pour que Clarance puisse jouer à satiété. Mues par le faible courant du Tibre, les roues à aubes apportent l'air nécessaire pour ventiler le petit positif. Il ronronne dans le ventre de la pinasse. Quand il fait beau et que l'on ouvre les écoutilles, les quais environnants s'égaient de musique.

Comme à Malaga, Sylvain donne congé à ses marins qui regagnent Palerme sur un autre bâtiment. Restent avec lui et sa fillette, l'indécollable Giacomino, le débonnaire Misaël, Laetitia et Djimma. Djimma, qui à Naples aurait pu profiter d'une expédition de jésuites en partance pour le haut Nil pour rentrer chez elle, a préféré rester auprès de Clarance et de sa nouvelle famille. Quant à Laetitia, elle demeure au service de son ancienne maîtresse, Flora de Noirmont, via son enfant, et à la dévotion de Misaël.

Rome est toute proche. L'aveugle découvre la ville éternelle aux côtés de son père. Sylvain pousse les portes de lieux de culte en quête de quelque instrument qui accepterait de confier ses claviers aux envolées musicales d'une petite fille. Il n'essuie que des refus. Pour amuser l'enfant, il raconte l'histoire de cette organiste qui se travestissait pour approcher les grandes orgues de Saint-Omer. Il croyait rire de l'anecdote et il s'en trouve ému. Mathilde n'a jamais déserté son cœur et lui revient par vagues dans ses moments de solitude.

— Tu resteras toujours avec moi? s'inquiète l'aveugle.

Ce jour-là, le maître de musique de Saint-Pierre, Giovanni Pierluigi da Palestrina, se rend à Ostie avec son ami Annibale Zoilo pour y accueillir une demi-douzaine de séminaristes qui arrivent des Flandres. Ces jeunes gens ont été formés par les jésuites et sont d'excellents musiciens. Ils viennent à Rome pour parfaire leur art. La première rencontre de ces prodiges avec l'austère compositeur est peu expansive. Intimidés par l'importance du personnage, gênés par l'écueil de la langue et, surtout, fatigués par leur traversée, ils suivent comme un troupeau de mules les deux sommités. En longeant les quais, Palestrina se fige et, d'un geste, invite sa suite à en faire autant. Le distrait de la bande s'écrase le mufle contre le dos de celui qui le précède.

— D'où vient cette voix ? demande le maître à Annibale.

Des oreilles se dressent. Porté par des flûtes d'orgues, un chant d'enfant perce la rumeur du port. Avisant le Tibre, les musiciens ont vite fait de découvrir la pinasse. Montés à bord, ils trouvent Clarance au clavier de l'instrument. Palestrina est sous le charme.

— Cette voix est exceptionnelle, je la prends dans ma chorale.

— Mais c'est une fille, objecte Zoilo.

— C'est encore une enfant. Mettez-lui une aube et je défie le plus suspicieux des nonces apostoliques de lui donner un genre.

Étonné de découvrir un groupe de gens sur le pont de son bateau, Sylvain va au-devant de ses visiteurs et approche le plus âgé d'entre eux.

— Je suis maître de chœur, lui chuchote Palestrina, je voudrais faire chanter cette petite.

— Elle ne peut suivre une partition, lui souffle le père à voix basse pour ne pas briser la féerie du moment.

— Je peux y remédier !

L'occasion est trop belle. Sylvain risque la mise.

— Même si ma fille est aveugle ?

Palestrina sursaute. Le regard dont il couvre ensuite son interlocuteur est désolé. Sur son col blanc et raide, sa tête paraît détachée de son corps. Passé sa surprise, il sourit dans sa barbe grise.

— Belle raison pour en faire une soliste, n'est-ce pas ?

Pour faire répéter Clarance, Palestrina lui envoie comme professeur particulier une de ses jeunes recrues.

— Je viens de Saint-Omer et je m'appelle Jehan Titelouze, dit le séminariste à Sylvain.

L'artisan tressaille. Titelouze. Ce genre de nom qu'on n'oublie pas. Il semble loin et proche à la fois. Il appartient à sa jeunesse. Derrière lui se pressent toute une foule d'autres noms : Gaucher et Miette Mabillon, les Armentières, les Courtebourne... et, inoubliable entre mille, Mathilde, bien sûr.

— Je vais chercher Clarance ! dit le compagnon pour fuir les présentations.

Son cœur cogne dans sa poitrine. Il est bien. Il est mal. Il voudrait questionner ce clerc qui ressemble à s'y méprendre au ménétrier Benoît Titelouze, l'ami du truculent Gaucher. Et si ce garçon était son fils ?

— Clarance, ton répétiteur est là !

La petite fille apparaît au côté de Djimma. Elle est heureuse. Elle tend les bras vers son père pour l'embrasser.

Le musicien a une vingtaine d'années, peut-être un peu plus. Sylvain compte. Le temps a passé tellement vite. Il a épousé Mathilde en 1562. Il recompte pour prendre conscience que Brieuc, son fils, est devenu un homme.

Les petites orgues jouent dans les hautes notes la

partition que doit chanter l'aveugle. D'où il se trouve, le compagnon croit entendre le nymphaïon. Et si l'organiste avait appris la musique sur l'instrument qu'il avait fabriqué pour le comte d'Armentières, le père de Mathilde ? C'était son premier ouvrage de lutherie.

À la fin de la répétition, Sylvain revoit Jehan Titelouze.

— Je reviendrai demain ! dit le jeune homme.

Au tour de l'artisan d'être dévisagé par le musicien. Un regard qui ne trompe pas. Peut-être ses traits accusent-ils quelque similitude avec ceux de son fils ? Et si les deux garçons se connaissaient, s'ils étaient amis ?

Le séminariste repart par les quais. Avec sa courte cape sur les épaules et ses jambes grêles, il a quelque chose d'un hanneton. Sylvain reste songeur.

— Papa ! Tu es là ? s'inquiète l'aveugle.

Jehan Titelouze revient le lendemain et les jours qui suivent. Il a du plaisir à faire travailler Clarance et s'attarde volontiers dans la pinasse une fois la répétition terminée. À la demande de la fillette, il se met au clavier et peut jouer des heures sans s'arrêter. L'étendue de son répertoire est impressionnante. D'un madrigal, il glisse vers un motet ou vers une cantilène, imperceptiblement. C'est un virtuose. Un soir, il part dans ses improvisations, évolue d'une musique à l'autre, mélange les genres puis glisse insidieusement dans sa dérive un air qu'avait jadis composé Sylvain pour Mathilde. Le passé et le présent se chevauchent avec leurs vents d'est, leurs vents d'ouest. Les orgues font un tourbillon dans la tête du compagnon. Mathilde apparaît et disparaît à tous les âges de leur histoire, surgit et s'estompe dans un jeu affolant de loupes et de miroirs. D'où vient que ce clerc joue cette composition? Par quel miracle fait-elle partie de son bagage? Sous les doigts allègres de l'organiste, c'est une éternité d'amour que raconte ce chant. «Mathilde m'aimerait-elle encore?» se demande-t-il en lui-même. «Aurait-elle gardé à l'honneur cette composition tendre, si je ne comptais plus pour elle?» Le souffle ténu des petites orgues offre à Sylvain des prémices de retrouvailles, une mélodie de rien du tout qui revient du pays des brumes et fait écho à la plainte gigantesque que ce planteur de flûtes géantes égosillait sous tous les cieux pour rappeler la femme perdue.

— Joue, Jehan Titelouze, ne t'arrête pas!

La voix du compagnon n'a plus de timbre. Une force le secoue, l'agite de saccades. Cela ressemble à un vertige ou... à un rire. L'artisan tremble sur son fil.

— Joue! Je veux que tu joues!

Il est au bord de la falaise. Il va tomber...

Il tombe côté larmes quand les mains de l'aveugle, cherchant à tâtons le corps puis le visage paternel, arrivent à ses yeux.

Clarance chante en la chapelle Giulia de Saint-Pierre, à Saint-Jean-de-Latran, à Sainte-Marie-Majeure. Elle sera entendue par le pape Grégoire XIII dans plusieurs messes de Palestrina. Elle vit des heures intenses, d'inoubliables moments musicaux. Par la chorale, elle approche d'autres enfants mais sans être véritablement admise à partager leurs jeux. Les rencontres donnent lieu à des connivences fugaces et des amitiés fragiles. Elles posent à la petite aveugle le douloureux problème des limites où la contraint son infirmité.

Au retour du printemps, Jehan Titelouze vient faire ses adieux à Clarance et son père ainsi qu'aux familiers de la pinasse. Il retourne dans ses Flandres.

— Pas de message pour Saint-Omer ? demande-t-il très subtilement au charpentier.

Sylvain prend le jeune organiste à l'écart et remonte avec lui les bords du Tibre.

— Comment as-tu deviné qui j'étais ? interroge le compagnon.

— Dès que j'ai posé les mains sur vos orgues, j'ai compris.

Il ajoute :

— Je n'ai pas de mérite. J'ai travaillé des années sur votre nymphaïon.

— Avec le comte d'Armentières ?

— ... avec sa fille aussi !

Sylvain se tait. Des hommes sur le quai chargent une caraque. Il y en a un qui porte un pilon.

— Comment était Mathilde ? ose-t-il soudain.

— ... Je ne vous suis pas ! s'excuse le jeune homme.

— Était-elle douce, sévère... heureuse ?

— Heureuse, certainement pas. En tout cas, pas d'après Brieuc !

Jehan Titelouze s'échappe du côté de Brieuc. C'est lui, l'ami de toujours, le vrai, le confident. Ce n'est pas étonnant ! Tout réunit les deux jeunes hommes ! Ils sont nés le même jour, ont eu les mêmes professeurs dans le même collège, partagent une même vocation religieuse et une même passion pour la musique...

— Il vous en veut beaucoup d'être parti !

Après une hésitation, il ajoute :

— Il vous déteste !

Une nef catalane descend le fleuve. Elle est suivie sur la rive par des gens qui saluent son départ. Des deux côtés, des mains s'agitent. Sylvain est bousculé.

— Et Mathilde ?

— Elle dit que ce n'est pas de votre faute.

Le compagnon doit s'asseoir. Il avise une borne de pierre étranglée par une amarre de la grosseur d'un poignet. Happant les mains fines de Jehan Titelouze, il les attire vers lui.

— J'ai besoin de comprendre, insiste-t-il.

Prisonnier de la poigne de l'artisan, le jeune homme lui parle d'un rendez-vous manqué quelque part sur la Meuse et d'orgues collées contre une paroi de pierre à vingt toises de hauteur, qui grondaient sous la neige. Mathilde d'Armentières revenait de Saint-Omer. Elle avait quitté le couvent deux mois plus tôt pour une visite à ses enfants. Elle se portait mieux. En effet, après la disparition de Sylvain et la mort tragique de Zéphyr, elle s'était retrouvée vidée, anéantie, incapable d'assurer son rôle de mère. Appelés à son secours, ses parents reprirent Brieuc et la petite Colombe dans leur maison de la rue des Feutriers. Ils poussèrent leur fille à se retirer dans un monastère sur la Meuse, dont l'abbesse était Adélaïde de Balleroy, la tante maternelle de Mathilde. Le narrateur soupire.

— Ne m'épargne rien, Jehan. Ce que tu sais, dis-le-moi ! insiste l'artisan.

Le musicien reprend son récit. Mathilde d'Armentières arrive de Revin quand elle entend une vague rumeur d'orgue qui recouvre la vallée. Son cœur se met à battre. Quelque chose lui dit que Sylvain n'est pas étranger à ce phénomène. Malgré le mauvais temps et la nuit qui tombe, elle convainc le cocher de poursuivre son chemin. Les notes se précisent au fur et à mesure que la voiture se rapproche de Notre-Dame-aux-Remparts. Le ciel est couvert. L'homme suit la route à grand-peine. Il a de mauvais yeux. À un moment donné arrive l'inévitable. Le coche capote dans un fossé et une roue se brise. Dans le lointain, les orgues appellent Mathilde. Elles sont en colère. La femme s'échappe, elle continue à pied. «Revenez!» crie une voix. «Qu'attends-tu pour répondre!» grondent les tuyères. Le jour se lève et elle marche toujours. Quand, épuisée, elle arrive devant l'instrument suspendu dans le vide, il neige et elle n'a plus droit qu'à une plainte monocorde. Sylvain est parti. Elle se lance alors sur les traces des chariots. Il ne doit pas être loin. Il fait froid. La neige est épaisse. En marchant à l'abri des sapins, elle s'enfoncera moins. «Sylvain, attends-moi!» supplie-t-elle. Un bruit sec et elle tombe. Un piège à loups s'est refermé sur sa cheville et l'a fracturée. Le sang de Mathilde s'écoule dans la neige.

La plainte des grandes orgues étouffe son cri.

Jehan Titelouze repart le lendemain pour les Flandres par les routes. Sylvain lui a remis le matin tôt un message pour Mathilde. Si l'organiste en devine la teneur, il serait néanmoins surpris par la brièveté du mot.

Nous rentrons à Visentine. Remarions-nous! Je t'aime.

Rien que le fond de l'alambic! C'est tout ce qui subsiste de l'écriture d'une nuit, d'heures passées à lisser sa plume entre le pouce et l'index, à griffonner des petits dessins en marge des feuilles, à ramifier des taches d'encre sur le papier. «Comment est ton visage ?» peut-on lire parmi les lignes chiffonnées qui jonchent le plancher. «Je n'ai pas voulu faire de peine», écrit-il ailleurs. Dans un autre brouillon, il évoque son enfant : «Est-ce qu'il reste assez d'espace dans ton cœur pour qu'une aveugle y trouve refuge ?»

Sylvain garde Clarance en dehors de ses désordres d'adulte. Il ne souhaite pas la brusquer ni réveiller ses peurs. Il ne veut pas toucher à cette consécration fragile qui élève sa fille au-dessus de son infirmité. L'aveugle tient dans la chorale de Palestrina une place de soliste pendant une année. Cette période de grâce prend fin le jour où l'enfant accuse les premiers signes de féminité. Pour la prude Église, il est temps d'ôter ce fruit de la corbeille. Clarance est remerciée. Elle a droit à moins d'égards au moment de son départ qu'elle n'en avait reçus à son arrivée. Le compagnon, qui a repris à Rome ses outils de charpentier, se dépêche de terminer un travail, pour reprendre le large au plus vite et laisser derrière lui ce qui n'est déjà plus qu'un souvenir. Avec à son bord un équipage réduit, la pinasse prend son cap et remonte jusqu'à Gênes. De là elle fait escale à Nice, à Toulon pour enfin jeter l'ancre à Marseille.

— Il est temps qu'on arrive. Je n'ai plus un sou vaillant ! confie Sylvain à Misaël.

— Comment comptes-tu payer tes gens ?

— En vendant la pinasse !

— Que fera-t-on de tes orgues ?

— Nous les remonterons sur des chariots. J'ai mon idée !

Sylvain se retrouve en pays de connaissance. Il peut à nouveau rêver. Il a vécu plus d'un an à

Marseille, du temps où il était apprenti sur la route des compagnons. Il a participé dans la ville et ses environs à quelques beaux travaux de charpenterie. Il compte sur la confrérie pour l'aider et se rend incontinent à la cayenne en arborant sa canne et ses couleurs. Il se doute bien qu'à un quart de siècle de distance, il a peu de chances de retrouver l'une ou l'autre tête connue. Poussant la porte de la maison, il reçoit comme une aumône dans la main d'un pauvre l'accueil chaleureux des artisans et de la Mère. Chacun se coupe en six pour tirer Sylvain d'embarras. Il est mis en rapport avec des charrons avant d'être orienté par le «Rouleur» vers le chantier de Jean-Baptiste Canardier, dit «Marseillais la Franchise». L'homme lui abandonne un entrepôt et lui prête main-forte pour y acheminer les orgues marines, de manière que Sylvain puisse les remettre en état et les munir d'un nouveau système de ventilation.

— On m'a dit que tu n'as pas ton pareil pour faire tourner des ailes de moulin, lance Sylvain au compagnon.

— Bonne Mère! Tu me donnes un pet de bourricot et je te mets en branle toute une engrenure, fanfaronne l'artisan avec un accent si chantant qu'on a envie de le croire sur parole.

— Et si je remplace tes meules par des soufflets pour donner de l'air à mon instrument?

— Laisse-moi jusqu'à demain que je réfléchisse!

Les deux hommes se sourient. Jean-Baptiste se gratte le crâne. Il est excité.

— C'est un beau problème! s'exclame-t-il. Ça me plaît!

Giacomino est de corvée. C'est du moins comme cela qu'il le prend. Son maître l'a chargé de remonter le Rhône, puis la Saône, pour se rendre à Visentine et ramener de là-bas deux attelages de quatre grisans, des chevaux de selle et des chariots. Le râblé des Pouilles reçoit une mule poussive pour tout destrier. L'heure est à l'économie! Après de gouleyants adieux aux tavernes du port, il s'aventure sur les routes avec l'entrain d'un pénitent qui a des ampoules aux pieds.

Depuis qu'elle a troqué le pont mouvant de la pinasse contre le plancher stable d'une auberge située à deux pas de l'entrepôt où travaille son père, Clarance ne va pas bien. Malgré la présence empressée de Djimma et de Laetitia, elle n'arrive plus à se situer. Elle a besoin que Sylvain la rassure. Elle le sent tiraillé, moins exalté qu'auparavant dans ses projets. Un jour il est accroupi, occupé à restaurer un soufflet dont le cuir a été démangé par le sel et la mer. L'enfant est à hauteur et cherche son contact, trouve son épaule, requiert une étreinte.

— Tu resteras toujours avec moi? lui redemande-t-elle.

Sylvain marque un temps d'arrêt avant de lui répondre :

— Jusqu'au dernier carat de vent qui s'échappera de ta bouche, je serai là.

— Et si tu meurs avant?

Sylvain dépose son marteau.

— Alors, tu auras Djimma, ou Laetitia, ou... Mathilde pour s'occuper de toi.

Clarance fond en larmes et le compagnon la serre contre lui. Leurs visages se touchent. La joue lisse de l'aveugle rencontre la barbe rude de Sylvain. Il a les tempes blanches et la petite n'en sait rien.

— Je ne veux pas que tu meures ! sanglote-t-elle.

Fine mouche, Clarance revient à la charge le lendemain et lui demande :

— C'est chez Mathilde que tu veux m'amener ?

Sylvain est interloqué. Il n'a pas le temps de réagir qu'elle enchaîne :

— Qui c'est, Mathilde ? Pourquoi tu ne m'as jamais parlé d'elle ? Moi, je peux te dire pourquoi ! Parce que c'est ton amoureuse maintenant que maman est morte !

Des larmes perlent de derrière ses paupières cousues. Sylvain veut prendre les mains de l'enfant dans les siennes. Elles lui échappent.

— Je vais tout te dire si tu le souhaites ! Tu es grande ! Tu peux comprendre !

Clarance acquiesce d'un pauvre mouvement de tête. Elle fait peine à voir. Sylvain se jette à l'eau et il a tort. Il n'est pas assez menteur pour camoufler, pour arranger cette histoire où le vent dominant est Mathilde. Elle est partout, Mathilde, à tous les carrefours de la vie du compagnon. Elle prend naissance à Saint-Omer dans la cathédrale, elle reçoit en présent les grandes orgues de Visentine, elle est pleurée par douze bombardes et autant de bourdons suspendus entre ciel et terre, et Dieu sait si les proues de navires sculptées par l'artisan ne sont pas des émissaires envoyés à sa recherche, Dieu sait si la pinasse aux sept cents tuyères ne la cherchait pas parmi les vents du large.

— Aujourd'hui, c'est pour elle que tu fabriques un chariot de musique, toujours pour elle ! Pour elle toute seule.

— Ce n'est pas vrai! proteste Sylvain.

Clarance n'est pas bien.

— J'ai mal, dit-elle.

Elle se tient la tête dans les mains, se plaint d'une douleur au côté droit. Sylvain appelle Djimma et Laetitia. Ils mettent la fillette au lit. Les heures s'écoulent et la souffrance s'incruste. Le père est ébranlé. Il passe la nuit au chevet de la malade en compagnie des deux servantes. Le lendemain, un liquide jaune et visqueux suinte comme une larme pourrie de l'œil mort de l'enfant. Il est vital de découdre la paupière et d'enrayer l'infection. Les compagnons se mobilisent. L'un d'eux connaît un médecin qui, en son temps, a été le bras droit d'Ambroise Paré. L'opération se passe à vif. Comme un agneau sur l'autel du sacrificateur, la fillette se débat et crie grâce pendant que le chirurgien nettoie son orbite. Lorsque les griffes de la douleur se desserrent et qu'elle peut enfin s'endormir, elle a Sylvain pour elle seule qui la regarde. Les traits de Clarance ont retrouvé leur douceur et, dans son sommeil, l'aveugle pactise avec sa nuit.

CHAPITRE XXIV

Quatorzième jour de mai 1585, Saint-Boniface-de-Tarse.

J'ai vu Giacomino et j'ai hâte de compléter mon carnet. Cette immense lettre que je t'adresse depuis des années pourrait faire un conte dont tu serais le héros. Oh! pas un héros ordinaire qui se taille une postérité à coups d'épée ou de conquêtes! Tu n'appartiens pas à cette race qui ne gagne des lauriers qu'aux yeux des hommes. Tu n'es pas non plus du bois dont on fait les grands penseurs, les théologiens, les mystiques. Tu as trop de chair pour cela. Tu n'as pas ta place dans la cour des grands qui gouvernent le monde. Il te manque de la prétention. Je cherche dans mes livres d'histoire une figure qui te ressemble : un artisan de l'errance, un arpenteur des vents qui, comme toi, s'est battu à coup d'outils et de notes pour le triomphe d'un chant d'amour. Ça fait peu de tapage un chant d'amour. Et même quand il est porté par l'écho, il ne pèse pas trois plumes dans la marche de l'univers. Je tourne des pages, je cherche. Je rencontre les bâtisseurs qui élèvent leur prière de pierre, les souffleurs de verre qui travaillent la transparence et la lumière, les musiciens, les peintres, les poètes qui embellissent le monde. Tu es leur sang, petit frère, ou, plutôt, il te coule le même vent dans les veines...

Giacomino met deux mois avant de réapparaître à Marseille avec les grisans, la charrette bâchée, les chevaux de selle. Florian et son fils Martin sont de l'expédition. Le râblé des Pouilles et le palefrenier se chamaillent depuis Visentine. D'un côté, un flot ininterrompu de jérémiades, de l'autre des vagues successives de jurons. Au vu de la mine affligée du troisième larron, ils doivent avoir été aussi insupportables l'un que l'autre. Dès qu'elle entend au loin les miaulements de Giacomino, Laetitia se sauve pour prévenir Sylvain et l'envoyer à la rencontre du convoi. Le compagnon se montre peu loquace et Florian qui se faisait une fête de revoir le charpentier reste tout marri de la maigre effusion que provoque son arrivée avec les grisans. Misaël a vite fait d'informer les voyageurs des derniers événements.

— On a eu très peur pour la petite, dit-il. Elle a failli mourir.

C'est assez pour que le petit homme s'étrangle de chagrin et qu'il baisote, comme à l'accoutumée, les mains de tout le monde en signe de condoléances.

Au bout de quelques jours, Clarance se promène avec son père. Elle porte un bandeau sur l'œil. Elle est très affaiblie. Sylvain, de son côté, fait des efforts surhumains pour ne pas laisser transparaître son abattement. Il a trop donné de sa force et n'a plus assez d'air pour lui, se sent comme ces instruments désaccordés qui agacent l'oreille. Sa vie sonne soudain faux : une inutile course derrière un bonheur tout aussi illusoire. Autour de lui, plus de vent. Les oiseaux ne tiennent plus sur l'air. Ils ont du néant qui leur plombe les ailes. Le compagnon revoit sa vie comme une bourrasque qui, sans perdre haleine, l'a infatigablement balancé d'épreuve en rêve, de rêve en épreuve.

— Alors! On continue ce voyage ou on s'arrête? demande-t-il à Clarance.

— Tu veux que je choisisse? sourit-elle. C'est la première fois.

— Oui! Aujourd'hui, c'est toi qui décides.

Et l'enfant prononce les deux mots du courage:

— On continue!

Après avoir été marines, les orgues deviennent foraines. Quatre grisans tirent le chariot qui transporte les soufflets, les mâts et les ailes, l'autre attelage hale l'instrument dont la partie la plus encombrante est couchée et protégée. Misaël tient les rênes de la charrette bâchée. Il véhicule cahincaha les trois femmes. Les banquettes sont dures et la plupart des chemins défoncés. Souvent, Clarance et Djimma préfèrent marcher derrière la carriole et la jeune servante noire prête ses yeux bleus et son bras à l'aveugle pour qu'elle ne bute pas. Sylvain les entend parfois rire l'une et l'autre. Leur joie primesautière le réconforte.

Quand le vent s'offre au jeu et que le convoi croise sur son chemin un terrain de résonance ou de beauté qui mérite d'être célébré par la musique, il arrête le voyage, mobilise son monde pour dresser les trois roues toilées qui commandent les soufflets, ériger les tuyères et raccorder les deux parties de l'instrument. Le chariot du vent ressemble à un trois-mâts dont les voiles tourneraient sur ellesmêmes. Sylvain partage avec Clarance ces moments extraordinaires où des gorges grandioses, des défilés vertigineux, des plateaux souverains reçoivent l'offrande d'un chant éphémère et coloré comme un arc-en-ciel. Ils répondent au chalumeau d'un berger qui fait paître ses moutons, jouent pour un torrent qui s'ennuie de son ramage, pour des cigales qui cherchent à étoffer leur répertoire. Ils sont tous deux des poètes illettrés de la musique, des artisans de l'inutile. Munis de pinceaux d'haleine comme des peintres illusoires, ils harmonisent sur support de néant les sept couleurs du vent. Ils répondent à l'imposture du monde par un pas de deux et un accord de tierce, opposent aux macules de la vie une giclée de flûtes blanches, éloignent les violences du siècle en appelant à la rescousse les bourdons autoritaires des grandes orgues foraines. Tous ceux qui ont acheminé, charpenté, entendu cette cathédrale de musique goûtent cet apaisement fugitif. De son nuage, Dieu gracie la terre.

C'est dimanche et Brieuc attelle pour sa mère la petite carriole à deux roues qui doit les amener à l'église de Visentine. Les cloches n'ont pas encore sonné mais Mathilde est déjà prête. Elle est toujours à l'avance quand elle tient le pupitre des grandes orgues. L'épouse de Sylvain a tout gardé de sa douceur. Le temps passant, elle a perdu de sa jeunesse mais pour reprendre du charme du côté de la distinction. Elle marche très difficilement depuis qu'elle s'est brisé la cheville dans un piège à loups. Elle a besoin de béquilles pour sortir de chez elle.

— Tu as mes partitions ? demande-t-elle à son fils.

Le jeune homme remonte jusqu'à la maison. Il est blond, la charpente carrée, des yeux qui regardent le monde et les gens avec gravité. Il porte l'habit des clercs. Il a rejoint sa mère à Visentine pour l'été.

— Dépêchons-nous! dit Mathilde lorsqu'il revient.

Les cloches annoncent l'office quand ils arrivent devant le parvis. La musicienne gagne la tribune et s'installe devant ses claviers. Elle se recueille. Dehors, la roue à aubes crisse sur son axe. On entend des bruits de voix entre deux carillonnements. Quand la messe commence, Mathilde délie ses doigts et, avec eux, se libère sous la voûte de la nef la nuée d'instruments qui fait forêt derrière les quelques grands tuyaux en devanture. Elle joue merveilleusement. Le morceau qu'elle interprète durant l'offertoire donne un bel aperçu de la maîtrise et de la subtilité où l'a amenée la pratique assidue de son art. Alors que s'évanouit dans l'église la dernière note de sa partition et qu'elle retire avec grâce ses mains du clavier, le chant des orgues ne s'arrête pas. Une autre musique a pris le relais. Elle vient de la vallée. Elle n'est pas contrainte par un vaisseau de pierre. Mathilde se relève, cherche ses béquilles, descend de la tribune. Elle ne peut pas attendre. Elle reprend cette poursuite qui s'est interrompue dix ans plus tôt dans la neige, du côté de Monthermé.

— Pas cette fois-ci! murmure-t-elle.

Des ailes blanches de moulin tournent sur la butte du Renard. Elle aperçoit les orgues, puis son Sylvain. Brieuc a rattrapé sa mère. Lionel arrive à son tour, suivi du village. Il n'a pas pris le temps d'ôter ses habits d'officiant. Mathilde a peur d'elle-même, de son visage, de ses yeux abîmés de fatigues, de veilles, et de pleurs aussi. L'attente a été longue. Elle s'est incrustée dans son regard et dans quelques rides amères du côté de sa bouche.

— M'aimera-t-il encore ? laisse-t-elle échapper.

Elle porte sur son cœur ce mot si court que lui a remis, à son retour de Rome, Jehan Titelouze et qui résume toute son espérance. Sylvain s'approche et les craintes de Mathilde reculent devant sa formidable tranquillité. Avec lui, tout redevient léger. Il recommence leur histoire sur un baiser, ouvre un cahier neuf sur la première page blanche.

Douzième jour d'août, Sainte-Claire-d'Assise.

Je terminais la grand-messe quand j'ai entendu le chant lointain d'un orgue libéré de son poids, débarrassé de ses voûtes et de ses travées. Il y avait du rire et de la tendresse à cueillir sur toute la Moselle. Tu nous revenais, petit frère, après onze années d'errance. Et j'ai accompagné mes paroissiens en retenant mon pas pour ne pas courir. J'étais ébloui par tes immenses ailes blanches qui tournoyaient dans le ciel, fasciné par tes tuyères environnées de grisans, qui clamaient la joie de ton retour. Nous suivions docilement Mathilde et ton fils. Elle était sans force, il l'épaulait. Toi, tu étais splendide comme toujours. Tu avais fait alliance avec le vent pour donner du panache à tes retrouvailles. Je dois dire que je te reconnaissais bien là. Tu n'aurais jamais pu te contenter de passer la porte sans bruit et de regagner simplement ta place. Que je t'ai aimé ! Que je t'ai trouvé séduisant quand j'ai revu ton visage si uniformément marqué par les rides du sourire, tes tempes blanchies et tes yeux qui avaient encore pris du terrain sur la transparence. De fois en fois, tu embellissais. J'en aurais été jaloux. J'ai percé dans les traits de Brieuc l'admiration que tu suscitais. Comme il a dû se sentir bien dans tes bras. Il a rougi quand tu l'as taquiné sur sa beauté. Mathilde m'a remis ses béquilles pour se tenir droite devant toi. Elle se sentait

enlaidie par ces tuteurs qui relèvent ses épaules et contrai-
gnent son cou. J'ai vu qu'elle tremblait. Elle a moins bien
réussi que toi à tailler en dextre son visage, mais elle est
restée svelte et gracieuse. La robe qu'elle portait donnait le
ton de son âme. Elle était grise. Avec ton rire qui sonnait
comme une volée de cloches un jour de Pâques, les yeux de
Mathilde redevinrent lilas. Puis les orgues se sont tues et
Clarance qui était au clavier s'est fait aider par sa guide
noire pour descendre du chariot. Giacomino m'avait
parlé de ta fille que vous chérissiez tous et je fus frappé de
découvrir à quel point elle te ressemblait. C'était toi,
enfant, que j'ai retrouvé. Notre enfance... aveugle.

Toi et elle, vous étiez, ce jour-là, les piliers du monde et,
dans ma carcasse de sept pieds, j'ai senti un court instant
craquer l'écorce de ma solitude, resurgir la sève... C'était
bon !

Revenant de sa croisade céleste, Sylvain remonte
jusqu'à la scierie de l'Agne avec son équipage.
Clarance marche entre lui et Djimma. À chaque
obstacle, ils la soulèvent et elle rit. Mathilde a repris
place avec Brieuc dans sa carriole et les précède. Elle
pleurerait ! Que de temps gaspillé, alors qu'il était là,
son bonheur, du côté de ce charpentier sans malice
qui la talonnait de sa passion. Il était à portée de
main, tout près, et elle a réussi à ce qu'il lui échappe.
«Je suis l'habituée des fêtes tristes, des rendez-vous
manqués.» Beau Sylvain ! Pour la première fois, c'est
elle l'amoureuse, l'implorante, la quémandeuse.
«Viens m'embrasser, aime-moi, j'ai tant de retard.»
Elle n'a qu'une envie, se retrouver seule à seul avec
lui, sentir près d'elle et sur elle la mouvance intime
de son corps. Forte de la présence de Lionel, elle
compte reprendre sans délai sa place d'épouse. C'est

devant le prêtre que le compagnon lui a jadis promis
l'éternité de son amour. Elle se retourne et voit
Sylvain avec sa fille et la femme noire. Quelle place
est sienne dans ce bonheur? Elle sent peser une
menace. Elle est comme ces argentiers qui trans-
portent par les chemins les richesses d'un royaume
et suspectent leurs gens. Elle regarde en direction
de l'aveugle puis dévisage craintivement la belle
servante aux yeux bleus et à la peau sombre. Sûr
qu'elle fait tourner la tête des hommes, celle-là!
Sylvain laisse Clarance à Djimma et s'approche de
Mathilde pour lui glisser quelques mots affectueux.
Il ne veut pas qu'elle soit en reste.

— Tu as tant de peine à marcher, dit-il.

Le compagnon devine au sourire de Mathilde qu'il
est ce fleuve qui coule entre deux berges rivales. Il
sait à cet instant qu'il sera la frontière douloureuse
entre deux souffrances qui se font face. Arrivés au
domaine, les voyageurs débarquent dans la grande
maison. Clarance se replie dans un coin de la pièce.
Elle affiche une mine impassible, une timidité qui ne
lui ressemble pas. Elle sort de son mutisme lorsqu'on
annonce à son père la mort d'Absalon, le luthier.
Sylvain est très affecté par la nouvelle.

— C'est arrivé quand?

— Cet hiver! Il ne s'est jamais rétabli de sa captivité et souffrait de pleurésie.

La fillette demande à Djimma de lui amener son
père. Elle l'embrasse. C'est sa manière de se montrer
attentive à sa peine. Mathilde se rapproche à son
tour de Clarance. Elle est amicale et la complimente
pour son talent. L'aveugle répond très poliment avec
les mots qu'il faut, comme il le faut. Il fait noir dans
sa tête d'enfant environnée d'un monde qu'elle

n'appréhende pas. Si son visage reste neutre, ses mains la trahissent en se joignant. Elles supplient Sylvain et semblent lui dire : « Reste de notre côté, le temps de savoir où nous nous sommes égarées ! »

Clarance est hébergée dans l'annexe avec Djimma et Laetitia. Elle est reléguée là où Simon puis Absalon ont eu leur refuge. Ainsi en a décidé la maîtresse de maison. Entre les deux fragilités, l'artisan choisit la protection de sa fille.

— Patience, Mathilde, lui dit-il quand le monde s'est retiré et qu'ils se retrouvent entre eux. Elle est désemparée. Elle a besoin de moi. J'irai loger là quelques jours.

L'épouse répond d'un faible acquiescement. Elle finit par lui reprocher :

— J'ai attendu si longtemps. J'ai quitté Saint-Omer il y a plus d'un an pour être là le jour où tu reviendrais et tu me rabroues !

— Je ne te rabroue pas. Je te demande un sursis.

— Après avoir été l'élue, je suis désormais la seconde ! lance-t-elle à Sylvain.

— Ne dis pas cela !

— Je serai toujours la perdante.

Sylvain la prend dans ses bras, l'emmène dans sa chambre. Il clôt le différend dans l'étreinte, se réconcilie de caresses. Quand Mathilde semble dormir, il se relève et gagne l'annexe sans bruit. La jalousie suit son manège d'un œil embué de larmes.

Le compagnon descend jusque Visentine avec Clarance et Djimma. En un premier temps, il veut que sa fille apprivoise son environnement, le chemin qui mène au village, le petit torrent. Il lui fera découvrir par la suite d'autres charmes de son pays. La fillette aime d'emblée le bruit du cours d'eau, le vent froissant les feuilles et l'odeur de la terre. Quand elle accompagne Sylvain chez Lionel, la petite se familiarise avec la voix grave de l'abbé qui trône à quatre pieds au-dessus de ses oreilles. Elle savoure cette vibration qui passe entre les deux frères. Elle serait moins rassurée s'il lui était donné de voir, ne fût-ce qu'une seconde, les yeux terribles du prêtre, qui l'observe avec fascination.

— Que vous êtes lumineux! dit le géant à ses visiteurs.

Sylvain sourit en direction de sa fille. Malgré eux, tout ce dont ils parlent ne cesse d'aborder la vie du côté de la clarté. Cette inconsciente cruauté vis-à-vis de Clarance leur échappe sans arrêt. Le curé sort son vin. Il le coupe d'un peu d'eau pour la fillette. La discussion arpente la vie, harponne les souvenirs. En évoquant Séraphine, Lionel se frappe soudain le front.

— J'oubliais! J'ai quelque chose pour toi! lance-t-il à son frère.

— Pour vous deux! corrige-t-il.

Et le voilà qui quitte la grande pièce pour monter dans sa chambre. L'escalier gémit sous son poids. Les solives de l'étage ploient sous sa semelle. Il reste énorme: à se demander s'il ne continue pas de grandir. Quand il réapparaît, il tient dans les mains un coffret dont il sort des trousseaux d'appeaux enfilés sur des fils de cuivre comme clés de geôlier.

— Tu les reconnais? dit-il à Sylvain. Je les ai retrouvés quand on a vidé la maison de maman.

— Qu'est-ce que c'est? demande Clarance.

— Devine! lui dit son père.

Soufflant la poussière des sifflets, il emplit la pièce de chants d'oiseaux. Instruments à frotter, à che-viller, à tapoter, toute une volière imaginaire de fauvettes, d'alouettes, de sarcelles se mêle au rire de l'aveugle. Le cri des autours et autres rapaces des hautes cimes est évité par l'artisan. De triste mémoire, ils disparaîtront de la boîte.

Les années changent les gens. Certains grisonnent prématurément à l'intérieur de leur tête, d'autres restent verts. Certains sombrent, d'autres restent dans la vague. Peu se tiennent finalement à leur rêve originel, celui qui prend source dans l'imaginaire de l'enfance. De décennie en décennie, Sylvain croise des êtres qui vieillissent plus ou moins bien, qui se relèvent peu ou prou des épreuves de la vie, qui sont plus ou moins heureux dans leurs projets. Il observe. Parmi les habitants de la scierie de l'Agne, la palme de la métamorphose revient à la Muchette. La volage s'est assagie. Prude, pieuse, abigotie, elle fait le désespoir de Giacomino, qui espérait compenser du côté des alcôves, des soupentes et des meules de foin son expulsion éhontée du lit conjugal par son italienne épouse. D'abord dépité, le petit homme devient presque aussi ombrageux que Florian. Ce qui n'est pas peu dire! Le palefrenier n'est plus approchable que par ses chevaux. Il jure à tort et à travers, à telle enseigne que si Dieu, pour le punir, le privait de parler «juron», il deviendrait muet pour le restant de ses jours.

De tous les familiers de Sylvain, Blaise est resté inchangé. Il a gardé la même ardeur à la tâche, la même égalité d'humeur. Il s'est fait embaucher comme boiseur dans une mine de cuivre située en amont de l'Agne, après avoir été sagard, voiturier, charbonnier et même, à un moment creux, marchand de neige dans les grandes villes. Il s'est construit une maison tout près de l'étang. Il a cinq enfants charmants, d'une femme qui est un véritable poison. Rien n'est parfait! Pervenche, puisque c'est d'elle qu'il s'agit, est une semeuse de zizanie, une colporteuse de ragots : bref, une teigne. Sous des dehors anodins, une mine réjouie, des airs de fausse naïveté, elle n'a pas sa pareille pour tricoter des conflits. Virtuose des sous-entendus, c'est elle qui instille dans la tête de Mathilde que Sylvain fait commerce avec Djimma et que c'est pour cette raison qu'il couche dans l'annexe.

— Je dis cela et je ne dis rien! dit Pervenche en dorlotant maternellement le dernier de sa portée, qu'elle a pris avec elle pour emmailloter de velours ses insinuations.

Elle s'éloigne tout sourire dehors, laissant l'épouse du compagnon envenimée d'un doute. Elle peut s'estimer heureuse! Elle a frappé dans le mille. Il faudra une semaine de malaise et de souffrance inutile pour que Mathilde se résolve à aborder son mari, qui sculpte dans son atelier.

— J'ai à te parler, dit-elle.

L'artisan dépose sa gouge et sa mailloche. Il l'attire dans ses bras.

— Je t'écoute!

Les mots ne viennent pas. Il s'étonne.

— Que se passe-t-il?

— Je veux que Djimma s'en aille!

Sylvain comprend d'un seul coup.

— Qu'est-ce que tu imagines, comment oses-tu! Elle est comme ma fille! Tu sais bien que je n'ai jamais rien volé à l'innocence.

Mathilde le regarde avec distance. Elle hésite à le croire. Blessé, le compagnon attend qu'elle s'en aille pour reprendre ses outils.

Dans la soirée, Djimma frappe à la porte de la grande maison. Brieuc la fait entrer.

— Je viens voir votre mère, dit-elle en baissant les yeux.

— Elle est dans sa chambre, elle lit.

Le jeune homme ravale sa salive. La beauté de la Noire le subjugue. Jamais il n'a approché d'aussi près son visage, son regard bleu.

— Je vous y conduis ! propose-t-il.

Il la fait passer devant lui dans les escaliers. Il la suit. Il tangue avec elle. Il rêve.

Mathilde est surprise de cette visite. Elle se relève sur sa couche. S'assurant que la porte est fermée, Djimma s'approche d'elle et, avant qu'elle ne dise un mot, laisse tomber son vêtement. Elle est étourdissante de beauté, de luisance et de jeunesse. Sa démarche est retenue : une avancée rituelle pour laver cette offense à sa pureté. Elle capture la main de la musicienne, la conduit jusqu'au territoire inviolé de son ventre.

Clarance a droit de cité dans l'église pour y jouer de l'orgue. Elle découvre l'instrument qu'a restauré son père. Elle en aime les sonorités, les couleurs, les brillances. Pour peu, elle se laisserait aller à chanter, mais il est trop tôt pour cela. L'enfant n'a pas encore retrouvé sa légèreté d'âme mais elle se sent mieux, s'angoisse moins quand Sylvain n'est pas près d'elle. Pour la conduire à la tribune, il y a Djimma ou Laetitia ou Marie. Elles sont dévouées toutes les trois, tellement patientes. Marie vit chez son fils, Blaise, depuis la mort d'Absalon. Elle a gardé sa douceur mais a terriblement vieilli, même que Sylvain, le jour de son retour, l'a à peine reconnue. Elle adore Clarance. Elle se rend utile et se fait plaisir en la promenant. Démunies toutes les deux devant l'existence, la fillette et la vieille femme ont en commun d'être attentives l'une comme l'autre à ce qui affecte ou réjouit leur entourage. Le compagnon a raconté à l'aveugle l'histoire de l'ombre porteuse de pains et de la boulangère anonyme. Marie a été émue de la manière dont l'enfant s'est inquiétée de son deuil.

Un soir, il prend l'envie à Clarance de descendre jusqu'à l'église pour jouer de l'orgue et chanter pour Marie. La mère de Blaise est flattée et accompagne la musicienne. Oh! bien sûr, on marche beaucoup moins vite qu'avec Djimma et il faut s'arrêter de temps en temps pour que la vieille femme reprenne son souffle, mais elle est si tendre, Marie, si gentille. Elle prête ses yeux usés à sa protégée et, à la manière dont elle tient le bras de l'aveugle, il est des moments où on ne sait plus qui guide l'autre sur le chemin pentu. À l'approche du village, Clarance s'étonne.

— J'entends les orgues. Il y a quelqu'un qui joue.

— Avec mes mauvaises oreilles, je n'entends rien!

Plus loin, Marie corrige:

— Tu as raison! C'est Mathilde qui joue.

La petite reste muette. Elles continuent leur marche vers l'église, poussent la porte sans bruit, se placent sous la tribune, écoutent religieusement l'interprète. Le jeu est divin. Les doigts font respirer les notes, leur donnent de l'envol, les portent avec grâce vers les voûtes. Où a-t-elle appris un chant si vibrant de beauté et de tendresse? L'enfant est sous le charme, emportée par cette ascension lumineuse et colorée qui la dépasse. Elle écoute copieusement. Elle se saoule de musique. Elle entend des harmonies qu'elle ne soupçonnait pas, des finesses dont la virtuosité lui semble inaccessible. C'est un vent de détresse et d'amour que Mathilde offre à Sylvain. Clarance est certaine que la femme pleure là-haut. Elle voudrait l'étreindre, la consoler, lui promettre d'être une sage petite aveugle sans histoires acceptant son sort. Elle l'aime comme une mère, comme sa mère. Elle irait caresser son visage, lui demander l'asile de ses bras, lui souffler «maman» dans l'oreille. Un froissement de papier annonce un autre morceau et voilà que la fillette reconnaît une partition de Palestrina. Son père est là-haut.

— C'est mon air, murmure-t-elle.

Le chagrin monte derrière ses paupières murées. Elle tire Marie par la manche hors de l'église. Sa tête est gorgée de musique, d'un chant qui est hors de sa portée et qu'elle voudrait emprisonner en elle faute de pouvoir jamais le reproduire. Alors elle remonte et les orgues la suivent. Au bras de Marie, elle emprunte le sentier de la scierie, quand brutalement les orgues se taisent.

— Je n'entends plus rien! s'écrie-t-elle affolée.

Elle prend peur, se détache de Marie et se met à courir. La pauvre vieille l'appelle, la supplie, essaie de la suivre de ses faibles jambes, de la retrouver de ses yeux qui s'opacifient de douleur. Clarance trébuche, se relève, marche plus loin, portée par un sanglot sans mesure. Les paupières arrachées, elle tombe, avance de quelques pas, se cogne. Que d'obstacles sur cette terre informe, que d'embûches! À tâtons dans sa nuit, il y a une aveugle éplorée qui prend des chemins de traverse pour se perdre.

Marie est tombée sur les genoux. Elle est sans force.

— Petite, reviens ! supplie-t-elle.

Ne lui revient que le silence. De plus en plus loin, l'enfant s'échappe du monde, le visage inondé de larmes. Il n'y a plus de couleurs nulle part dans sa tête. Ni dedans ni dehors, plus de clarté. Plus de Sylvain, ni de Flora, ni de Mathilde : un trou noir !

L'abîme des cécités !

La mort.

CHAPITRE XXV

Cinquième jour d'octobre, Saint-Placide.

Il fallait que ce soit moi qui trouve ta Clarance, petit frère. Je l'ai remontée du renfoncement où elle avait brisé sa course. Corps sans vie souple et tiède : que c'est léger le poids de la mort ! Je me suis arrêté sur les bords de l'Agne pour nettoyer le sang qu'elle avait sur le visage. Je voulais te la rendre dans l'apaisement de son sommeil, sans traces de violence. J'ai pensé, d'abord, la ramener à la cure. Je craignais, là-haut, un éboulement de mille chagrins sur ta douleur. J'ai fini par monter et tu venais à ma rencontre, tête basse. On ne s'est rien dit. Tu m'as tendu les bras pour la porter toi-même. Je n'ai pu voir ton visage. J'étais Simon de Cyrène ne sachant par où prendre ta croix. Impuissant, je te talonnais. Tu étais redevenu ce petit garçon crâneur de jadis qui se détourne pour ne pas afficher sa peine. Ensuite, il y a eu cette porte qui s'ouvre et cette bruyance incongrue de femmes et d'hommes éplorés. Tu n'as fait que poser ton fardeau, pour te retirer ensuite dans la solitude de la nuit. C'est alors que la peur m'a saisi. Je me suis lancé derrière toi. Je t'ai retrouvé paisiblement assis devant l'étang. Il faisait froid. Tu m'as aperçu quand le jour se levait et tu es venu près de moi. Tu m'as demandé de t'aider et j'ai dit « oui ! », aveuglé-

ment «oui !». Oh, Sylvain, qu'est-ce qui m'a pris de te
dire «oui !»...

— Une si belle journée ! déplore Marie alors que
chacun regagne ses pénates.

Autour de la tombe de Clarance, le soleil d'automne était consolateur. Une lumière allant sur le
roux harmonisait les prières, estompait les désarrois.

Le compagnon ramène Mathilde jusqu'à la
carriole. Ils remontent ensemble vers la scierie.

— Elle appartient au vent, maintenant, partage-
t-il.

Il ne veut pas peser d'un blâme sur la balance des
reproches, donner du lest à cette envolée d'âme. Avec
Djimma et Laetitia, il tient ce même rôle apaisant. En
contrepoint, Giacomino a le désespoir assourdissant.

En fin d'après-midi, Lionel vient voir son frère.

— Épargne-toi cette épreuve inutile, lui dit-il.

— Je sais ce que je fais, casse Sylvain sans autre
explication.

Son regard est inflexible ! Une détermination de
granit.

— Soit ! Je cours le risque avec toi, capitule le
prêtre. De toute façon, je te l'ai promis.

Les mains lui pendent comme deux seaux vides
aux épaules d'un joug. Il est face à un mur qu'il ne
culbutera pas, tout géant qu'il est. Repartant pour sa
cure, il pousse des soupirs de galérien. Il s'éponge le
front du revers de la manche. Il est en nage.

Après plusieurs nuits de pérégrinations solitaires
dans la nature environnante, d'escapades nocturnes

qui, pour Mathilde, sont ressenties comme les contrecoups du décès dramatique de Clarance, Sylvain reprend place dans le lit conjugal, la couvre de ses caresses rugueuses d'artisan, recherche l'alliance des corps. Il a besoin d'elle, de son étreinte, de sa chaleur, de son souffle. Elle se repaît de la tendresse attristée, des attentions, des sourires chagrins de son homme, oublie ses craintes et ses soupçons, pour célébrer ce remariage tant attendu.

Pour traverser cette période douloureuse, le compagnon s'abrutit de travail.

— C'est mon antidote, explique-t-il à son épouse.

Sylvain disparaît de chez lui dès le lever du jour. Mathilde se montre peu soucieuse de savoir dans quel ouvrage salvateur il épuise ses forces et ressource son âme. Seule importe pour elle l'œuvre d'amnésie du temps qui, jour après jour, éloigne la tragédie et finira par ramener son mari sur le versant de la sérénité. Le compagnon a transformé le grenier de la cure en atelier. Animé par son projet, il envoie Lionel dans les villes les plus proches pour collecter une série de produits. Chaque fois qu'il revient d'une course, l'abbé pose la même question :

— Quand auras-tu fini ?

Dans les combles où Sylvain travaille, le géant doit tasser ses épaules et courber la nuque vers l'avant pour ne pas se cogner. Il a l'air d'un décapité.

— Tu sais au moins ce que tu vas en faire ? s'inquiète-t-il.

Trop occupé qu'il est à peaufiner son œuvre, l'artisan lui répond d'un signe de tête. Lionel n'arrête pas de marcher dans son dos. Son pas fait frémir des fioles bigarrées et des potiquets odorants disposés sur une table. De nervosité, le curé fait craquer les articulations de ses doigts.

Un jour, quelqu'un perturbe l'activité clandestine des deux hommes en frappant à la porte. Lionel, d'émotion, se heurte à une poutre, descend du grenier en prenant bien soin de fermer la trappe. Un second coup retentit, plus insistant.

— J'arrive, gronde l'abbé en se tâtonnant le front.

Sur le seuil, Brieuc et Djimma. Le garçon est aussi blond que la jeune femme est foncée. Il a la prestance de son père et le regard effarouché de sa mère. Il est beau comme eux, beau comme elle qui se tient légèrement en retrait. Pas besoin d'être grand clerc pour deviner le motif de leur visite. Lionel les introduit dans la cure, les installe dans son séjour, ferme la porte sur le vestibule. Il lui faut un moment avant de retomber dans son rôle de prêtre et de conseil.

— Quel bon vent vous amène ! lance-t-il.

Il ne croit pas si bien dire. Une odeur suspecte flotte dans l'air et le turlupine.

— Voilà ! dit Brieuc. Djimma et moi, nous voulons nous marier.

Plus inquiet de ce qu'il sent que de ce qu'il entend, l'abbé s'exclame distraitement :

— C'est une excellente idée !

Le jeune homme poursuit :

— Vous approuvez...

Entre deux palpitations de narines, Lionel abrège.

— J'applaudis des deux mains et je vous donne ma bénédiction.

Là-dessus, il expédie les tourtereaux ravis. Ce

n'est qu'en refermant sur eux la porte de la cure qu'il se rend compte du caractère épineux de la demande. Il remonte quatre à quatre jusqu'au grenier, se cogne à la trappe, annonce la grande nouvelle à son frère. Le compagnon interrompt son ouvrage, s'adosse à un mur puis s'assied sur le plancher. D'abord rêveur, il devient souriant.

— C'est une bonne fille, lui dit-il. Et il doit être bon garçon, ajoute-t-il.

Sylvain est plus sûr de sa première affirmation que de la seconde. Avec les ressacs de sa vie, il a très peu approché son fils. Comme si sa conscience ne le tenaillait pas assez, il se fait aiguillonner par Lionel.

— Il serait temps que tu t'occupes de Brieuc.

Pour lui répondre, un long mouvement de tête, méditatif. Le compagnon décompte les jours.

— Deux semaines encore et je suis à eux !

Il soupire.

Dix-huitième jour d'octobre, Saint-Luc.
J'évite de croiser Mathilde. Je crains qu'elle ne m'interroge sur tes agissements. Tu intrigues ton entourage, Sylvain, et je ne serais pas étonné qu'un jour quelqu'un te cherche noise. Les gens supportent mal l'étrange, ils ne tolèrent pas qu'on soit différent d'eux. Jusqu'à présent, tu as été épargné, mais il n'en sera pas toujours ainsi, d'autant que tu prends des chemins de plus en plus détournés. Tu me fais peur, terriblement peur. Il y a même des moments où je me demande si le départ de Clarance n'emporte pas ta raison ou ton âme. Pauvre Sylvain ! C'est l'intérieur de ta tête que labourent les serres d'un aigle. Qu'exorcises-tu en faisant ce que tu fais, quels sont les démons que tu combats ? Il m'est venu à l'esprit que tu cherches à t'éloigner d'un monde qui

*t'aurait mis sur les mains le sang de l'enfance. C'est
injuste punition que tu t'infliges. De grâce, fais ton deuil,
petit frère! L'enfance, c'était hier!*

À l'hiver succède le printemps. Une ronde de sept
saisons passe.

— Je ne te comprends plus, Sylvain. Cela fait près
de deux ans que tu travailles sans discontinuer sur tes
orgues foraines. Tu es épuisé.

Mathilde pleure. Elle est à bout, elle aussi. Le
compagnon ne sait que dire pour la consoler.

— C'est comme si on n'arrivait plus à se rencontrer, ajoute-t-elle toute remuée de chagrin.

— Je suis bientôt prêt!

— Pourquoi te donnes-tu tant de mal?

— Tu le sais bien! C'est à cause de la falaise.

— Laisse la falaise tranquille, supplie-t-elle. Il y a
mille choses plus importantes dans la vie que la
falaise et un chant d'orgues à offrir aux mouettes.

— Je t'en prie! Ne dénigre pas! Ne me dis pas
que c'est inutile! J'ai besoin que tu m'approuves.

— Je ne peux plus, Sylvain. Je ne te suis plus. Tu
deviens trop étrange! Regarde autour de toi! Tu fais
le vide. Tout le monde a fini par te quitter. Vois notre
fils, Djimma, Misaël et sa femme... Ils sont tous
partis.

— Reste, Mathilde! insiste le compagnon.
Traverse avec moi la tempête qui se prépare. Pour
l'amour de moi! Je t'en conjure!

— Je ne te comprends plus, Sylvain. Je ne te
comprends plus, sanglote la femme.

*Vingt et unième jour de décembre, Saint-Thomas,
l'apôtre.*

354

Sortira-t-on jamais de ce cauchemar. Ah! Si je pouvais seulement te raisonner! J'espérais être quitte de mes craintes pour m'apercevoir aujourd'hui que rien n'a changé. Tes familiers s'inquiètent de t'entendre jouer des jours entiers et parfois même des nuits sur les orgues de l'église. Il est des gens du village qui prétendent que tu perds la tête. D'autres, moins tendres, te suspectent d'avoir fait un pacte avec le diable. Pauvre Sylvain! Si tu savais ce que j'entends derrière mon grillage de bois! Elle est belle l'humanité! La moindre faille de l'être réveille la hargne des petits. Les fils Lacogne sont allés médire de toi auprès des chanoinesses de Remiremont et, comble, voilà qu'on me demande de t'exorciser. J'ai peur. Je sens une tension qui monte dans le village. La débandade des reîtres à travers le pays n'est pas là pour calmer les esprits. Il y a quatre mois, ils saccageaient la Lorraine. À présent qu'ils rentrent chez eux, ils font main basse sur tout ce qu'ils trouvent. Hier, une douzaine d'entre eux se sont attaqués à des paysans de Fresse...

Le prêtre interrompt ce jour-là sa réflexion en écrivant :

Je questionne le feu. Il est temps que je détruise mes notes. J'ai un mauvais pressentiment. Je ne sais pourquoi, je sens une menace qui rôde.

Lionel quitte l'endroit de ses écritures et descend dans la grande pièce avec ses carnets. Dehors, la neige tombe abondamment. Quelques flocons se sont engouffrés dans la cheminée et chuintent sur les braises de l'âtre avant de se transformer en fumée. L'abbé réveille le feu, l'étoffe de bonnes bûches. Ensuite, il s'assied et prend un à un ses pénitenciers, les feuillette. Quinze ans qu'il émousse sur le papier ses plumes de corbeau, qu'il y dévide l'écheveau d'encre noire de son mal-être. Il y a, dans ces entre-lacs, de la révolte, du doute, mais surtout infiniment de tendresse et d'humanité. Il y a les griefs d'un honnête homme contre son Église, un réquisitoire accablant s'il tombait entre les mains de l'Inquisition. Lionel se relit. Il hésite ! Il est des pages qu'il aime, des cris libérés qui ont, pour certains, dénoué les tensions de sa vie. Il est des textes qui obtiennent grâce à ses yeux quand il les parcourt. Pourquoi anéantir cette rébellion brute, loyale, curative ? Que gagnerait-il à brûler ces feuillets ? Que perdrait-il s'il ne les avait plus ? Pour reporter ce choix douloureux, l'abbé se met en quête d'une cachette plus sûre. Il est vrai que la moindre fouille de la cure exhumerait ses écrits et le compromettrait. Il est dans sa cuisine lorsqu'il entend les cloches de l'église tintinnabuler, toutes sonorités confondues. Pas le temps de remonter ses carnets dans sa chambre. Il les enferme dans la huche à pain et sort sur le pas de sa porte. Les reîtres sont là et prennent d'assaut les maisons de la place. Lionel fait quelques pas avant d'apercevoir que la double porte de l'église est béante comme par un jour de procession. Il entend, venant de la nef, des pas de chevaux mêlés à des objets que l'on verse.

— Sylvain ! Les orgues ! rugit-il.

La colère envahit le géant. Il cherche une arme pour défendre son territoire, avise une fourche avant de se rabattre ensuite sur son maillet, cette fameuse masse de bois qu'il n'a plus dépendue depuis la mort de Cosme. Il part avec son outil à l'assaut des pillards. Sculptures brisées, toiles entaillées, tabernacle profané, les reîtres enfoncent la porte de la sacristie pour y embarquer les objets précieux. La plupart des mercenaires ont mis pied à terre. Deux d'entre eux tentent de forcer l'accès de la tribune pour détruire les orgues. Sylvain fait obstacle comme il peut, encaisse les coups. Il est sans arme, juste un tabouret de bois qui lui sert de bouclier. Il a reçu un coup au visage et saigne.

— Laissez-nous! supplie-t-il comme si l'instrument était une personne.

Déferlent alors dans l'église quatorze années de fureur contenue, un ouragan de sept pieds qui n'en peut plus de museler sa colère. Il culbute les chevaux, cogne, martèle, abat ses assaillants avec sa masse comme des porcs. Des coups de feu retentissent. Il ne voit rien. Il ne sent rien. Il frappe. Il vide l'abcès énorme de son silence. Levant des statues et des bancs à bout de bras, il les abat sur les reîtres. Il prend le parti des objets contre les gens. Il chasse la canaille du temple comme on nettoie sa tête d'une tumeur. Il jette sur le parvis des corps pantelants, fait place nette.

— Où es-tu, Sylvain? vrombit soudain le colosse.

Pas de réponse. Lionel marche d'un pas embourbé de laboureur vers l'escalier qui mène à la tribune. Il y ramasse son frère qui gît inanimé sur les marches, l'assied contre le mur. Dehors, le combat fait rage. On entend la voix aigre de Giacomino, les invectives de Florian, les ordres des Lacogne. Aucun des mercenaires allemands ne rentrera chez lui. Pas de quartier pour les hérétiques. Les coups de dague frappent les blessés. Les prisonniers sont abattus comme du bétail et alignés avec les morts dans la neige et dans le sang. L'abbé Vernay se redresse péniblement quand les villageois pénètrent dans cet univers de désolation qu'est devenue leur église. Giacomino et Florian se précipitent sur Sylvain. Le

357

réveil de leur maître est lent, chaotique, incertain. Quelqu'un éponge ses blessures. Le compagnon tente péniblement de se mettre debout. Il est sonné. De son regard, il parcourt l'église à la recherche de Lionel. Le géant s'est adossé contre une colonne à l'autre bout de la bâtisse, tout près du tabernacle éventré. Il prie. Sylvain marche vers lui. Il traverse d'un pas titubant la nef violentée, ensanglantée, misérable, vers la sombre carcasse de Lionel, immobile comme un arbre. Mathilde débouche dans l'édifice. Il ne se retourne pas quand elle l'appelle. Il n'a qu'une idée : approcher le grand frère que personne n'a suivi dans son repli.

— Lionel ? prononce-t-il à son tour.

Sylvain est à moins d'une toise de l'abbé quand celui-ci tombe sur les genoux. Sur le pilier, l'empreinte rouge de ses deux mains immenses. Entre elles, une longue tache sombre. Les yeux du blessé se révulsent par intermittence. Son visage est livide, marbré de sueur et de sang. Ses lèvres frissonnent.

— Petit frère... la huche à pain... Pour la paix de mon âme !

Terrible cortège que celui qui se rend à la cure avec ce moribond de sept pieds. Déployé sur la table de la grande pièce, Lionel a la quiétude d'un gisant. Il attend son passage. La vie n'est plus pour lui que l'affaire de quelques heures. Par instants, son visage se contracte. À d'autres moments, sa bouche bruine une prière. Sylvain assiste le barbier.

— Avec ce qu'il a reçu, il devrait être mort depuis longtemps, dit ce dernier.

La journée s'écoule au chevet du prêtre. Dehors, il ne neige plus. Le ciel s'est nettoyé et le soleil descend sur la vallée. Le compagnon sort de sa torpeur. On lui a bandé la tête et la main.

— Où est Mathilde? demande-t-il.

Personne ne peut lui répondre. Sylvain quitte la pièce sans bruit. Il passe par la cuisine, ouvre la huche à pain, en tire les sept carnets de son frère. Il n'a pas sa cape et se rabat sur le pluvial de Lionel pour sortir. Le bas du manteau trop grand lisse ses traces. Il est perdu comme un garnement dans ce vêtement d'adulte. Il contient dans cette laine épaisse un chagrin d'enfant. Il se faufile dans l'église sans se faire voir, grimpe jusqu'à la tribune, jusqu'à cette cachette aménagée dans le cœur de chêne de ses orgues où repose Clarance. Avec l'irruption des reîtres, il n'a pas eu le temps de remonter le buffet de l'instrument. Paisiblement étendue dans son cercueil de buis capitonné de soie blanche, la fillette embaumée semble vivante et son visage d'aveugle a retrouvé des yeux de verre bleu pâle qui se repaissent des lumières chatoyantes d'un vitrail multicolore.

— Comment as-tu pu faire ça? demande, derrière lui, Mathilde, d'une voix blanche. Je ne te comprends plus.

— ...

— Je ne peux plus te suivre. Tu dépasses les bornes. Je rentre à Saint-Omer.

— Je serai sur la falaise avant l'équinoxe d'automne. Tu viendras m'y rejoindre?

— ...

— Je t'en prie! Il faut que tu joues pour moi, sans quoi la tempête sera meurtrière!

— Je ne jouerai plus sur tes orgues, Sylvain, je ne jouerai plus.

En bas, quelqu'un cherche parmi les cordes des

cloches celle qui commande le glas. Le compagnon se laisse choir devant le clavier des grandes orgues.

— Il est mort, dit-il à Clarance, et il ramène sur lui le pluvial de Lionel pour s'y engloutir dans l'obscurité de sa peine.

Petit frère, tu me glaces le sang. Je redoute que le village n'apprenne que nous avons exhumé Clarance et que tu ne doives un jour affronter les questions des hommes. Je préférerais ne pas vivre cette confrontation tant je devine, te connaissant, les murs dogmatiques auxquels se heurterait ta franchise. Je reconstitue sans mal les réponses que tu donnerais à l'Inquisiteur s'il t'interrogeait. De la Sainte Messe, tu dirais qu'elle te traverse par la musique, la lumière, la fraternité des bâtisseurs. Tu raconterais que la Vierge a le visage de ta mère, que tu doutes qu'il y ait jamais eu de saints parmi les hommes mais que tu demandes aux anges d'exister. Tu parlerais du souffle musical qui emporte tes prières sans l'intercession de personne, sans le truchement désuet d'objets pieux ou de reliques. Tu serais mal emmanché pour défendre la confession auriculaire, mon Sylvain. «Pour quel pardon?» demanderais-tu naïvement. Et quand tu répéterais que tu vois plus facilement Dieu dans la septième sphère du vent que dans l'Eucharistie, je les entends déjà crier: «À l'hérésie!» Ton bûcher montera d'un palier encore quand tu situeras les âmes à la croisée des tempêtes, là où les forces s'annulent, en oubliant effrontément d'installer limbes et purgatoire quelque part. J'ose à peine effleurer ta soumission au pape, ce vieillard si ordinaire qui se ramonait le nez quand Clarance offrait au ciel les harmoniques célestes de sa voix. «Qu'il dispense des indulgences! C'est autant de pris sur l'intolérance.» Je les entends déjà te traiter de blasphémateur, de renégat, de parjure. Devant l'Inquisiteur, tu auras tout faux, petit frère. Comme à Simon, les hommes se feront un plaisir de te faire goûter les feux de l'enfer en prémices du sort que te réserve leur éternité. Je t'entends rire quand j'écris ces lignes. Tu es si frondeur ! Il n'y a pas de filet pour te prendre ! Qu'est-ce qui te pousse à rejouer chaque fois ta mise alors qu'on est toujours perdant ? T'es-tu déjà rendu compte que l'orgue est un faussaire, depuis la plus haute tuyère jusqu'au dernier sifflet ? Aussi faussaire que les appeaux ! Je secoue ta vie sur un tamis, je secoue la mienne. Tu t'es leurré sur l'amour, moi sur la foi. Nos pas ne sont qu'errements. Toujours roulé, Sylvain ! D'un bout à l'autre, la feinte, la ruse, la traîtrise pour nous surprendre, la mort pour nous gercer le cœur. Tout faux, Sylvain, entièrement faux ! À quoi ressemble l'enfance quand on est obligé de l'embaumer pour y croire ? Qu'est-ce qu'un Dieu qui n'a de substance qu'à travers le bois, la pierre, le verre, les couleurs ! Je t'entends rire de ton plus beau rire, petit frère. Quelle dérive ! J'ai volé sur tes ailes. Comme j'ai eu besoin de tes ailes, de tes chevauchées. Tu t'es construit un monde de vents, de copeaux, de notes pour brider les grisans de ta vie, alors que moi, je ne tiens pas en selle malgré mes lacis d'encre et mes jambes de géant qui touchent terre. Il est tout faux ton paradis d'altitude, cet empire d'aveugle qui échappe au monde des complots, des vanités et des haines. Tout faux, mais tellement magnifique ! Mon paradis à moi s'est abîmé dans la laideur de ce siècle. Jusqu'où ici-bas peut-on croire à un chant d'amour sans se mentir à soi-même, jusqu'où peut-on tricher d'une musique pour racheter les méfaits des hommes ? Et si Dieu était faux, lui aussi ? Tu es ma réponse ! Tu es mon questionnement ! Même si on s'est trompé, petit frère, tu n'en restes pas moins le cabestan de mon existence, la corde qui retire le seau du puits, mon salut sur cette terre. Je t'entends rire! Je te vois pleurer! Je te regarde traverser les années comme une proue, prenant des grains en senestre, des brises en dextre. Nautonier de nos espérances, tu emportes le navire!

Sylvain part vers l'océan dans les mois qui suivent avec sept chariots attelés de grisans. Il transporte vers sa falaise des orgues immenses, démultipliées, gigantesques. Il les a grossies de phénoménales tuyères de cuivre. Il monte à l'assaut d'une tempête. Il s'est départi de tout ce qu'il possédait à Visentine pour ce voyage, même les grisans ne lui appartiennent plus et l'abandonneront comme un naufragé sur une île une fois son instrument rendu à son port. Les hommes qui l'accompagnent disent entre eux qu'il est fou. Le convoi se fait dépasser par les gardes suisses que le roi sollicite pour contenir Paris. Il croise le prétendant au trône, Henri de Guise, accompagné de ses partisans. Plus loin, le roi Henri III fuyant vers Chartres. Personne, dans l'équipage de l'artisan, ne se demande si la vraie folie n'est pas du côté de ces assoiffés de pouvoir.

Ma douce Mathilde, je dois exorciser une grande tempête, une tempête qui s'annonce meurtrière. Je serai prêt début août, je t'attends sur le rocher que tu connais. Mes orgues seront déployées! Sois là, mon amour! Il n'y a que ton jeu pour réconcilier le vent avec l'océan, apaiser la colère des éléments et la barbarie des hommes. Encore pardon pour Clarance! Je n'ai pas voulu te faire de mal! Je vous aime tant.

Corentin d'Armentières rend la missive à sa sœur après l'avoir épluchée.

— C'est la lettre d'un dément ! décrète-t-il.

Le pli du compagnon passe de main en main. Même Gaucher ne cache pas sa surprise. Vieil homme rondouillard qui traîne une goutte et une trogne écarlate, il aurait vingt ans de plus que Sylvain que cela n'étonnerait personne. Le compagnon charpentier a prospéré au point d'abandonner ses outils pour diriger son monde et gérer sa fortune. Après le décès de Miette, il s'est remarié avec une ronde Flamande, qui lui a donné d'autres enfants. Quand Mathilde est rentrée à Visentine, le brave cœur a accueilli dans son foyer la fille qu'elle avait eue de Cosme, Colombe. Colombe est belle comme le péché, blonde comme sa mère. Elle a seize ans et prend contre ses proches le parti de ce fou qui aurait dû être son père.

— Tais-toi, Colombe ! Qu'est-ce que tu peux comprendre, dit Mathilde.

Sylvain est sur sa falaise à la fin juin 1588. Il est tout à son ouvrage. Avec ses hommes, il édifie une cathédrale de musique. Il éprouve du bonheur à travailler en bord de mer et son rire omniprésent rachète son projet insensé auprès de son entourage. Il a de l'avance, en profite pour affiner la décoration de ses orgues. Les sept chariots font bloc à moins d'une toise de l'océan. Les mâts attendent qu'on leur donne des ailes pour ventiler l'instrument. Le tout est haubané comme un gréement de galéasse. C'est impressionnant ! Vers la mi-juillet, le compagnon donne congé à ses gens. Il est ému, embrasse Blaise, Florian, Martin et bien d'autres encore. Il fait le tour des grisans, qu'il caresse. Il coupe ses derniers liens avec Visentine, où il ne possède plus rien, fors des souvenirs. Il n'a gardé de ses avoirs que ce mausolée de tuyères et de notes où sommeille Clarance dans sa couche de soie blanche, le haut cheval maigre de Lionel, les trousseaux d'appeaux. Comme viatique, il a emporté les écrits de Simon, les poèmes de Cervantès, les sept carnets de son frère. Il n'a pu se défaire de Giacomino et de sa mule, ce petit personnage si collant et si tendre à la fois, qui lui est attaché comme le lobe à l'oreille.

Mathilde, mes orgues sont enfin à pied d'œuvre sur la falaise et surplombent l'océan. J'attends la montée du vent le cœur serré pour affronter avec toi la tempête. Viens me rejoindre. Ah! qu'il me plairait que nos amis soient là comme à Arras le jour de notre départ de Saint-Omer. Préviens Gaucher, Benoît, Corentin. Amène les enfants, la ville entière si tu peux. Je veux qu'on entende notre chant de pacification jusqu'en Angleterre, et plus loin encore. Je suis sûr que ton jeu peut toucher le ciel des anges. Je t'aime tellement.

Sylvain ajoute au bas de son mot:

Ça se rapproche. Ce matin, une centaine de bateaux de guerre en provenance d'Espagne sont sortis de la brume. J'ai entendu dans le lointain tonner des canons. Il y a des milliers de gens en mer parés pour se battre!

Giacomino part avec le courrier de Sylvain. Il réapparaît seul la semaine qui suit.

— Elle t'a laissé un mot? demande le compagnon.

La réponse du râblé est négative.

— Elle compte nous rejoindre?

Le petit homme est désolé. Il noie son embarras dans ses jérémiades.

— Elle viendra, j'en suis sûr! dit le compagnon. Je l'attendrai.

364

Sylvain se met à sculpter des bois d'épaves, à parcourir les bords de mer, à espérer. Il ne se nourrit presque plus. Un jour, il découvre sur la plage des cadavres mêlés à des débris de bateaux. Au village le plus proche, des pêcheurs racontent les déboires de l'Invincible Armada, les brûlots amenés par la marée sur la flotte espagnole au mouillage dans le port de Calais, la bataille navale au large de Gravelines, la remontée de l'escadre vers le nord.

Le compagnon se sent mal. Il envoie courrier sur courrier à Mathilde, lui rappelle son rendez-vous.

Je m'étonne que tu ne me répondes pas! Ce n'est pas dans tes habitudes! lui écrit-il.

Il s'inquiète. Il est à deux doigts de partir pour Saint-Omer quand un vent de tempête commence à se lever.

— Je la sens venir! murmure-t-il.

Sans surseoir, il commence à toiler les ailes de ses moulins, les met face au vent. C'est du beau grain qui se prépare, celui qui décoiffe les marins, verse les mâts en bas des navires, pousse les bateaux vers les récifs.

— Dépêche-toi, Mathilde! Il y a des dizaines de milliers d'hommes sur la mer.

Les engrenures se mettent à activer les soufflets, à gonfler les énormes réservoirs des orgues. La machine respire, elle tremble sous les rafales. La pluie se met à tomber et fouette les deux hommes. Le jour tombe. Il fait noir comme dans une geôle. Les haubans crissent, les tuyères musent, Sylvain et Giacomino vérifient les gréements. Les grandes orgues trépignent. Elles réclament leur chant. Du côté de la route, personne. Du côté de la falaise quelqu'un s'avance, une femme. Sylvain la reconnaît. Elle est la jeunesse de Mathilde, la beauté, l'espérance de Mathilde. Elle est tous ses rêves confondus. Elle recommence l'histoire originelle.

— Mon amour ! Je savais que tu viendrais, dit le compagnon.

Et la jeune fille s'installe au clavier des orgues et elle joue pour le ciel des anges, pour l'Angleterre, pour la flotte espagnole en déroute, mais rien ne calme la bourrasque, rien ne leurre Dieu dans ce jeu de faussaire qu'est la vie. Et un galion se fracasse à mi-route entre les Shetland et les Orcades, dix-neuf autres vaisseaux font naufrage durant cette colère divine. Sept mille vies se brisent, depuis les Hébrides jusqu'à la pointe sud de l'Irlande. Durant trois jours et quatre nuits, le compagnon et la jeune revenante blonde se succèdent aux claviers des orgues. Alors, gagné par l'épuisement, Sylvain demande à Giacomino d'emporter Colombe à l'abri des rochers et, profitant du vent de tempête qui souffle vers la mer, il chasse les calages des roues, bloque une à une les ailes des moulins, tranche avec une hache les câbles qui arriment l'instrument à la falaise. Les sept chariots s'ébranlent solidairement vers le vide. Poussés par les coups de boutoir de l'ouragan, ils atteignent le bord érodé de la paroi, piquent du nez avant de s'effondrer dans les mâchoires blanches des vagues. Sylvain regarde cette mer qui s'est refaite au-dessus de ses orgues et de ses amours, puis se replie en murmurant :

— Quel dommage que tu ne sois pas venue, Mathilde ! Quel dommage pour Clarance, pour la tempête, pour les navigateurs ! Quel dommage pour mon rêve.

Le lendemain, un homme amaigri à la barbe filasse, aux cheveux blanchis de sel, se hisse sur son haut cheval maigre. Il mouille son doigt pour savoir d'où vient le vent.

— Cette fois, dit-il à son valet qui le rejoint sur sa mule, nous avons le suroît en poupe.

Derrière eux, la jeune fille rit de voir les deux hommes si mal assortis, si dépenaillés, si misérables. Sylvain l'appelle. Il la fait asseoir en amazone sur le garrot de sa monture. Il lui parle et elle cueille ses paroles, son sourire, son regard d'enfance brûlée.

Il était une fois, dans les Chaumes, des grisans sauvages avec à leur tête un chef de harde invaincu. Un jour, il monta à l'assaut de la mort, chercha la plus blanche montagne, la plus abrupte, celle où il savait que personne ne le suivrait...

Le compagnon ramène Colombe, de nuit, jusqu'à la porte de sa maison.

Arrivant du Nouveau Monde, une brise l'appelle et il reprend son voyage. Perdue en mer du côté de Terre-Neuve, Mathilde, en proue de navire, bravait une tempête.

Martinrou,
novembre 1994

DU MÊME AUTEUR

Aux Éditions Denoël

LE PASSEUR DE LUMIÈRE *(Folio n° 2688)*
LES SEPT COULEURS DU VENT *(Folio n° 2916)*
LE PUISATIER DES ABÎMES *(Folio n° 3357)*

COLLECTION FOLIO

Composition Traitext.
Impression Société Nouvelle Firmin-Didot
à Mesnil-sur-l'Estrée le 30 octobre 2002.
Dépôt légal : octobre 2002.
1ᵉʳ dépôt légal dans la collection : décembre 1997.
Numéro d'imprimeur : 61557.

ISBN 2-07-040177-3/Imprimé en France.